KB114907

북검전기

우각 新무협 판타지 소설

FANTASTIC ORIENTAL HEROES

# 북검전기 11

우각 新무협 판타지 소설

초판 1쇄 찍은 날 § 2015년 9월 23일
초판 1쇄 펴낸 날 § 2015년 9월 30일

지은이 § 우각
펴낸이 § 서경석

편집책임 § 이창진
디자인 § 신현아

펴낸곳 § 도서출판 청어람
등록번호 § 제387-1999-000006호
등록일자 § 1999. 5. 31
어람번호 § 제2-2603호

주소 § 경기도 부천시 원미구 부일로 483번길 40 서경B/D 3F (우) 420-822
전화 § 032-656-4452 팩스 § 032-656-4453
http://www.chungeoram.com
E-mail § chungeorambook@daum.net

ISBN 979-11-04-90428-8 04810
ISBN 979-11-316-9283-7 (세트)

11

북검전기

우각 新무협 판타지 소설

FANTASTIC ORIENTAL HEROES

도서출판 청어람

# 目次

강호에서 명성은 곧 힘이다.


힘을 가진 자 명성을 탐하고,

명성을 가진 자 주위에 사람이 몰려들게 마련이다.


그러나 명성을 얻은 자.

그의 발밑엔 수백, 수천 명이 흘린 피가 흐르게 마련이다.


학살자가 영웅이라 불리는 곳.

그곳이 강호다.

　　상남엔 깊은 전운이 감돌고 있었다. 거리를 오가는 사람은 대부분 무인이었고, 무인들은 하나같이 병기로 중무장을 하고 있었다.

　　운중천과 밀야가 격돌하는 전선은 이제 부현을 넘어서 동천(銅川)까지 확대되었다. 동천은 화산과 지근거리에 위치한 현이었다. 이젠 화산파도 안전하다 장담할 수 없을 정도로 전선이 확대된 것이다.

　　자연 급해진 것은 화산파와 종남파였다.

　　화산파는 오랜 역사 동안 단 한 번도 외세의 침입을 받은 적이 없었다. 그만큼 자부심도 컸기에 그들이 느끼는 위기감은 이루 말할 수가 없을 정도였다.

당장 모든 속가제자가 소집되었고, 외부로 나갔던 본산 제자들도 소환되었다. 화산파가 출범한 이래 처음 있는 최악의 상황이었다.

위기감을 느끼는 것은 비단 화산파만이 아니었다. 화산파와 그리 멀리 떨어지지 않은 곳에 위치한 종남파도 비상이 걸리기는 마찬가지였다. 종남파도 본산제자와 속가제자를 모조리 불러들여 방비를 단단히 했고, 운중천에도 도움을 청했다.

화산파와 종남파가 무너지면 섬서성이 밀야에 넘어가는 것이나 마찬가지기에 운중천에서도 전력을 집중할 수밖에 없었다. 자연 운중천에서도 정예들을 파견했다.

그뿐만이 아니었다. 전선이 요동치자 영웅이 되길 꿈꾸는 젊은 무인들이 부나방처럼 섬서성으로 흘러들어 왔다. 그렇게 섬서성은 천하의 인재와 영웅들을 끌어모으는 뜨거운 용광로가 되었다.

상남은 그중에서도 가장 핵심 지역이었다. 화산파와 종남파의 배후에 위치해 상대적으로 안전한 데다가 운중천의 지부가 있기에 많은 무인이 상남에 집결하고 있었다.

사정이 그러다 보니 상남에서 무기를 차고 있는 무인을 보는 것은 길가의 돌멩이를 보는 것만큼이나 흔했고, 자연히 일반 백성들은 그들의 눈치를 보며 위축될 수밖에 없었다.

운중천의 상남 지부로 커다란 마차 한 대가 들어서고 있었다. 네 마리의 말이 끄는 호화로운 사두마차의 등장에 경계를 서고 있던 무인들이 허리를 꼿꼿이 세우며 눈을 빛냈다.

전운이 감돌다 보니 이곳 상남에는 하루가 멀다 하고 무림 인사들이 방문했다. 그 때문에 한시도 긴장의 끈을 늦출 수가 없었다.

"멈추십시오."

무인들이 마차를 멈춰 세웠다.

마부석에는 아름다운 여인이 앉아 있었다. 하지만 그녀의 몸에서 느껴지는 분위기와 기도가 범상치 않은지라 무인들은 잠시 눈치를 보지 않을 수 없었다.

"어디서 오셨습니까?"

"서문세가에서 왔어요. 마차에는 서문혜령 아가씨께서 타고 계세요."

"아, 적화선자."

그들의 말이 끝나기 무섭게 마차의 창문이 열리며 서문혜령이 얼굴을 드러냈다. 운중천에 몸을 담고 있는 무인치고 서문혜령의 얼굴을 모르는 사람은 단 한 명도 없었다.

"서문 소저."

"들어가도 되나요?"

"예? 예! 들어가십시오. 토, 통과."

무인들의 외침에 마부석에 앉아 있는 여인 채화영이 미소를 지으며 다시 마차를 몰았다.

상남 지부에 들어서자마자 서문혜령은 지부장을 찾아갔다.

상남 지부장 이름은 송화열. 서문혜령을 바라보는 그의 얼굴엔 비굴함이 가득했다. 강호의 지위만 놓고 봤을 때 그가 서문혜령에게 저자세로 나올 이유가 없었다. 비록 서문혜령이 칠소천의 일원으로 강호에 명성을 날린다고 하지만, 운중천의 지부장이라는 지위가 결코 가볍지 않았기에.

하지만 송화열이 상남 지부장이 된 데는 서문세가의 힘이 컸다. 서문세가의 지원 아래 상남의 지부장이 되었기에 서문혜령에게 충성을 다하는 것이다.

"아가씨, 어쩐 일로 여기까지 행차하셨습니까?"

"알아볼 것이 있어서요."

"말씀만 하십시오, 아가씨. 제가 아는 거라면 다 대답해 드리겠습니다."

"얼마 전에 탕마군과 낭인들이 도착한 일이 있죠?"

"예! 그 때문에 저도 깜짝 놀랐습니다. 설마 군마대와 마주치고도 생환하다니."

"군마대와 마주쳤다는 것이 사실인가요?"

"그렇습니다. 제가 직접 탕마군과 낭인들에게 물어봤는데, 군마대와 격돌한 것이 맞답니다."

"군마대와 격돌하고서도 살아 왔다? 쉽게 믿기 힘든 말이군요."

"저도 그렇게 생각합니다, 아가씨."

송화열의 대답을 들었지만, 서문혜령의 얼굴엔 못내 찜찜한 기색이 사라지지 않았다.

"그럼 철기문이 개입했다는 것은 사실인가요?"

"맞습니다. 제가 두 눈으로 확인했습니다."

"흐음!"

그나마 철기문이 개입했다면 이야기가 얼추 들어맞는다. 하지만 그렇다고 의문이 완전히 해소되는 것은 아니었다.

그때 송화열이 그녀의 의문을 풀어주기라도 하듯이 입을 열었다.

"그런데 이상한 것이 하나 있습니다."

"이상한 것?"

"예! 탕마군이나 낭인들 모두 공통적으로 한 이름을 거론하고 있습니다. 그런데 상남에서는 그를 찾아볼 수가 없더군요."

"그게 누군가요?"

"공작문의 단천운이라고 합니다. 강호초출이라고 하더군요."

"단천운?"

서문혜령이 조용히 단천운이라는 이름 석 자를 되뇌었다. 그런 그녀의 얼굴에 살짝 균열이 간 것을 송화열은 눈치채지 못했다.

이름을 되뇔수록 이상하게 꺼림칙했다. 마치 입안에 모래가 가득 찬 것 같은 깔깔함에 그녀가 미간을 찌푸렸다.

"공작문의 단천운이라는 자가 어떻게 개입했다는 거죠?"

"저도 잘 모르지만, 군마대의 이대주 포영휘에게 상처를 입힌 자가 바로 그랍니다. 그 때문에 군마대가 추적을 멈췄다는 소문이 있습니다."

"포영휘에게 상처를 입혀요? 그것도 강호초출이?"

서문혜령의 미간에 파인 골이 더 깊어졌다.

그만큼 쉽게 믿을 수 없는 이야기였다. 포영휘 개인으로 놓고 봤을 때의 무위도 대단했지만, 무엇보다 그의 가치가 가장 빛이 나는 것은 군마대라는 무력집단을 지휘할 때였다.

군마대라는 무력집단에 속해 있을 때의 포영휘에게 상처를 입힌다는 것은 결코 쉽지 않은 일이었다. 그런데 강호초출이 그런 엄청난 일을 해냈다고 한다.

"포영휘가 상처를 입어서 추적을 멈췄다?"

서문혜령이 생각에 잠겼다.

머리에서 그림이 쉽게 맞춰지지 않았다. 무언가 아귀가 맞지 않는 부분이 있다는 뜻이다.

강호에 신성이 출현했다고 생각하면 간단했지만, 서문혜령은 세상일이란 것이 그렇게 간단한 것이 아니란 사실을 잘 알고 있었다. 무언가 하나의 주목받는 사건이 발생하기 전에는 반드시 전조가 있게 마련이었다.

그러나 단천운의 등장에는 그 어떤 조짐도 없었다. 마치 하늘에서 뚝 떨어진 것처럼 강호에 갑작스럽게 등장하고 또 신비롭게 사라졌다.

"그에 대해 가장 잘 아는 사람이 누구죠?"

"철기문의 무인들이 가장 잘 알 겁니다. 처음부터 끝까지 동행했으니까요."

"그럼 종리 부문주부터 만나봐야겠군요."

서문혜령은 망설이지 않았다. 그녀가 자리에서 바로 일어나는 모습을 보며 송화열은 유난을 떤다고 생각했다. 하지만 표를 내지는 않았다. 한 가지에 꽂히면 집착을 하는 세문세가 사람들의 특징을 잘 알기 때문이다.

그때였다.

"지부장님, 지급으로 들어온 보고입니다."

밖에서 누군가 다급한 목소리와 함께 문을 두드렸다.

"들어오게."

송화열의 허락이 떨어지자 젊은 무인이 붉은 봉투에 든 서신을 들고 안으로 들어왔다.

"지급이라고?"

"그렇습니다. 방금 전 전서구로 들어왔습니다."

"으음!"

송화열이 급히 붉은 봉투를 열고 서신을 펼쳤다. 서신을 펼쳐 읽어 내리는 그의 표정이 심각하게 변했다.

"헉! 청성파와 다, 당문이 혈겁을 당하다니?"

"그게 무슨 말인가요?"

서문혜령이 믿을 수 없다는 표정으로 송화열의 손에서 서신을 빼앗았다.

서신을 읽어 내리는 그녀의 표정이 시시각각 변했다. 서신 안에는 분명 청성파와 당문이 혈겁을 당했다는 내용이 적혀 있었다.

"나흘 전에 청성파가 혈겁을 당하고, 그다음 날 당문이 또 혈겁을 당했다고? 말도 안 되는……."

불과 사흘 만에 수천 리 밖에서 벌어진 일을 알아내고 이곳까지 알려온 운중천의 정보력도 놀라웠지만, 더 놀라운 것은 그 내용이었다.

　청성파와 당문이 어떤 문파던가? 각각 구대문파와 오대세가의 일원으로 운중천에서도 무시 못 할 강력한 힘을 갖고 있었다. 더군다나 사천성이라는 폐쇄적인 지형 덕분에 철옹성이나 다름없는 위용을 자랑했다.

　그런데 두 문파가 다른 곳도 아닌 자신들의 안방이나 다름없는 사천성 안에서 혈겁을 당했다고 하니 쉽게 믿기지 않는 것이 당연했다.

　"도대체 사천성 안에서 무슨 일이 일어나는 거지? 폐쇄적인 사천성의 지형 특성상 대규모 병력 파견은 불가능했을 테고, 그렇다면 소수 정예를 파견하여 급습했다는 건데. 겨우 소수 정예의 급습 정도에 청성과 당문 같은 대문파가 혈겁을 입었을 리 만무하고, 그렇다면 수의 열세를 일거에 뒤집을 정도의 절대고수가 동원되었다는 건가?"

　서문혜령의 두뇌가 무서울 정도로 핑핑 돌아갔다.

　수많은 정보를 대입하고, 가능성을 도출해 내고, 경우의 수를 찾아냈다.

　"설마 사대마장이 움직였단 말인가?"

　서문혜령의 눈동자가 흔들렸다.

　현재로서는 가장 신빙성이 있는 가정이었다. 하지만 그만큼 최악의 가정이기도 했다.

"정말 사대마장이 움직였다면 겨우 청성과 당문 정도로 끝나지 않을 것이다."

서문혜령이 급히 자리에서 일어났다.

이미 그녀의 머릿속에 단천운에 대한 생각 따윈 존재하지 않았다. 그보다 더 큰 위기감이 그녀의 머릿속을 해일처럼 덮어버렸다.

"아가씨."

송화열의 목소리를 뒤로하고 서문혜령이 급히 밖으로 뛰어나갔다.

*　　　*　　　*

남천명의 표정은 그리 밝지 않았다.

옆구리와 어깨에서 혈흔이 보였다. 지혈을 했음에도 불구하고 계속해서 피가 새어 나오는 것이다.

"만독제라더니, 과연 명불허전이구나. 만독불침에 가까운 나의 몸에 이 정도의 상처를 입히다니."

당관호는 은마사를 이용해 남천명을 공격했다. 그의 은마사는 금용암기답게 극악한 위력을 자랑했지만, 불행히도 남천명에겐 통하지 않았다. 가공할 내공을 바탕으로 오래전에 만독불침의 경지에 올랐기 때문이다.

그야말로 최악의 상성이었기에 당관호는 고전을 할 수밖에 없었다. 하지만 그는 만독제라는 별호답게 수많은 암기를 사용했고, 독공을 사용하는 것도 주저하지 않았다.

두 사람은 그야말로 치열하게 싸웠고, 결국 승자는 남천명이 되었다. 하지만 남천명이 입은 상처도 결코 녹록지 않았다.

당관호의 암기와 독공은 만독불침 신체에 가까운 그의 몸에도 큰 타격을 주었다.

겉으로는 멀쩡해 보였지만, 내장이 상하고 기혈이 들끓어 흐트러진 진기가 쉽게 진정되지 않았다.

"마영좌시여. 잠시 쉬시면서 운공이라도 하심이 어떠신지요?"

"흥! 겨우 이깟 상처 때문에 쉰단 말이냐? 됐다. 어서 움직이기나 하거라."

"예!"

염마대의 대주 구광문이 쉴 것을 권했지만 남천명은 아랑곳하지 않았다. 그는 자신의 몸을 너무나 잘 알고 있었다. 지금 당장은 기혈이 들끓어서 쉽게 진정이 되지 않았지만, 반나절 정도만 지나면 원래의 상태를 회복할 것이다.

'무엇보다 마령서생의 명을 수행해야 하니까.'

밀야에도 군사는 존재한다.

마령서생(魔靈書生) 가경의, 바로 그가 밀야의 군사였다.

가경의에 대해 알려진 것은 거의 없었다. 밀야의 일반 무인들은 가경의의 존재조차 알지 못한다. 그에 대해 알고 있는 이는 야주와 사대마장 같은 밀야의 수뇌부들 정도였다.

운중천과의 전쟁이 발발한 후 어쩐 일인지 가경의는 움직이지 않았다. 지난 삼 년 동안 거의 수수방관하던 그가 움직인 것은 불과 한 달 전이었다.

한 달 전 그는 사대마장을 소집했고, 각자에게 임무를 하나씩 주었다. 남천명에겐 사천무림을 초토화시켜 줄 것을 부탁했고, 다른 마장들에게도 그와 비슷한 임무를 부여했다.

가경의의 조그만 머릿속에 얼마나 큰 그림이 들어 있는지는 알 수가 없다. 하지만 한 가지만은 확실했다. 가경의가 그리는 그림이 결코 평범하지만은 않으리라는 것이다.

그만큼 사대마장은 가경의를 높이 평가하고 있었다. 남천명도 마찬가지였다. 그는 가경의의 진면목을 알고 있는 몇 안 되는 사람 중 한 명이었다. 그렇기에 가경의가 얼마나 무서운지 잘 알고 있었다.

'마령서생이 움직인 이상 이전까지처럼 전선이 고착 상태에 빠지는 일은 없을 것이다.'

남천명은 그렇게 생각하며 눈을 감았다. 그 상태로 조용히 운공을 하기 시작했다.

풍렬일기공(風烈一氣功).

지금의 청풍마영을 있게 만든 희대의 심공이었다. 어떠한 상황에서도 안정적으로 운용할 수 있고, 외부의 그 어떤 기운의 침입도 용납지 않는 철벽같은 성향을 가진 심공이 바로 풍렬일기공이었다.

남천명은 그 덕에 흔들리는 말 위에서도 안정적으로 심법을 운용할 수 있었다. 그렇게 그는 풍렬일기공을 운용하며 휴식에 들어갔다.

저 멀리 아미산이 가까워지고 있었다.

\*　　　\*　　　\*

진무원의 눈빛은 더할 수 없이 깊이 가라앉아 있었다. 그는
한쪽 무릎을 꿇은 채 바닥을 유심히 살폈다.

"인원은 대충 이백여 명 정도인가?"

바닥에 난 발자국을 헤아려 보고 내린 결론이었다.

적들은 무척 빠른 속도로 이동하고 있었다. 최소한의 짐만
소유한 채 오직 경공술만 써서 이동하는 것이다. 자연 속도가
빠를 수밖에 없었다.

분명 당문에서 입은 피해가 적잖을 텐데도 그들은 무척이나
빠른 속도로 이동했다. 상식을 벗어난 기동력이었다.

진무원과 무인들은 적들의 흔적을 추적했다. 적의 흔적은
남쪽을 향해 이어져 있었다. 이쯤 되면 제아무리 바보라 해도
알 수 있었다. 적들의 목표가 아미파라는 것을.

사천무림을 지탱하는 세 개의 기둥.

그중 청성과 당문이 당했고, 나머지 하나인 아미파가 그들
의 목표가 되었다. 만일 아미파까지 무너지게 되면 한동안 사
천무림은 힘을 잃게 된다. 그야말로 천하 대란의 시기에 사천
은 무주공산이나 다름없게 되는 셈이다.

"저들이 원하는 것은 사천무림의 구심점을 제거해 자중지

란에 빠지게 하는 것. 그럼으로써 운중천과 밀야의 전쟁에 개입하지 못하게 하는 것."

운중천과의 전쟁이 극에 달한 지금, 가장 확실한 전력인 사대마장 중 하나를 빼돌려 사천성을 정벌하는 무리수를 둘 필요가 없었다.

진무원의 눈에도 저들의 의도가 보였다.

"놈들이 아미파에 도착하기 전에 따라잡아야 합니다."

"놈들에게 반드시 내가 새로 만들어낸 일천광주(一千狂酒)를 퍼부어주고 말 것이다."

당기문이 상처 입은 호랑이처럼 으르렁거렸다.

일천광주는 그가 근래에 새로 만들어낸 극독으로 한 방울만으로도 수백 명의 목숨을 빼앗을 만큼 위력이 엄청났다.

당문이 혈겁을 당한 이후 그는 수시로 노기를 분출하고 있었다. 가장 존경하는 가주와 사랑하는 혈족들의 죽음은 그의 이성을 잃게 만들었다.

"분명 그렇게 될 겁니다."

"놈들이 누구든 간에 살아서 사천 땅을 벗어날 수는 없을 것이다."

뒤를 따르던 활독당과 검혈대의 무인들이 흠칫 몸을 떨 정도로 당기문의 살기는 처절했다.

그 모습을 보며 진무원이 나직이 한숨을 토해냈다.

전쟁은 사람을 송두리째 바꾸기도 한다. 하지만 그 대상이 설마 당기문이 될 줄은 꿈에도 생각하지 못했다.

지금 당기문의 모습과 그가 처음 만났을 때의 당기문은 너무나 큰 차이가 있었다. 명류산의 죽음으로 피폐해졌던 심신이 거의 회복되어 갈 때 즈음 당문이 혈겁을 당했고, 그로 인해 당기문의 정신은 다시 불안정하게 흔들리고 있었다.

당기문뿐만이 아니었다. 많은 이가 당기문과 같은 전쟁의 후유증을 겪고 있었다. 이런 비극을 끝내는 가장 빠른 길은 바로 운중천과 밀야의 전쟁을 끝내는 것뿐이었다.

진무원과 검혈대 등은 경공술을 펼쳐 남천명과 염마대를 추적했다. 당기문은 활독당의 무인들이 번갈아가며 등에 업었다. 그렇게 그들은 혼신의 힘을 다해 달렸다.

그들에게 휴식이란 존재하지 않았다. 잠도 자지 않았다. 그렇게 시간을 아껴 사흘을 달린 끝에 아미파가 있는 아미산 근처에 도착할 수 있었다.

저 멀리 아미산이 보였다.

아미산에는 복호사, 보국사, 만년사, 금정사, 우심사 등 수많은 사찰이 존재한다.

언제부턴가 아미산에 들어서기 시작한 사찰들. 처음엔 별다른 교류도 없이 각자 수행하는 분위기였다. 하지만 시간이 흐르면서 사찰들은 차츰 교류를 하기 시작했고, 그 과정에서 금정사와 복호사가 주축이 되어 본격적으로 무파(武派)로 거듭났다.

금정사와 복호사가 주축이 된 수많은 사찰의 연합체, 그것이 바로 명문 아미파의 실체였다. 평소 각 사찰은 본래의 취지에 맞게 운영한다.

불도에 정진하는 승려들은 목적에 부합하는 사찰로 들어가고, 무공을 익히고 싶은 승려들은 복호사와 금정사로 들어간다. 금정사에는 여승이 많고, 복호사에는 남승이 많았다. 하지만 대외적으로 금정사의 활동이 많다 보니 아미파는 여승들의 문파로 인식되고 있었다.

구대문파의 하나였지만, 평소 아미파의 대외 활동은 그리 많지 않았다. 문주 무영사태와 아미파의 분위기 자체가 은둔 지향적이기 때문이다.

그 때문에 청성파나 당문과도 최소한의 교류만을 해왔을 뿐, 아미파의 내부 사정에 대해서는 자세히 알지 못했다. 하지만 당기문은 달랐다.

"겉보기엔 무방비 상태로 보이지만, 기실 사천성에 있는 문파들 중 가장 공략하기 어려운 곳이 바로 아미파다. 사찰 전체가 아미산 곳곳에 퍼져 있어 어느 곳에서 접근을 해도 절대 그들의 이목을 피할 수 없고, 유사시에는 그 모든 전력이 순식간에 금정사에 모인다. 문주인 무영사태는 평소 온건하다고 알려져 있지만, 사실 외유내강의 성향을 가지고 있어 불의에 절대 물러서는 법이 없다."

당기문은 독초를 구하기 위해 아미산에도 수시로 올랐고, 그때 무영사태 등과도 교분을 나눴다. 아미파와 무영사태는 당기문에게 사심이 없다는 것을 알고 있었기에, 그가 얼마든지 아미산을 뒤질 수 있도록 허락해 주었다.

그때 당기문은 무영사태가 외적으로 보이는 모습보다 더 강단 있고, 단호한 사람이라는 것을 알았다.

"무영사태라면 지금쯤 당문과 청성파에 변고가 생겼다는 것을 알아차리고 대비하고 있을게야."

광원의 검문소에서 몰살당한 무인들 중에는 아미파에서 파견한 무승도 있었다. 그들에게서 연락이 끊어진 이상 무영사태도 사태의 심각성을 느꼈을 것이 분명했다.

진무원도 진심으로 그랬으면 좋겠다고 생각했다.

청성과 당문이 힘을 잃은 지금 아미파마저 무너지게 되면 사천성은 무주공산이 되게 된다. 운중천이나 밀야 중 어느 한 곳만 들어와도 그들 손에 넘어가게 된다.

그런 최악의 상황만큼은 반드시 막아야 했다. 자연 경공술을 펼치는 진무원의 속도가 빨라질 수밖에 없었다.

그때였다.

갑자기 어둠에 잠긴 아미산 정상 부근에서 강렬한 불길이 치솟아 올랐다. 당기문의 눈동자가 흔들렸다.

"벌써 놈들이 아미파를 습격한 것인가?"

그렇게밖에 볼 수 없는 상황이었다.

그가 급히 진무원에게 말했다.

"먼저 가거라. 나는 금방 뒤따라갈 테니까."

"알겠습니다."

진무원이 대답과 함께 앞으로 내달렸다. 검혈대와 활독당이 뒤를 따랐지만 그들 사이의 거리는 점점 멀어져만 갔다.

무영사태가 아마파의 문주가 된 지 벌써 이십 년이 넘었다. 그 긴 시간 동안 별문제 없이 아미파를 이끌어온 것 자체가 그녀가 얼마나 대단한 능력을 갖고 있는지 설명해 주고 있었다.

무영사태의 나이 올해로 쉰다섯이었지만, 외모는 겨우 서른 살 초중반 정도로 보였다. 얼굴엔 주름살 하나 없었고, 검고 큰 눈동자는 세상의 모든 지혜를 모아놓은 듯 깊고 유현한 빛을 하고 있었다.

무영사태의 손에는 아미파의 보검인 상월검(上月劍)이 들려 있었다. 상월검엔 멸사(滅邪)의 기운이 깃들어 있는 데다가 날카롭기가 천하제일이라 신검(神劍)이라 불렸다.

무영사태는 상월검을 사용하는 것을 좋아하지 않았다. 너무 날카로워서 사람을 쉬이 상하게 하기 때문이다. 하지만 지금 그녀는 상월검을 사용하는 것을 주저하지 않았다.

간밤에 아미파를 침습한 적들에 대한 분노로 그녀의 얼굴이 파르르 떨리고 있었다. 하지만 그녀는 억지로 분노를 억누르며 입을 열었다.

"아미타불! 시주들은 누구시기에 이 야밤에 방문하셨소? 이곳은 부처님의 도량. 향화를 피우려면 낮에 오셔도 충분하셨을 텐데."

"부처가 꼭 낮에만 향화객을 받는 것은 아닐진대 어찌하여 그대는 낮과 밤을 가리는가?"

대답을 하는 이는 바로 남천명이었다. 그가 이백여 명의 염마대와 함께 아미산을 방문한 것이다.

염마대의 갑작스러운 기습으로 수많은 무승이 목숨을 잃고, 전각이 불타오르고 있었다. 대비를 한다고 했는데도 불구하고 막대한 피해를 입은 것이다.

"아미타불! 청성파와 당문의 혈겁도 시주들의 행사겠구려?"

"그대는 이미 알고 있으면서 다시 물어보는 고약한 취미가 있는 모양이군."

남천명의 대답에 무영사태의 얼굴에 그늘이 드리워졌다.

청성파와 당문이 혈겁을 당했다는 소식을 들은 게 불과 하루 전이다. 그사이 대비를 한다고 했는데, 그녀의 예상보다 적들의 행사가 더 빨랐다. 설마 이렇게 빨리 아미파를 급습할 줄은 무영사태도 예상하지 못했다.

"마지막으로 묻겠소. 시주, 혹시 밀야에서 나오셨소?"

"밀야의 사대마장 중 한 명이 바로 나라네. 사람들은 나를 가리켜 청풍마영이라고 부르더군."

순간 무영사태가 눈을 질끈 감고 말았다.

'아미타불! 밀야가 사천성에까지 들어오다니. 이제 천하에 안전한 곳은 존재하지 않는구나.'

밀야의 피바람은 이미 사천성의 패자인 청성파와 당문을 휩쓸었다. 아미파가 막지 못하면 사천성 전역에 피바람이 불 것이다.

무영사태가 크게 외쳤다.

"아미타불! 살계를 열겠다. 전 제자들은 지옥에 떨어진다는 마음가짐으로 적들을 상대하라."

그녀의 웅혼한 외침에 아미파 제자들이 전의를 북돋으며 침습한 적들을 노려봤다. 그녀들의 얼굴엔 결사 항전의 의지가 고스란히 드러나 있었다.

그들의 모습을 보면서 남천명은 오늘 일이 쉽지 않을 거라고 생각했다. 그의 생각보다 아미파의 반응은 훨씬 더 빠르고 즉각적이었다. 원래는 아미파에 최대한 은밀하게 타격을 줄 생각이었지만, 예상보다 빠르게 들통나는 바람에 어쩔 수 없이 전면전을 치를 수밖에 없게 됐다.

이전까지는 기습의 묘와 상성의 우위를 이용해 피해를 최소화했지만, 아미파가 단단히 대비를 한 채 기다리고 있는 이상 그렇게 쉽게 넘어갈 수 없을 것이다.

아마 염마대의 많은 이가 죽거나 다칠 것이다. 어쩌면 몰살을 당할 수도 있다. 그래도 남천명은 걱정하지 않았다. 염마대는 본래 그런 목적으로 키워진 존재였기 때문이다.

중요한 것은 아미파의 정신적인 지주이자 중심인 무영사태의 목숨을 빼앗는 것이다. 그렇게 되면 사천무림의 세 축이 통째로 무너지는 결과를 얻는다.

남천명이 무영사태를 향해 걸음을 옮겼다. 애초부터 그의 목표는 무영사태 단 한 명뿐이었다. 나머지 아미파 무인들을 상대하는 것은 염마대의 몫이었다.

무영사태가 상월검을 곧추세웠다. 그녀의 몸에서 흘러나온 서릿발처럼 차가운 기도가 일대를 잠식해 나갔다.

일파의 종사로서 부족함이 없는 위압감과 기도였다. 거기에 신검이라 할 수 있는 상월검이 더해지자 천하의 남천명도 긴장하지 않을 수 없었다.

그는 단숨에 무영사태의 무공을 알아보았다.

"일자수미검(一字須彌劍)인가?"

명문 아미파의 장문인만 익힐 수 있는 비전 검공이 바로 일자수미검이었다. 겨자씨만 한 점과 점을 연결하는 최단의 검로가 특징이다. 그만큼 검로도 단순했다. 하지만 그 위력은 상상을 초월했다. 가히 파천(破天)의 위력을 가지고 있다는 것이 세상의 중론이었다.

"일자수미검, 꼭 한번 견식해 보고 싶었지."

남천명의 눈이 살기로 번들거리기 시작했다.

강자존의 대지에서 살아남아 사대마장의 자리에 오른 남천명이었다. 자연 그의 핏속에는 승부사의 기질이 흐르고 있었다.

풍렬일기공(風烈一氣功).

남천명을 청풍마영으로 존재하게 한 성명절기가 발동됐다.

그의 몸이 바람보다 빠르게 움직였다.

파앙!

소리를 넘어서는 속도에 공기가 터져 나갔다. 강력한 충격파에 무영사태의 얼굴에 파문이 일었다. 하지만 무영사태는 당황하지 않고 차분히 상월검을 휘둘렀다.

일자수미검의 절초인 수미생령(須彌生靈), 수미검향(須彌劍

좁) 등이 연이어 펼쳐졌다.

순식간에 은빛의 검막이 무영사태의 몸을 휘감고, 남천명의 몸이 튕겨 나갔다. 하지만 튕겨 나가는 속도보다 배는 빠른 속도로 다시 남천명이 달려들었다.

풍렬일기공의 탄형시(彈形矢)의 초식이 발동됐다.

쿠콰콰각!

푸른 잔영과 은빛 검영이 부딪치며 불꽃이 튀고 사방으로 후폭풍이 퍼져 나갔다.

두 사람의 움직임은 눈에 보이지도 않았다. 인간의 안력으로 포착할 수 있는 속도의 영역을 넘어선 것이다.

쿠와앙!

격돌의 여파에 굉음과 함께 인근에 있던 전각의 지붕이 터져 나갔다. 뒤이어 기둥이 두 동강 나고 벽체가 부서지면서 거대한 전각이 송두리째 폭삭 무너졌다.

고요하기만 하던 불문의 성지에 파괴의 회오리바람이 몰아쳤다. 무영사태는 그야말로 혼신의 힘을 다했다. 하지만 전력을 다하고서도 남천명을 상대로 완전한 우위를 점하지 못했다.

무영사태의 이마에 굵은 땀방울이 송골송골 맺혔다. 상월검을 잡고 있는 손이 파르르 떨리고 있었다. 연이은 격돌에 제일 먼저 검을 잡고 있는 손이 타격을 입은 것이다.

마치 거대한 철판을 맨손으로 후려치는 듯한 느낌이었다. 손바닥 안의 뼈가 모조리 으스러지는 듯한 고통에 절로 얼굴이 일그러졌다.

모든 것을 베어버리는 상월검이었지만, 상대의 몸에는 생채기 하나 만들지 못했다. 상대의 몸을 휘감은 정체불명의 푸른 기류가 상월검을 튕겨내는 것이다.

'호신강기로 신검인 상월검을 튕겨내는 것인가?'

그야말로 상상을 초월하는 위력이었다.

다른 사람도 아닌 아미파의 장문인인 무영사태가 혼신의 힘을 다해 펼치는 일자수미검이었다. 이 정도라면 다른 구대문파의 장문인이라 할지라도 큰 곤경에 처했어야 한다. 하지만 남천명은 그 어떤 타격도 받지 않은 듯 무영사태를 몰아붙이고 있었다.

넘을 수 없는 거대한 벽이 앞을 가로막고 있는 듯했다. 절망감이 무영사태를 엄습했다. 난생처음 자신이 무기력하다고 느껴졌다.

쉬앙!

칼날 같은 바람이 그녀를 휘감았다.

무영사태가 이를 악물며 일자수미검의 마지막 초식인 수미내우주(須彌內宇宙)의 초식을 펼쳤다.

"챠앗!"

그녀의 몸에서 강력한 빛 무리가 터져 나왔다.

무영사태와 남천명을 연결하는 최단 거리의 은색 선의 질주.

순간 남천명의 몸이 부르르 떨렸다. 그의 몸 자체가 눈에 보이지 않을 정도로 엄청난 속도로 미세하게 진동하는 것이다.

티티팅!

상월검이 튕겨 나가며 궤도가 바뀌었다.

무영사태의 눈이 크게 떠졌다. 남천명의 미소가 그녀의 망막을 가득 채웠다.

남천명의 활짝 펴진 손바닥이 그녀의 가슴을 직격했다.

퍼엉!

"커헉!"

무영사태가 피를 토하며 뒤로 훨훨 날아갔다. 중상을 입고만 것이다.

남천명이 다시 무영사태를 향해 몸을 날렸다. 그녀의 몸이 바닥에 떨어지기 전에 확실하게 숨통을 끊으려는 것이다.

그의 손바닥이 다시 활짝 펼쳐졌다.

천인역신수(千人力神手).

성인 남성 천 명이 한꺼번에 주먹을 내지르는 힘이 담겨 있다 해서 붙여진 이름이다. 가히 파천황의 위력이 그의 일수에 내재되어 있었다.

죽음을 예감한 무영사태가 눈을 질끈 감았다.

'아미타불! 세존이시여, 아미파를 부디 굽어살피소서.'

콰아앙!

순간 일진광풍과 충격파가 그녀의 몸을 휘감았다. 하지만 생각보다 고통스럽지는 않았다.

무영사태가 감았던 눈을 떴다. 그러자 그녀를 안고 있는 남자의 모습이 흐릿하게 보였다.

'누구?'

*　　　*　　　*

갑자기 나타난 불청객을 바라보는 남천명의 눈가가 파르르
떨리고 있었다.

천인역신수가 무영사태의 몸에 격중하기 직전 불청객이 끼
어들었다. 무영사태를 안아 드는 남자를 향해 남천명은 오히
려 공력을 배가시켰다.

그렇게 극강의 공력이 주입된 천인역신수였다. 부수지 못할
것이 없었고, 견딜 수 있는 존재 역시 없었다. 하지만 무영사태
를 구한 상대는 남천명의 천인역신수를 어렵지 않게 흘려보냈
다.

흔히들 사량발천근이라고 부르는 수법이었다. 넉 냥의 힘으
로 천 근의 무게를 움직이는 고도의 공부. 하지만 그것도 비슷
한 수준의 무인들을 상대할 때의 이야기였다.

남천명처럼 압도적인 내공과 파괴력을 가진 고수에게 섣불
리 사량발천근의 수법을 사용했다가는 오히려 근육이 뒤틀리
고, 뼈가 으스러지는 중상을 입기 십상이었다.

하지만 상대는 사량발천근의 수법을 이용해 남천명의 천인
역신수를 흘려보냈을 뿐 아니라 너무나 멀쩡한 모습이었다.
그 말은 곧 상대의 내공이나 무공 수위가 그에 못지않다는 것

을 의미했다.

남천명은 무영사태를 안고 있는 남자를 유심히 살폈다.

나이는 이제 이십 대 중후반 정도, 어디 가서 빠지지 않을 정도로 잘생긴 얼굴에 체격도 훤칠하다. 하지만 그의 눈을 끈 것은 바로 상대의 기도였다.

자신의 천인역신수를 아무렇지 않게 해소할 정도라면 가공할 기도나 기파가 느껴져야 정상이었지만, 상대의 몸에서는 그 어떤 기도도 느껴지지 않았다.

'흠! 자신의 기도를 감출 정도의 경지에 올랐단 말인가?'

남천명의 입가를 따라 한 줄기 미소가 번져 갔다.

예상치 못한 강자의 등장이 꺼림칙할 만도 하건만 그는 오히려 기꺼운 표정을 짓고 있었다.

밀야 내에서도 그를 긴장하게 만들 만한 존재는 그리 많지 않았다. 기껏해야 같은 사대마장이나 야주 정도, 그 외의 존재들이 그를 긴장하게 만든다는 것은 불가능에 가까웠다.

그런데 뜻밖의 장소에서 의외의 인물이 그를 긴장하게 만들고 있었다. 이런 긴장감을 느낄 수 있다는 사실이 기꺼웠다.

남천명은 뒷짐을 쥐고 서서 남자가 하는 모양새를 지켜보았다. 남자는 남천명은 신경도 쓰지 않고 무영사태에게 검은 단환 하나를 복용시킨 후 몇 군데 혈도를 눌렀다.

그러자 순식간에 기식이 엄엄했던 무영사태의 얼굴에 혈색이 돌아왔다.

"호오!"

남천명은 순수하게 감탄했다.

그는 저 검은 단환이 인세에 그리 흔치 않은 영약이라는 사실을 알아차렸다. 그런 영약을 아무렇지 않게 복용시킬 수 있는 남자의 정체에 대해 궁금증이 더해갔다.

무영사태가 어느 정도 안정을 찾자 남자가 몸을 일으켜 남천명을 바라봤다. 남천명을 바라보는 남자의 눈빛은 고요했다. 그 안엔 그 어떤 분노도 감정도 담겨 있지 않았다. 그래서 더 생소했고, 충격적이었다.

남자는 바로 진무원이었다.

남천명이 진무원을 향해 다가왔다.

"아미파에 이런 고수가 있었던가? 그렇다면 내가 아미파를 너무 우습게 보고 있던 것이 확실하군."

"밀야에서 나오셨습니까?"

"그렇다네."

남천명은 굳이 밀야에서 나왔단 사실을 숨기지 않았다. 어차피 드러날 일이었고, 그럴 목적으로 대놓고 행동한 것이기도 했다.

주위에서 염마대와 아미파 무인들 간의 생사를 건 싸움이 벌어지고 있었지만, 이미 남천명의 관심 밖의 일이었다. 남천명의 시선과 관심은 온통 진무원을 향해 있었다.

"내 이름은 남천명이라고 하네."

"……."

"그렇게 말하면 모르겠군. 청풍마영, 그게 나의 별호라네."

"사대마장?"

"그렇다네. 내가 바로 자네들이 사대마장이라고 부르는 사람 중 한 명이라네."

진무원은 놀라지 않았다.

어쩌면 그럴지도 모른다고 이미 생각했기 때문이다. 남천명의 기도는 은한설의 사부인 소금향과 비슷했다. 같은 공간, 같은 위치에 있는 사람들의 기도는 유사한 부분이 많았고, 그런 점에서 진무원은 남천명이 사대마장 중 일인일지도 모른다고 짐작했었다.

사대마장 중 한 명을 마주하고 있었지만, 이상하리만큼 그는 평정심을 유지하고 있었다. 그 어떤 흔들림이나 동요도 보이지 않는 그의 모습에 오히려 남천명의 눈에 이채가 떠올랐다.

"자네의 이름은?"

"진무원."

"진무원?"

남천명이 처음으로 미간을 찌푸렸다. 어디선가 한 번 들어본 듯한 이름이었다. 잠시 턱을 만지던 남천명이 기어이 기억을 떠올렸다.

"자네…… 삼 년 전에 죽지 않았던가?"

"세상엔 그렇게 알려졌더군요."

"아니었나 보군. 그동안 철저히 자신을 숨기고 살았던 모양이군."

진무원이 대답 대신 미소를 지었다. 반면 남천명의 얼굴엔 곤혹스러운 표정이 떠올랐다.

진무원은 결코 녹록한 존재가 아니란 것을 스스로 증명해 보였다. 그를 제거하기 위해 동원된 운중천의 천라지망은 사대마장이라 할지라도 결코 돌파하기가 쉽지 않았다.

"그간 이곳 아미산에 숨어 있었던가?"

"아닙니다."

"그렇다면 계속 숨어 있을 것이지 뭐하러 모습을 드러냈는가? 아미파와 아무런 연관도 없으면서."

"아미파와는 아무런 관련이 없을지 몰라도 당문과는 뗄 수 없는 관계가 있습니다."

"당문이라. 흠!"

남천명이 빙그레 미소를 지었다.

세상의 은원이란 정말 알 수 없다는 생각이 들었다. 진무원이 멀쩡히 살아 있다는 것도 놀라운데, 당문과 또 연관이 있다니.

결국 자신이 은거하고 있던 진무원을 불러낸 셈이었다.

"그런데 후회하지 않겠는가? 이렇게 자신을 드러낸 것을. 이제까지 애써 숨기며 살았는데, 만천하에 정체가 드러나게 생겼으니."

"절대 그렇지 않을 겁니다."

"이렇게 듣는 귀가 많은데."

"남 대협께서 입만 다무시면."

"다른 이들은 어찌할 텐가? 그들도 모두 들었을 텐데."

"그들은 아무것도 듣지 못했을 겁니다."

"호!"

순간 남천명이 자신도 모르게 감탄사를 터뜨렸다. 주위에서 기막이 느껴졌기 때문이다.

진무원은 그도 모르게 기막을 펼쳐 내부의 음파가 외부로 퍼져 나가지 못하도록 차단했다. 아마 바로 곁에서 싸우던 이들도 그들의 대화는 듣지 못했을 것이다.

"그렇다면 내 입만 막으면 되겠군. 그럴 자신은 있는가?"

진무원이 말없이 미소를 지었다.

평범한 미소였다. 하지만 남천명은 그 미소가 무척이나 서늘하다고 생각했다.

"듣기엔 검을 쓴다지? 검은 어디에 있는가?"

"지금은 굳이 검에 구애받지 않습니다."

"호오!"

"하지만 남 대협 같은 분을 상대하려면 검이 있는 게 확실히 좋을 것 같긴 하군요."

진무원이 근처에 나뒹구는 검 한 자루를 집어 들었다. 죽은 아미파 제자의 무기였다.

남천명의 낯빛은 처음과 달리 딱딱하게 굳어 있었다.

'무기에 구애를 받지 않는다? 즉 무기의 구별이 없는 경지에 올랐단 뜻인가?'

오직 절대의 경지에 오른 자만이 그럴 수 있다. 그렇다는 것은 진무원 역시 절대의 경지에 올랐다는 뜻. 이미 그럴 거라고 추측하긴 했지만, 진무원의 입을 통해서 들으니 더욱 충격적이었다.

'저 나이에 절대의 경지라니.'

문득 두렵다는 생각이 들었다. 지금도 이럴진대 향후 십 년 정도만 이런 속도로 발전하면 누가 있어 진무원의 적수가 될 수 있을까?

'오늘 반드시 제거해야겠구나. 어떤 희생을 치르더라도.'

의지는 그의 육신을 통해 표출되었다.

가공할 기파가 진무원을 향해 휘몰아쳤다. 폭풍처럼 휘몰아치는 기파 앞에서 진무원은 뒤집히기 직전의 일엽편주처럼 위태로워 보였다.

진무원은 군이 남천명의 기파에 저항하지 않았다.

'강한 힘에 강하게 대항하는 것은 어리석은 일. 세상이 바뀌고 천 번을 변하더라도 나는 군은 마음 하나면 충분할지니.'

지금 진무원에게 필요한 것은 군은 마음 하나뿐이었다.

검첨은 바닥을 향하고, 눈은 반쯤 감은 진무원의 모습은 얼핏 보면 허점투성이에 가까웠다. 하지만 남천명은 쉽게 움직이지 못했다. 알 수 없는 위압감이 진무원의 전신에서 느껴졌기 때문이다.

남천명은 잠시 진무원을 노려보았다. 그의 강렬한 기파에도 진무원은 전혀 움직일 생각이 없어 보였다. 대신 그가 느끼는 중압감은 점점 커져 가고 있었다.

'정중동(靜中動)의 묘리인가?

말은 쉽지만, 행동으로 옮기기는 결코 쉽지 않을 일이다. 더군다나 상대가 남천명 같은 절대고수라면 말이다.

청풍마영이라는 별호답게 남천명은 천하에서 가장 빠른 경공술과 섬격의 무공을 자랑했다. 그의 빠름에 비견될 수 있는 자는 오직 한 명, 북천문의 풍제 경무생뿐이다. 하지만 진정한 무위에서는 많은 손색이 있었다.

"어디 한번 볼까? 자네의 검을."

말이 끝나기도 전에 남천명이 움직였다.

콰콰콰!

남천명이 도달하기도 전에 강렬한 기파가 해일처럼 밀려와 진무원을 덮쳤다. 그 순간 진무원이 살짝 대지를 박찼다. 그러자 그의 몸이 기파에 휩쓸려 훌훌 뒤로 날아갔다.

마치 실이 끊어진 연처럼 날아가는 진무원의 모습에 남천명이 더욱 속도를 높였다.

허공에 희끗한 잔영만을 남긴 채 남천명은 진무원의 코앞에 도달했다.

"하앗!"

그의 손이 무시무시한 속도로 진무원의 가슴을 향해 날아갔다. 예의 천인역신수였다. 이전과 달리 오직 진무원에게만 집중되있기에 공력의 농도와 파괴력에서 엄청난 차이가 났다.

캉!

하지만 진무원은 남천명의 천인역신수를 어렵지 않게 쳐 냈다. 가공할 위력이 담긴 천인역신수와 격돌했음에도 불구하고 그의 손에 들린 평범한 청강검에는 흠집 하나 나지 않았다.

카카캉!

진무원과 남천명이 연이어 격돌했다.

남천명의 공격은 숨 쉴 틈 없이 이어졌다. 그의 몸은 동에 번쩍, 서에 번쩍했다. 어떤 때는 동시에도 나타나는 것이 순간 이동을 하는 듯한 착각을 느낄 정도였다.

그에 반해 진무원은 두 다리는 거의 움직이지 않은 채 방어에만 집중했다.

"언제까지 버틸 수 있을 것 같으냐?"

쾅쾅!

마치 거대한 쇠망치로 바위를 두드리는 듯한 소리가 연이어 터져 나왔다. 주위 공기가 미친 듯이 요동치고, 땅거죽은 파헤쳐져 속살을 드러냈다.

그들이 발산하는 기파에 휩쓸린 전각은 먼지가 되어 바람에 흩날리고, 아미파와 염마대의 무인들은 기겁하며 전장을 옮겼다.

천 년의 역사를 가진 금정사는 두 무인의 격돌에 처참하게 부서지고 있었다. 금정사의 역사는 곧 아미파의 역사였다. 아미파의 중심이 타인들의 싸움에 처절하게 짓밟히고 있었다.

남천명은 풍렬일기공을 극성으로 끌어 올렸다.

그의 몸이 진동하더니 곧 바람과 공명하기 시작했다. 미세하게 시작된 진동은 곧 천지를 집어삼킬 듯 증폭되었다.

"크윽!"

"헉! 귀가……."

주위에서 싸우던 무인들이 갑작스러운 이명에 놀라 비칠거렸다. 아미파의 무인들은 물론이고, 염마대의 무인들까지도 안색이 핼쑥하게 변했다. 그들의 고막이 터지고 찢어져 피가 흐르고 있었다.

퍼엉!

남천명의 몸이 움직이는데 공기가 터져 나갔다. 소리보다 빠르게 움직이면서 무형의 벽을 돌파한 것이다.

속도는 곧 힘이 된다.

빠르면 빠를수록 상대가 받는 타격은 기하급수적으로 늘어나고, 종국에는 반응조차 할 수 없게 된다.

남천명의 몸은 음파의 벽에 둘러싸여 있었다. 그의 양쪽으로 흐르는 격류는 적의 공격에서 신체를 완벽하게 보호하고 있었다.

콰아앙!

소리의 속도를 넘어선 엄청난 공격에 천둥소리가 울려 퍼졌다. 자세히 보면 남천명의 양 주먹에도 빠지직거리는 소리와 함께 뇌전이 일고 있었다.

풍뢰일기공이 극성에 이르면 나타나는 현상이었다. 상식을 넘어선 속도는 우레를 부르고, 작렬하는 뇌전은 진무원을 직격했다.

뇌전의 주먹에 직격당한 진무원의 신형이 위태롭게 흔들렸다. 진무원의 입가로 옅은 혈흔이 내비쳤다. 내장이 진탕되고 기혈이 들끓었지만, 진무원은 오직 방어에만 치중했다.

진무원은 천하에 이런 무공도 존재한다는 것을 처음 알았다.

작렬하는 뇌전의 모습이 아름다웠다. 그 모습을 오래도록 담아두고 싶었다. 하지만 그럴 수 없다는 것을 진무원은 너무 잘 알고 있었다.

환상과 꿈에서 깨어날 시간이었다.

진무원의 검이 허공을 갈랐다.

쩌어엉!

처음으로 남천명의 움직임이 멈췄다.

뒤이어 진무원의 거센 반격이 시작되고 있었다.

# 2장

검객은 세상으로 나가고,
세상은 혼란으로 물든다

　무영사태가 전각의 벽에 기댄 채 가쁜 숨을 몰아쉬었다. 마치 전신이 소 잡는 커다란 칼로 조각조각 해체되는 것같이 고통스러웠다. 그나마 진무원이 제때 영단을 복용시키지 않았다면 목숨마저 위험했을 것이다.

　무영사태가 고개를 들어 전방을 바라봤다. 그녀의 망막에 진무원과 남천명이 격돌하는 모습이 맺혔다.

　남천명은 이제 전신이 뇌전으로 덮여 보이지도 않았다. 그야말로 상식을 벗어난 무공이었고, 인간의 한계 따윈 오래전에 벗어던진 것 같았다.

　'밀야의 사대마장이란 다 저렇게 인간의 한계를 벗어난 존재들인가? 정녕 막을 수 없는 재앙이란 말인가?'

왜 사대마장을 막을 수 없는 재앙이라고 하는지 알 것 같았다. 인간의 몸으로 뇌전을 자유자재로 부리는 존재를 어찌 이길 수 있단 말인가?

하지만 그녀는 절망하지 않았다. 하얀 뇌전 인간과 맞서 싸우는 낯선 남자 때문이었다.

위기의 순간에서 그녀를 구해주었던 낯선 남자는 상식을 아득히 초월한 남천명의 무력 앞에서도 전혀 밀리지 않고 있었다.

평범한 청강검이 허공을 찌를 때마다 남천명은 오히려 움찔하며 회피하거나 뒤로 물러났다.

무영사태의 상식으로는 이해할 수 없는 일이었다.

남자의 검에는 검강이나 검기 같은 초절정의 기예는 발현되어 있지 않았다. 또한 특별한 초식을 쓰는 것 같지도 않았다. 하지만 그의 평범한 찌르기 한 번에 남천명은 당황한 표정을 짓고 있었다.

'아미타불! 대체 저 시주가 누구기에?'

무영사태의 궁금증은 커져만 갔다. 하지만 누구도 그녀의 의문을 속 시원하게 풀어주지 못했다.

그때였다.

지이잉!

갑자기 섬뜩한 느낌과 함께 무영사태의 등줄기를 따라 소름이 돋아 오르고, 온몸의 솜털이란 솜털이 모조리 곤두섰다.

"크흡!"

뒤이어 남천명의 답답한 신음성이 터져 나왔다.

순간적이나마 뇌전이 갈라졌다. 그리고 그 속에 숨어 있던 남천명의 어깨에 긴 자상이 생겨나 선혈을 점점이 흩날리고 있었다.

자상은 뇌전의 열기로 금세 봉합이 되었지만, 남천명의 경악 어린 표정은 사라지지 않았다.

심장이 두근거리고 있었다.

방금 전 진무원이 날린 일격 때문이었다.

검기나 검강도 없는 평범한 일격이 풍렬일기공의 맥을 가닥가닥 끊고 들어왔다. 단순히 맥만 끊은 것이 아니라 그의 몸을 보호하고 있던 음파의 벽마저 두 조각으로 가르고 들어왔다.

만일 남천명의 회피 반응이 조금만 늦었다면 단순히 어깨가 갈라지는 것만으로 그치지 않았을 것이다.

진무원의 검이 허공에서 기이한 궤적을 그리며 날아오고 있었다. 평범한 검로에 속도도 그리 빠르지 않았다. 풍렬일기공을 발동하지 않더라도 충분히 피할 수 있는 속도였다.

그런데 남천명은 그러지 못했다. 진무원의 검에서 일어난 기이한 흡인력이 그의 발목을 붙잡았기 때문이다.

마치 보이지 않는 그물이 그의 몸을 휘감고 있는 것 같았다. 때문에 그의 몸이 점점 느려지고 있었다.

'이게 무슨?'

그의 최대 장점은 속도다. 풍렬일기공 역시 속도가 극에 달할 때 제 위력을 발휘하고, 우레의 힘을 끌어 쓸 수 있다. 그런데 진무원의 기괴한 검공은 그가 속도를 낼 수 없게 만들었다.

'그 짧은 순간 벌써 내 약점을 파악했단 말인가?

그가 입술을 질겅 깨물었다.

아무리 속도를 높이고, 뇌전을 거세게 방출해도 진무원의 검을 뚫을 수가 없었다. 진무원의 검법은 실로 기묘했다. 분명 평범해 보이는 초식이었는데, 이상하게 피할 수가 없었다.

"이게 무슨 검공이냐?"

남천명의 외침에 진무원은 대답하지 않았다.

대신 멸천마영검을 차분히 풀어내며 남천명을 압박했다.

쉬각!

유성혼(流星魂)이 허공을 갈랐다.

'우측으로 삼 보.'

순간 그의 예상처럼 남천명이 우측으로 삼 보 이동했다. 유성혼을 피하기 위해선 그럴 수밖에 없었다.

다시 멸천마영검의 이초식 북천벽이 펼쳐졌다. 겉으로는 평범해 보이지만, 엄청난 압박감이 남천명을 덮쳤다. 그러자 남천명이 급히 뒤로 물러나는 모습이 보였다.

그 모든 동작이 진무원의 예측했던 대로였다.

그 짧은 시간 동안 진무원은 남천명의 움직임을 모두 파악했다. 극한의 속도에 치중한 남천명의 무공은 단순할 수밖에 없었다.

잔가지는 모조리 쳐 내고 줄기만 남겨둔 나무처럼 진퇴가 명확했다. 일반적인 무인이라면 눈으로 인지할 수 없는 엄청난 속도와 작렬하는 뇌전의 위력에 질려 감히 남천명의 움직임을 어떻게 제어할 수 없을 것이지만, 진무원은 달랐다.

전방위 감각이 폭발적으로 영역을 확장하면서 남천명의 움직임이 생생하게 머릿속에 그려졌다. 그의 호흡, 그의 근육의 미세한 떨림, 뇌전의 방전 영역, 그리고 그의 이동 방향까지도 말이다.

남천명의 호흡이 점차 가빠지고 있었다. 더불어 그의 몸에서 방전되던 전기도 차츰 위력이 떨어지고 있었다.

순간 진무원이 수세에서 공세로 전환했다. 계류보가 펼쳐지며 그의 몸이 쭈욱 늘어났다.

"헉!"

순간 진무원에게 쇄도하던 남천명이 놀라 방향을 바꿨다. 하지만 그보다 빨리 진무원이 방향을 바꿨다.

쉬각!

진무원의 검이 번쩍였다.

순간 남천명의 몸을 감싸고 있던 뇌전이 다시 한 번 잘려 나갔다. 이번엔 남천명의 가슴에 긴 자상이 생겨났다.

"감히!"

남천명이 노성을 내뱉으며 남은 공력을 모조리 끌어 올렸다.

뇌령섬화(雷靈閃火).

풍렬일기공 최강의 초식이 진무원을 향해 펼쳐졌다.

쿠콰콰각!

뇌전의 폭풍이 진무원을 향해 몰아쳐 왔다.

진무원은 망설이지 않고 뇌전의 폭풍을 향해 몸을 날렸다.

검이 허공을 가르고 있었다.

초식이나 투로 따윈 생각하지 않았다.

대신 진무원은 검에 간절한 염을 담았다.

베겠다는 일념(一念)을.

츄화학!

그의 검이 허공에 긴 선을 만들어낸 순간 남천명의 눈동자가 흔들렸다.

세상 전체가 잘려 나가고 있었다.

뇌전의 폭풍도, 대기도, 그리고 하늘도.

그가 보고 있던 모든 세상이 두 조각이 나는 것 같았다.

"아!"

다음 순간 모든 것이 환상처럼 원래의 모습을 회복했지만, 남천명은 벌린 입을 다물지 못했다.

주르륵!

그의 몸을 비집고 선혈이 점점이 흘러내렸다. 어깨에서 시작된 선혈은 사선으로 이어져 아랫배까지 일직선으로 흘러내렸다.

"컥!"

남천명이 뒤늦게 피를 토하며 주저앉았다. 진무원이 그제야 멈춰 서며 검을 바닥을 향해 길게 늘어뜨렸다.

남천명이 힘없이 진무원을 올려다봤다.

그가 다시 한 번 물었다.

"이게 무슨 검…… 공인가?"

"멸천마영검."

진무원이 대답과 함께 주위를 둘러봤다.

아미파와 염마대의 싸움에 낯익은 이들이 개입했다. 뒤늦게 달려온 검혈대와 활독당의 무인들이었다. 그들의 개입에 염마대가 속절없이 무너지고 있었다.

"아미타불!"

무영사태가 하염없이 불호만 되뇌었다.

믿을 수가 없었다.

사대마장의 전설.

영원할 것만 같던 그 전설의 종지부를 자신의 눈으로 보다니 믿을 수가 없었다.

"저 사람이 대체 누구기에?"

그녀의 망막 가득 전설의 종지부를 가져온 남자가 들어왔다.

그는 남천명을 물끄러미 내려다보고 있었다.

남천명이 힘없이 중얼거렸다.

"북천문, 이런 오지에 숨어서 힘을 길렀나? 가경의가 예상 못 한 상황이군."

"가경의?"

"흐흐! 있네, 그런 아이가. 내 죽음으로 그 아이가 사천성을 주목할 게야. 이제 자네도 두 발 편히 뻗고 자기 힘들게 되겠군."

"누가 두 발을 뻗고 잘지는 두고 보면 알게 될 겁니다."

"흐흐! 그것도…… 그렇군. 피곤해! 이제 좀 자야겠네, 나는……."

남천명의 목소리가 점차 잦아들었다.

강호를 오랜 세월 지배해 온 공포의 전설은 그렇게 종극(終極)을 맞이하고 있었다.


모두가 숨을 죽이고 진무원을 바라봤다.

사대마장의 전설을 종식시킨 자. 비록 무너뜨린 것이 일각에 불과할지라도 그들에게 던져 준 충격은 그들의 정신과 자아를 일순간이나마 붕괴시키기 충분했다.

무뚝뚝하기만 하던 염마대주 구광문의 얼굴에는 숨길 수 없는 균열이 생겨났다. 항상 냉정하기만 했던 가슴 한편에 격랑이 일어나고 있었다.

남천명은 저렇게 죽어서는 안 될 사람이었다. 자신들 모두가 죽어도 그는 결코 죽어서는 안 됐다. 그는 밀야의 살아 있는 전설이었다. 밀야의 수많은 이가 그를 우러러보고 따랐다.

그의 죽음은 밀야 전체에도 큰 충격을 안겨줄 것이다. 어쩌면 밀야의 근간을 뒤흔들지도 모른다. 그만큼 남천명의 죽음이 던져 준 충격은 거대했다.

구광문이 진무원을 향해 달려왔다.

"네놈은 누구냐?"

마치 모래를 집어삼킨 것처럼 그의 음성은 탁하고 처절했다. 피를 토하는 그의 외침에도 진무원은 별반 움직임이 없었다.

구광문이 큰 주먹을 번쩍 들었다. 하지만 그는 주먹을 진무원을 향해 내뻗지 못했다.

"커억!"

갑자기 그가 피를 토해냈다. 검붉은 선혈이 바닥과 그의 가슴을 적셨다.

"무슨?"

구광문의 눈동자가 흔들렸다.

그의 눈과 귀, 코, 입에서 피가 흘러나오고 있었다. 세상이 온통 붉게만 보였다. 그 속에 진무원이 있었다.

"크악!"

구광문이 처절한 비명을 내지르며 무릎을 꿇었다.

혈맥이 터지고, 근육이 파열된다. 내부의 장기는 기능을 잃고 괴사를 하고 있었고, 근육을 지탱하던 뼈가 바스러지고 있었다. 그의 몸 자체가 붕괴를 하고 있었다.

온몸이 갈기갈기 해체되는 고통에 구광문이 죽어라 소리를 질렀다. 그의 비명이 어찌나 처절하던지 아미파의 무인들이 두 눈을 질끈 감고 고개를 돌렸을 정도였다.

처절한 고통에 몸부림치는 구광문의 앞으로 누군가 다가왔다. 핏발 선 눈으로 구광문을 노려보는 남자는 바로 당기문이었다.

일천광주(一千狂酒).

그동안 각고의 노력 끝에 만들어낸 극독 중의 극독이었다. 바로 구광문같이 초절정의 경지에 이른 고수들을 상대하기 위해서.

일천광주에 중독되면 혼을 짓이기는 듯한 처절한 고통을 느끼게 된다. 공력은 산산이 흩어지고, 피는 마치 용암이라도 된 듯이 미친 듯이 들끓어 상상도 할 수 없는 고통을 안겨준다.

그러면서도 쉽게 죽지 않는다. 끔찍한 고통이란 고통을 모조리 느낀 후에야 천천히 죽기 때문에 더욱 무서운 것이 일천광주였다.

만들기만 했지, 단 한 번도 사용하지 않은 일천광주였다. 그런 극독을 하독했다는 것 자체가 지금 당기문이 얼마나 큰 분노를 느끼고 있는지 말해주고 있었다.

"끄아아! 차라리 나를 죽여라. 나를……."

"이제 알겠지? 당문을 건들면 어떤 대가를 치르게 될지."

당기문의 말에 활독당과 검혈대의 무인들마저 몸을 부르르 떨었다. 당문을 나와 북천문에 몸을 담고 있지만, 당기문의 근원은 당문이었다.

근원을 침범당하고 짓밟힌 자의 분노는 실로 무서웠다.

그의 눈에서 흘러나오는 한광은 보는 이로 하여금 숨을 죽이게 만들었다.

당문은 아직 죽지 않았다.

당기문이 그 사실을 증명해 보이고 있었다.

진무원은 당기문이 울고 있다고 생각했다. 당기문은 마음이 여린 사람이었다. 삼 년 전 운중천에 의해 사냥을 당하지 않았다면 그는 결코 사람에게 독을 사용하지 않았을 것이다.

충격적인 경험은 사람을 바꾸고, 인식의 변화를 가져오게 한다. 당기문도 마찬가지였다. 하지만 그는 끝까지 인간의 존엄성을 지키고자 했고, 최대한 독의 사용을 자제하려 했다.

그런 그가 끝까지 아끼고 아꼈던 극독을 사용했다. 그라고 극독을 사용하고 싶은 것이 아니었다. 그렇지 않고선 당문을 지킬 수 없기 때문이었다.

당문의 가주가 죽고 수뇌부가 거의 몰살당하다시피 했다. 당문의 역사상 이런 피해를 입은 적은 단 한 번도 없었다.

당문은 약해졌다. 당문을 노리는 적이 있다면 그야말로 최적의 기회였다. 그래서 증명해야 했다. 아직 당문이 건재하다는 사실을. 당문의 독과 암기는 아직도 적의 숨통을 끊기 충분할 정도로 날카롭다는 사실을 말이다.

구광문은 그 후로도 반 시진이나 더 끔찍한 고통 속에서 몸부림을 쳐야 했다. 죽기 직전까지 그는 처절한 비명을 질렀고, 스스로 목을 조르며 어서 빨리 죽기를 기원했다.

그런 구광문의 모습은 아미파 무인들의 뇌리에도 깊은 낙인을 새겼다.

'당문은 죽지 않았다.'

'그들의 끔찍한 독과 암기는 아직도 건재하다.'

소름과 오한이 전신으로 퍼져 나갔다.

염마대는 모두 죽었다. 하지만 그들을 상대한 아미파와 검
혈대, 활독당 무인들의 희생도 컸다. 특히 아미파가 입은 인적
피해는 엄청났다.

많은 이가 염마대에 의해 목숨을 잃었고, 죽은 이들 대부분
은 아미파의 중추 무인이었다. 그나마 무영사태의 발 빠른 대
응 덕에 이 정도로 끝났지, 그렇지 않았다면 더욱 많은 이가 죽
었을 것이다.

그나마 멀쩡한 대전 안에는 진무원과 당기문, 무영사태가
얼굴을 마주하고 앉아 있었다.

무영사태가 먼저 진무원과 당기문에게 감사의 인사를 했다.

"이렇게 도움을 주셔서 감사합니다. 아미파의 무영이 모두
를 대신해 감사의 말씀을 올립니다."

"피해가 적어서 다행입니다."

"덕분입니다, 당 대협."

무영사태가 당기문에게 미소를 보였다. 그녀의 시선이 당기
문의 옆에 앉아 있는 진무원을 향했다.

진무원을 바라보는 그녀의 눈동자에는 의혹의 빛이 가득했
다. 도움을 받은 것에는 감사하지만, 진무원의 정체를 모르기
에 당혹스러울 수밖에 없었다.

상대는 사대마장 중 한 명인 남천명을 쓰러뜨린 남자였다.

그의 존재 자체가 무영사태에겐 충격과 경악이었다. 기존의 전설을 무너뜨렸으니, 그 역시 전설이 될 자격이 충분했다. 문제는 무영사태가 남자의 정체를 알지 못한다는 것이다.

갑자기 하늘에서 뚝 떨어진 것처럼 나타난 남자. 무영사태의 눈은 그가 자신들에게 우호적인지, 아니면 잠재적인 적이 될 것인지 가늠하고 있었다.

하지만 일단은 정중하게 인사를 해야 했다. 이유나 정체는 몰랐지만, 그에게 도움을 받은 것은 사실이었으니까.

"대협의 도움에 감사합니다. 괜찮으시다면 존성대명을 알려주실 수 있겠습니까?"

"제 이름은 진무원이라고 합니다."

"진무원."

조용히 그의 이름을 되뇌던 무영사태의 눈에 이채가 떠올랐다. 언젠가 한번 들어봤던 이름이었기 때문이다.

"북검?"

"맞습니다. 그가 바로 북검 진무원입니다."

당기문이 무영사태의 추측에 확신을 심어주었다.

무영사태가 눈을 지그시 감았다.

삼 년 전 무림에 혜성같이 등장해 엄청난 위명을 떨쳤던 남자. 아마 단기간 안에 그만큼 무림에 큰 충격을 던져 준 이는 없을 것이다. 오죽했으면 천하의 운중천이 비난을 감수하면서까지 그를 제거하고자 했을까?

'그런데 죽지 않고 살아 있었단 말인가?'

운중천의 천라지망에서 살아남은 것도 놀라운데, 사대마장의 일인을 죽일 수 있을 정도로 무력도 상승했다. 더 놀라운 것은 남천명과 싸우는 과정에서 그리 큰 상처를 입은 것 같지 않다는 것이다.

'아미타불! 그의 무력은 이미 아홉 하늘이라 불리는 자들에 육박했구나. 아니, 어쩌면 그들을 능가할지도…….'

알 수 없는 오한이 그녀의 전신을 잠식했다.

상대는 상식을 벗어난 존재였다. 저렇게 젊은 나이에 엄청난 무위를 갖고 있다는 것도 놀랍지만, 더 무서운 것은 발전 속도가 상식을 뛰어넘는다는 것이다.

'이런 자가 이곳 사천 땅에 웅크리고 있었단 것인가?'

당기문과 함께 있는 진무원의 모습을 보는 것만으로도 그녀는 전후 사정을 짐작했다.

'당문이 그가 사천성에 피할 수 있도록 도와주었겠구나.'

당문의 힘이라면 능히 청성파와 아미파의 이목을 가릴 수 있었을 것이다. 예전이었다면 그런 당문의 처사에 반발을 했겠지만, 진무원의 도움을 받은 지금은 그럴 수 없었다. 오히려 그런 당문의 조치에 감사해야 할 처지였다.

"감사합니다, 진 대협."

"당연히 해야 할 일이었습니다."

"쉽게 말을 할 수는 있지만, 행동으로 옮기는 것은 아무나 할 수 없는 일이지요."

"아미파까지 무너지면 사천무림 자체가 붕괴됩니다. 사천무림이 무너지면 천하는 그야말로 극심한 혼란에 빠질 겁니다. 그런 최악의 사태는 막아야 했습니다."

"그저 감사할 뿐입니다. 진 대협."

진무원의 말은 무영사태를 부끄럽게 만들었다.

눈앞에 있는 남자는 단순한 정의감이나 동정심으로 도와준 것이 아니었다. 그는 자신의 짐작보다 훨씬 더 큰 뜻을 품고 있었다.

진무원은 운중천의 천라지망을 피해 사천으로 들어온 것부터 시작해 서부고원에 자리를 잡은 것까지 하나도 숨기지 않고 모두 털어놓았다.

뿐만 아니라 운중천과 밀야와의 관계까지 하나도 숨기지 않고 이야기했다. 그의 이야기가 길어질수록 무영사태는 숨조차 크게 쉴 수가 없었다.

이제껏 단 한 번도 상상해 본 적이 없는 이야기였다. 설마 운중천과 밀야의 전쟁에 이런 사연이 숨어 있을 줄은 꿈에도 몰랐다.

진정한 신뢰는 서로의 바닥을 보이는 것에서부터 시작한다. 진무원은 자신이 알고 있는 모든 것을 털어놓음으로써 무영사태의 신뢰를 얻고자 했다.

무영사태의 시선이 당기문을 향했다. 당기문은 묵묵히 고개를 끄덕임으로써 진무원의 말이 진심임을 확인해 주었다.

"아미타불, 아미타불!"

무영사태가 두 눈을 감고 연신 불호를 외웠다.

드러난 진실은 너무나 엄청나서 과연 감당할 수 있을지 엄두도 나지 않았다. 하지만 회피를 할 수도 없는 일이었다.

이미 아미파는 큰 타격을 입었다. 밀야의 습격이 운중천이 의도한 것인지, 혹은 그들 단독의 결정일지는 몰라도 수많은 제자가 다치거나 죽은 사실은 변하지 않았다. 이전처럼 외면할 수 없는 상황이 된 것이다.

좋든 싫든 이젠 본격적으로 강호의 일에 개입해야 했다.

무영사태가 눈을 뜨고 진무원을 바라봤다. 진무원은 여전히 처음과 같이 담담한 시선으로 그녀를 바라보고 있었다.

'시대가 움직이고 있다. 이 남자 역시 시대를 움직이는 거인.'

그녀는 결정을 내렸다.

"아미타불! 아미파는 앞으로 진 소협과 뜻을 같이하겠습니다."

"운중천과 적이 될지도 모릅니다."

"알고 있습니다."

"많은 제자가 위험해질 수도 있습니다."

"그 역시 알고 있습니다."

"알면서도 저와 함께하겠다는 겁니까?"

"아미타불! 내가 아니면 누가 지옥에 들어가겠습니까? 중이라는 이유로 그동안 세속과 담을 쌓고 살았지만, 더 이상은 그럴 수가 없게 되었습니다. 몰랐다면 모를까, 진실을 알고서도 어찌 외면할 수 있겠습니까?"

무영사태는 목소리에는 깊은 울림이 있었다. 진무원은 무영사태의 말이 진심임을 깨달았다.

그들의 얼굴에 은은한 미소가 어렸다. 놀랍도록 닮은 미소였다.


사태가 어느 정도 수습되자 하진월은 발 빠르게 움직였다.

진무원이 북천문으로 돌아오자마자 그는 청성파를 방문했다. 그의 곁엔 당기문과 무영사태가 함께하고 있었다.

청성파는 광무 진인이 남천명에게 목숨을 잃은 후 사제인 광성 진인이 장문 대행을 하고 있었다. 광정 진인은 광 자 배의 막내로 혈겁 때 겨우 살아남았다.

하진월은 그들과 사흘 밤을 지새웠고, 한 가지 합의를 도출해 냈다.

가칭 사파연합(四派聯合)이 그것이었다.

그 중심에 북천문이 있었다. 사천무림의 터줏대감이라 할 수 있는 세 문파가 북천문이라는 신흥 강자를 그들과 동등한 존재로 인정한 것이다.

청성파와 아미파, 그리고 당문이 사천성의 패자로 자리를 잡은 이후 처음 있는 일이었다.

그들은 북천문을 사천무림의 맹주로 인정했다. 그만큼 진무원의 무력을 높게 평가하고 자신들을 이끌 만한 인물이라고 판단한 것이다.

그렇게 사천성에서 새로운 폭풍이 태동하고 있었다.

　　　　　*　　　*　　　*

　삼십 대 초반의 남자는 담담한 표정으로 주위를 둘러봤다.

　사방 어디를 봐도 황량한 풍경이었다. 낮은 언덕 위에 있는
커다란 나무 한 그루를 제외하면 풀 한 포기 보이지 않았다.
끝없이 펼쳐진 적갈색의 대지 위로 붉은 석양이 살짝 걸쳐 있
어 더욱 쓸쓸하게 보였다.

　남자의 얼굴에 석양이 비쳐 붉게 물들어갔다. 그는 멍하니
서서 한동안 지는 해를 바라보았다.

　해를 머금은 남자의 눈은 특이하게도 잿빛이었다. 잿빛 눈
동자는 깊고 혼탁해 도무지 그 안을 들여다볼 수 없었다.

　전체적으로는 미남이라 할 수 있을 만큼 잘생긴 얼굴이었지
만, 혼탁한 눈동자로 인해 어쩐지 둔해 보이는 느낌을 지울 수
가 없었다.

　남자는 완전히 해가 지고 나서야 걸음을 옮겼다. 황량한 대
지에 어울리지 않게 거대한 장원이 보였다. 장원의 담벼락 곳
곳에 불에 그슬린 자국이 상흔처럼 남아 있었다.

　장원의 정문에는 십여 명의 무인이 경계를 서고 있었다. 무
인들은 남자를 보자마자 황급히 장원의 문을 열었다.

　정문이 열리자 수십여 채의 거대한 전각군이 눈에 들어왔
다. 예전에 지어진 것도 있었고, 최근에 지어진 것도 있었다.
예전에 지어진 듯한 전각엔 불에 그슬린 자국과 보수한 자국

이 선명히 남아 있었다.

남자의 입가에 미소가 걸렸다.

"설마 우리가 이곳을 사용하게 될 줄은 그 누구도 몰랐을 것이다. 북천문의 터전을."

남자가 바라보는 전각군이 있던 자리는 북천문의 옛 터전 위에 세워진 것이다. 십 년 전 북천문의 옛 터전은 커다란 화재로 소실되어 사라졌고, 그 자리에 운중천의 지부가 들어왔다. 그리고 이젠 다시 그들의 차지가 되었다.

그렇게 세상사는 돌고 돌게 마련이다.

남자는 다시 걸음을 옮겼다. 그가 향한 곳은 수많은 전각군 중에서도 가장 큰 전각이었다. 전각을 지키던 무인들이 급히 그를 향해 예를 취했다.

"군사님을 뵙습니다."

"음!"

군사라고 불린 남자는 가볍게 고개를 끄덕이며 그들을 지나쳤다. 남자를 바라보는 무인들의 눈에는 경외감이 가득했다.

남자가 들어선 방은 무척이나 넓었다. 방 한쪽에는 커다란 서가가 존재했고, 서가에는 수많은 서책과 서신들이 잘 분류되어 있었다.

탁탁!

그때 무언가 창문을 두드리는 소리가 들렸다.

남자가 창문을 활짝 열자 커다란 매가 보였다. 매가 부리로 창문을 두드린 것이다.

"군아구나."

남자가 미소를 지으며 팔을 내밀자 매가 올라탔다. 매의 발목에는 조그만 통이 매여 있었다.

군아라고 불리는 매는 영물이었다. 아무리 먼 곳에 떨어져 있어도 남자를 찾아오도록 훈련이 되어 있었고, 천 리 먼 길이라도 하루에 주파할 정도로 날개 힘이 좋았다.

남자는 군아를 전서구 대신으로 활용하고 있었다. 남자는 군아의 발목에 매인 통에서 돌돌 말릴 종이를 꺼냈다. 겨우 어른 손바닥만 한 종이에는 깨알 같은 글씨가 빼곡히 적혀 있었다.

서신을 읽어 내리는 남자의 표정이 점차 딱딱하게 굳었다.

"마영좌와 염마대가 연락이 끊겼다? 지금 이 말을 나보고 믿으란 것인가?"

남천명과 염마대의 무위를 누구보다 잘 알고 있는 남자였다.

그가 아는 남천명은 거의 무적에 가까웠다. 천하에서 그보다 강하다고 할 수 있는 자는 채 열 명을 넘지 않을 것이고, 그를 확실히 압도할 수 있는 자는 서너 명을 넘지 않을 것이다.

오죽했으면 그를 살아 있는 재앙이라고 불렀을까?

그런 위대한 무인이 연락이 끊겼다.

절대 있어서는 안 되는 일이 일어난 것이다.

남자의 눈가가 파르르 떨렸다.

남천명을 사천성으로 보낸 자가 바로 그였다. 남천명의 무위라면 별문제 없이 사천무림에 큰 타격을 줄 수 있을 거라 생각했기 때문이다.

"나의 판단이 잘못된 것인가? 이 가경의의 판단이."

마령서생(魔靈書生) 가경의.

밀야의 군사라 불리는 남자가 바로 그였다.

야주가 가장 신뢰하고, 사대마장이라 불리는 마인들을 수족처럼 부릴 수 있는 막강한 권한을 가진 이가 바로 가경의였다.

사천무림을 지탱하고 있는 세 축인 청성파와 당문, 아미파가 비록 대단하다고 하지만 남천명이라면 별다른 피해 없이 큰 타격을 입힐 수 있을 것이라고 판단했다. 그렇기에 어느 정도 안심을 하고 있었던 것도 사실이었다.

하지만 남천명의 소식이 끊긴 이상 최악의 가정을 해야 했다.

"사천 땅에 변수가 도사리고 있다. 그 변수는 마영좌를 위협할 정도로 강력하고 위험하다."

가경의의 잿빛 눈동자에 갑자기 생기가 감돌기 시작했다. 혼탁하기만 하던 잿빛 구름이 걷히고 눈부신 햇살처럼 광채가 흘러나왔다.

"우선은 마영좌의 행방을 알아내는 것이 급선무."

누군가를 사천성으로 보내야 했다.

그는 나머지 사대마장을 생각했지만, 이내 그들이 각자 다른 임무를 맡아 중원 각지로 흩어졌다는 사실을 떠올렸다. 그 자신이 그렇게 명령을 내린 것이다.

지금 밀야는 건곤일척의 승부를 걸고 있었다. 그 때문에 대부분의 전력이 중원 곳곳의 전선으로 파견 나간 상황이었다. 마땅히 보낼 만한 여유 전력이 없는 것이 사실이었다.

"사천성 안에 대체 무엇이 도사리고 있기에."

그의 예감이 속삭이고 있었다.

강력한 변수가 사천성 안에 존재하고 있다고. 도저히 그냥 넘어갈 수 없는 문제였다.

가경의의 머릿속이 복잡하게 돌아가기 시작했다.

수십 가지의 가정과 주변 상황, 천하의 정세가 그의 머릿속에서 어우러지며 커다란 그림이 그려졌다.

그렇게 그려진 그림을 그는 몇 번이나 다시 되돌리며 수정을 했다. 그것이 그가 세상을 보는 방식이었다.

＊　　＊　　＊

청성파의 광정 진인과 아미파의 무영사태가 하진월을 따라 북천문으로 들어왔다. 그들은 사천성 서부 고원지대에 이토록 엄청난 규모의 문파가 들어서 있는 것에 놀랐다.

소름이 다 끼쳤다. 그들의 이목을 피해서 북천문은 이제 완벽한 문파의 틀을 갖추고 있었다. 그들의 전력은 결코 청성파나 아미파에 뒤지지 않았다. 아니, 단합된 모습이나 위압감은 오히려 두 문파를 합친 것보다 더 강력해 보였다.

'북천문은 결코 신흥 문파가 아니구나.'

'이렇게 탄탄한 전력이라니. 만일 북천문이 적이었다면 아미와 청성은 진즉에 멸문을 당했겠구나.'

그들은 북천문이 적이 아닌 것에 감사를 했다.

하진월은 두 사람을 자신의 거처로 안내했다. 그의 거처에는 당기문이 먼저 들어와 있었다. 당기문은 당문의 대표 자격으로 앉아 있었다.

"드디어 사천성의 패자들이 모두 한자리에 모이셨군요. 이렇게 어렵게 발걸음을 해주신 것에 감사의 말씀 드립니다."

"하 군사, 이렇게 소중한 전력을 공개해 주신 것에 대해 감사의 말씀 드립니다."

"별말씀을 다 하십니다. 이젠 우린 운명공동체가 아니겠습니까? 모든 것을 공개하는 것이 당연하지요."

하진월의 대답에 광정 진인과 무영사태의 입가에 훈훈한 미소가 떠올랐다.

이곳으로 오는 동안 그들은 하진월과 많은 대화를 했다.

하진월은 거침이 없었다. 단순히 지식만 쌓은 게 아니라 그 활용도와 세상을 바라보는 시야는 사천성에서만 안주하던 광정 진인과 무영사태를 감탄하게 만들었다.

천문, 지리는 물론이고 병법과 용인술까지 그의 지식은 끝이 없었다. 한 사람의 머릿속에 이렇게 많은 지식이 들어 있다는 사실 자체가 놀라웠다.

하진월은 자연스럽게 대화를 주도했다.

그들은 은연중 하진월을 사파연합의 군사로 인정했다. 그리고 자연스럽게 사파연합의 구심점이 되었다.

"그런데 진 문주께서는?"

광정 진인이 주위를 둘러봤다. 막상 북천문의 주인인 진무원이 보이지 않자 의아한 것이다.

"문주께서는 북천문을 떠나실 준비를 하고 계십니다."

"떠나?"

"아무래도 사천성 안에서 천하의 정세를 파악하는 것에는 한계가 있으니까 직접 보고 판단하시려는 것 같습니다."

"으음!"

"걱정하지 마십시오. 언제든 연락이 가능하고, 필요 시 금방 달려오실 테니까요."

"그렇다면야."

광정 진인과 무영사태 등이 은연중 안도의 한숨을 내쉬었다.

혈겁을 겪고 나니 진무원과 같은 절대고수 한 명 있는 것이 얼마나 든든한지 절실히 깨닫게 되었다.

"이제 사파연합이 출범했으니, 당면한 문제부터 해결해야 합니다."

"당면한 문제?"

"남천명은 밀야에서도 최상위에 위치한 절대고수, 그런 존재가 소식이 끊겼으니 분명 밀야에서도 사정을 알아보려 할 겁니다."

"으음!"

"아직 사파연합은 드러나서는 안 됩니다."

"그럼 어떡하자는 겁니까?"

"지금부터 사파연합의 힘을 총동원해 사천성 내의 정보를 차단하고 교란하려 합니다."

"으음!"

"여러분의 협조가 절실합니다."

"어떻게 말이오?"

하진월의 미소가 짙어졌다.

그의 자연스러운 미소에도 사람들은 왠지 섬뜩한 느낌을 지우지 못했다.

\*         \*         \*

유독 새까만 눈동자가 진무원을 올려다보고 있었다. 눈동자의 주인은 유건엽이었다. 유건엽은 전신이 땀으로 흠뻑 젖어 있었고, 입에서는 거친 숨을 토해내고 있었다.

"할 만하니?"

유건엽이 말없이 고개를 끄덕였다.

북천문에 온 이후 유건엽의 성격은 많이 밝아졌다. 특히 곽문정과 한선우와 어울리면서 눈에 띄게 밝아졌다. 물론 그렇다고 해서 말수가 늘어난 것은 아니었다. 하지만 예전보다 어두운 분위기가 많이 사라진 것은 사실이었다.

유건엽은 매일같이 무공 수련을 하고 있었다. 무공 수련이라고 해봐야 맨발로 미친 듯이 뛰어다니는 게 거의 전부였지만, 그래도 하루도 빼놓지 않고 달렸다. 그러다 보니 체력도 눈에 띄게 좋아졌다.

"내가 알려준 심법은 잘 익히고 있느냐?"

"예!"

"내가 돌아올 때까지 열심히 익혀두거라."

"어디 가시나요?"

"섬서성으로 간다."

"섬서성이라면?"

"운중천과 밀야의 전쟁이 가장 치열하게 벌어지는 곳이지."

"그런 곳에 왜?"

"그렇지 않고서는 이 싸움의 이면에 존재하는 진실을 알 수 없기 때문이다."

"진실?"

진무원이 빙그레 웃으며 유건엽의 머리를 쓰다듬어 주었다.

아직 어린 유건엽은 모를 것이다. 세상이 전쟁의 광기로 미쳐 돌아가고 있지만, 대부분의 사람은 그 이유조차 모르고 있다는 사실을.

이면에 가려진 진실을 알아야만 해법을 찾아낼 수도 있다. 무엇보다 사파연합이 출범하면서 그에게도 정신적인 여유가 생겼다.

하진월의 능력이라면 무리 없이 사파연합을 체계적으로 만들 수 있을 것이다. 북천문과 사파연합은 하진월에게 맡기고, 자신은 직접 강호로 나가 동향을 파악하거나 개입할 생각이었다.

"일단 심법이 어느 정도 완성되어야만 다음 단계로 나갈 수 있다. 그러니까 하루도 쉬지 않고 부단히 익히거라."

"예!"

진무원은 유건엽을 뒤로하고 밖으로 나왔다.

밖으로 나오자 곽문정이 말고삐를 쥔 채 그를 기다리고 있었다. 이번에는 곽문정과 동행할 생각이었다.

"형!"

"가자."

"예!"

두 사람은 말을 타고 함께 북천문을 나섰다.

곽문정은 들뜬 표정을 숨기지 않았다. 지난 삼 년 동안 무수히 강호를 주유했지만, 진무원과 함께한 적은 단 한 번도 없었다.

"헤헤!"

말을 모는 곽문정의 입가에 절로 미소가 어렸다.

진무원은 그가 존경하고, 좋아하는 사람이었다. 그와 함께 다시 강호를 주유할 수 있다는 사실만으로도 기분이 절로 들떴다.

"섬서성으로 간다구요?"

"그렇다."

"그럼 한중(漢中) 쪽으로 방향을 잡아야겠군요. 주요 관도에는 운중천의 검문이 이뤄지고 있을 테니 귀찮은 것을 피하려면 차라리 한적한 산길로 가는 것도 나쁘지 않겠네요."

"아는 길 있느냐?"

"헤헤! 그럼요. 제가 보표 생활이 몇 년인데요. 중원 구석 곳곳 안 가본 곳이 없다니까요. 길 안내는 저에게 맡겨주세요."

"그럼 부탁하마."

"걱정하지 마세요."

곽문정이 자신의 가슴을 쾅쾅 치며 장담했다. 그런 곽문정의 모습이 진무원을 미소 짓게 만들었다.

삼 년이란 시간은 곽문정을 성장하게 했다. 그동안 곽문정은 혹독한 수련을 했고, 나이에 비해 뛰어난 성취를 얻었다.

무엇보다 곽문정은 곧고 올바르게 자랐다. 어려서부터 보표로 천하를 돌아다니다 보니 많은 경험을 하고, 그 경험들로 인해 일찍 성숙해졌다.

그것이 진무원이 생각하는 곽문정의 가장 큰 장점이었다.

곽문정은 앞장서서 진무원을 이끌었다. 그는 꽤나 들뜬 듯 많은 이야기를 했다. 진무원은 묵묵히 그의 이야기를 들으며 간혹 맞장구를 쳐 줬다.

햇볕이 뜨거웠다. 더위가 절정을 향해 치닫고 있었다. 관도 양쪽으로 보이는 논에서는 농부들이 한참 잡초를 뽑고 있었다.

얼굴은 시뻘게지고, 팔다리는 검게 그을려 있었지만 그들의 얼굴에는 환한 미소가 걸려 있었다. 당장은 뜨겁고 괴롭지만, 이 더위가 지나가면 곧 추수를 하게 될 것임을 알고 있기 때문이다.

진무원은 말에 탄 채 멍하니 그들의 모습을 바라보았다.

이제껏 그가 보았던 그 어떤 미소보다 아름다우면서도 밝은 기운이 느껴졌다. 자신의 가족들을 위해 그들은 오늘의 고단함을 즐기고 있었다.

그런 농부들의 모습은 진무원의 가슴에도 작은 파문을 만들어냈다.

'언젠가는 나도 저렇게 살 수 있었으면. 누군가를 죽이는 것보다는 누군가를 위해 한 알의 알곡이라도 키워낼 수 있는 사람이 될 수 있기를.'

거의 이뤄질 가능성이 없다는 것을 알고 있었지만, 그래도 진무원은 희망을 품었다.

두 사람은 꼬박 열흘을 말을 달려서야 사천성과 섬서성의 접경 지역인 광원(廣元)에 도착할 수 있었다. 남천명이 이끄는 염마대에 의해 큰 타격을 입었던 검문소에는 새로운 인물들이 지키고 있었다.

"문주님."

그들은 바로 북천문에서 파견 나온 무인들이었다. 큰 타격을 입은 삼 파의 무인들을 대신해 당분간은 그들이 검문소를 지킬 것이다.

청성파를 비롯한 삼 파의 무인들이 정파 무인들 특유의 느슨함과 위압감이 있었다면, 이들에겐 특유의 거칠면서도 자유로운 분위기가 있었다.

그들은 모두 마도광을 따라 비적으로 천하를 떠돌던 자들이었다. 눈치가 비상하게 빠른 데다가 무공 또한 무척이나 강했다. 어지간한 소문파 하나 정도는 그대로 쓸어버릴 수 있을 정도의 무력과 조직력을 갖추고 있었다.

"이곳을 잘 부탁하겠습니다."

"걱정하지 말고 잘 다녀오십시오, 문주님. 이곳 검문소는 이 유지황이 철벽같이 지키겠습니다."

"믿겠습니다, 유 조장님."

진무원의 미소에 검문소의 조장 유지황이 히쭉 웃었다.

겉보기엔 한없이 투박해 보이는 유지황이었지만, 사실은 너구리보다 더 교활하며 눈치가 빨랐다. 오죽하면 그의 상관인 마도광조차 골머리를 앓을까? 하지만 북천문을 향한 그의 충성심은 진짜였다.

비적으로 천하를 떠돌면서도 누구보다 더 북천문을 그리워했던 이가 바로 유지황이었다. 진무원을 처음 본 그 순간부터 유지황은 충성을 맹세했을 정도였다.

진무원은 유지황과 검문소를 지키는 무인들과 잠시 대화를 나누곤 밖으로 나섰다. 곽문정도 그들과 살갑게 인사를 주고받은 후 진무원을 따랐다.

광원을 빠져나온 후 곽문정이 앞장섰다. 그렇게 이틀을 말을 달리자 한중(漢中)에 도착할 수 있었다. 두 사람은 한중의 객잔에 여장을 풀었다.

섬서성의 성도인 서안과 거리가 상당히 떨어져 있음에도 한

중에는 전운이 물씬 감돌고 있었다.

객잔 안에 있는 대부분의 사람은 무인이었고, 그들의 허리춤에는 무기가 걸려 있었다. 진무원과 곽문정이 객잔 안으로 들어오자 무인들의 시선이 일제히 그들에게 쏠렸다.

노골적인 경계의 시선에도 두 사람은 놀라지 않았다. 이곳까지 오는 동안 만난 대부분의 무인이 그들과 같은 시선을 보내왔기 때문이다.

수많은 사람 가운데 누가 적이고, 누가 아군인지 알 수 없었다. 운중천이라고 해서 늘 표식이 있는 옷을 입고 다니는 것도 아니었고, 밀야의 무인이라고 해서 자신을 드러내 놓고 다니는 것이 아니기 때문이다.

어쩌면 이들 중에도 밀야나 운중천에서 파견 나온 무인들이 있을 수 있었다. 그 때문에 새로운 인물들이 객잔에 들어올 때마다 사람들은 그가 위협이 될 존재인지부터 살피는 것이 일상화되었다.

진무원은 아예 무기를 들지 않았고, 곽문정은 아직 어린 소년에 불과했다. 그러다 보니 경계의 눈빛이 조금은 누그러졌다.

"어서 오세요."

두 사람의 등장에 객잔 주인이 조심스럽게 다가왔다. 아무래도 분위기가 분위기인지라 그의 행동 역시 위축될 수밖에 없었다.

"방 있습니까?"

"두 분이서 머물 만한 방은 이미 다 나갔습니다. 대신 십인실이라도 괜찮으시다면 내드리겠습니다."

"십인실?"

진무원이 잠시 미간을 찌푸렸지만, 이내 고개를 끄덕였다. 선택의 여지가 없었기 때문이다. 십인실이라도 비바람을 피할 수 있다면 그마저도 감지덕지였다.

"자리에 앉아계시면 금방 식사를 내오겠습니다."

주인이 후다닥 주방을 향해 달려갔다.

진무원과 곽문정은 빈자리에 앉았다. 방이 모두 떨어졌다는 주인의 말이 거짓이 아닌 듯 객잔 안의 탁자에는 빈자리가 거의 없을 정도였다.

"사람이 정말 많네요. 모두 부현으로 가는 걸까요?"

"글쎄다."

곽문정의 물음에 진무원도 답하지 못했다.

철혈성에 다녀올 때와 또 다른 분위기였다. 그때보다 사람들의 얼굴에 여유가 없어 보였다.

마치 객잔 전체에 기름이 고여 있는 것 같았다. 누군가 불씨를 당기는 순간 객잔 안은 거센 화마에 집어삼켜질 것이다.

비단 객잔뿐만 아니라 섬서성 전체의 분위기가 그랬다. 밀야와 운중천의 치열한 전쟁이 벌어지는 전장답게 살기가 미치지 않는 곳이 없었다.

진무원은 차분히 객잔 안에 있는 사람들의 얼굴을 훑어보았다. 대부분의 사람이 삼삼오오 모여 조그만 목소리로 이야기를 나누고 있었다.

그때 누군가 자리에서 일어나 진무원 등이 앉아 있는 탁자로 다가왔다. 이제 삼십 대 후반으로 보이는 남자였다. 그의 등 뒤에는 두개의 검이 교차로 매어져 있었다.

호쾌해 보이는 인상의 남자가 곽문정을 보며 웃었다.

"너 문정이지?"

순간 곽문정이 눈을 동그랗게 떴다.

"아, 승오 형. 여긴 어떻게?"

남자의 이름은 표승오. 곽문정과 마찬가지로 보표였다.

곽문정이 백룡상단에 속해 있는 데 반해 표승오는 돈을 많이 주는 상단이라면 언제든 자리를 옮겼다. 그에겐 오직 돈만이 전부였다. 의리 같은 단어와는 거리가 멀었다.

언젠가 백룡상단에 고용되었지만, 금방 돈을 더 준다는 사람에게 고용되어 떠났다. 곽문정이 그와 함께한 시간은 불과 서너 달에 불과했지만, 하도 인상이 강렬해서 아직까지 그를 기억하고 있었다.

표승오가 히죽 웃으며 말했다.

"일하다 보니 여기까지 왔네."

"일?"

"저기 저 양반이 내 고객이야. 이번에 부현까지 가는데 보호를 부탁하더라구."

표승오는 방금 전까지 자신과 같이 앉아 있던 중년의 남자를 가리켰다. 평범해 보이는 남자는 무엇이 불안한지 연신 주위를 두리번거리며 경계하고 있었다. 남자는 조그만 상자를 꼭 껴안고 있었다.

보표는 지키는 사람. 즉 상단이나 사람에게 고용되기만 하면 최선을 다해 지키면 그만이다.

곽문정의 눈에 의아한 빛이 떠올랐다. 아무리 봐도 중년의 남자가 표승오를 고용할 정도의 재력이 있어 보이지 않았기 때문이다.

'겉보기와 다르게 재산이 많은 건가?'

얼마든지 그럴 수 있는 일이기에 곽문정은 더 이상 신경을 쓰지 않았다.

"너는? 보아하니 상단을 호송하는 것 같지는 않고."

"전 형하고 부현으로 가요."

"형?"

표승오의 시선이 진무원을 향했다. 진무원이 살짝 고개를 끄덕이며 말했다.

"단천운입니다."

"반갑소, 단 형. 목적지가 같으니 가는 내내 자주 보겠구려."

"그럴 수도 있겠군요."

"하하! 그럼 피곤할 텐데 쉬시오. 내일 출발할 때 다시 봅시다."

표승오가 진무원과 곽문정에게 인사를 한 후 자신의 탁자로 돌아갔다.

곽문정은 자리에 앉는 표승오를 보며 살짝 찌푸린 인상을
펴지 못했다.

진무원이 물었다.

"왜 그러느냐?"

"불안해서요."

"뭐가?"

"저 형이 맡는 일이 결코 평범할 리 없거든요. 큰돈이 되는
일만 쫓다 보니 위험도 커요. 부디 별문제 없었으면 좋겠는
데."

3장

불꽃은 찬란함으로
부나방을 유혹한다

객잔 주인이 안내한 십인실은 그야말로 퀴퀴한 냄새로 가득했다. 벽에는 곰팡이가 잔뜩 슬어 있었고, 천장에는 물이 샌 흔적이 남아 있었다. 그 좁은 공간에 열 명이나 되는 인원이 한꺼번에 들어가니 절로 욕이 나올 정도였다.

사내들의 땀 냄새와 입 냄새, 발 냄새가 합쳐져서 정신을 혼미하게 만들었다. 거기다 사내들의 음담패설이 곁들여지자 도저히 잠을 잘 수가 없을 정도였다.

그래도 진무원과 곽문정은 싫은 소리 하나 하지 않고 꾹 참았다. 환경은 최악이었지만, 그래도 소득이 아예 없는 것은 아니기 때문이다.

"안휘성과 강서성, 호남성에서 혈겁이 일어났다면서?"

"말이라고 하는가? 그 때문에 지금 운중천에서 난리가 났다네. 오대세가 중 하나인 남궁세가(南宮世家)가 급습을 당해 전력의 반이 날아갔다는군. 형산파(衡山派)와 옥화문(玉化門)도 큰 피해를 업었고."

"허! 밀야가 이제 발악을 하는 모양이군."

"들리는 말로는 사대마장이 움직였다고 하더군."

"사대마장? 그 살아 있는 재앙이라 불리는 자들 말인가?"

"그렇다네."

대화를 나누는 사내들의 음성엔 두려움이 가득했다. 그로 인해 십인실 전체의 불안감이 증폭되는 듯했다.

"들리는 소문으로는 사천성에 있는 문파들도 큰 피해를 입은 것 같다는데."

"사천성이라면 당문과 청성파, 아미파도 혈겁을 입었다는 것인가?"

"자세히는 모르지만 사천성으로 들어가는 검문소의 인원이 대거 교체되어 분위기가 심상치 않다는군. 이젠 워낙 검문 검색이 철저해져서 신분이 확실하지 않은 사람은 아예 발도 못 붙인다네."

"이젠 안전한 곳이 하나도 없군. 이 지옥 같은 일상이 언제 끝날지."

"운중천은 뭐 하는지 모르겠군. 왜 밀야를 쓸어버리지 못하고 이리 휘둘리는 건지. 예전에 북천문이 건재했을 때는 이러지 않았는데."

"쉿! 이 사람아. 말조심하게."

"아, 내가 못 할 말 했는가? 북천문의 진 문주가 건재했을 때는 밀야가 어디 이렇게 중원을 활보할 엄두라도 냈는가? 이게 다 운중천이 죄 없는 북천문의 진 문주를 죽였기 때문일세."

남자의 음성이 격앙되었다.

좁은 방 안에 있던 몇몇 남자가 그에 동조한다는 듯이 고개를 끄덕였다.

북쪽의 벽이 되어주었던 무인이 있을 때는 그 소중함을 몰랐다. 그가 죽고 밀야의 침략이 본격화되고 나서야 그가 얼마나 큰 희생을 치르며 중원을 지켜왔는지 실감할 수 있었다.

"운중천은 죄를 지었어. 북벽에 이어 그의 아들인 북검까지 죽게 만들었으니. 어쩌면 지금 일어나는 모든 것은 당연한 업보인지도 몰라."

"그래도 함부로 그런 말 말게. 자칫하다가 운중천 무인들 귀에 들어갔다가는 치도곤을 면치 못할 테니."

"알겠네. 하도 속이 터져서 그러네."

남자들의 목소리가 점차 잦아들었다.

진무원은 팔베개를 하고 누운 채 남자들의 말을 정리했다.

'남천명의 말처럼 다른 사대마장들 또한 본격적으로 움직였구나. 그들이 이렇게 개별적으로 움직인다면 필연적으로 운중천 역시 그들을 잡기 위해 절대고수들을 움직여야 할 것이다.'

중원은 운중천의 안마당이었다. 안마당을 밀야의 사대마장에게 유린당하면 사기가 크게 떨어질 뿐 아니라 전력에도 큰 손실이 온다. 결국 운중천에서도 사대마장을 잡기 위해서 움직여야 했다.

'과연 누가 움직일 것인가? 아홉 하늘, 아니면 숨겨놓은 전력. 그도 아니면 모용세가의 전력이.'

진무원의 머릿속이 복잡하게 돌아갔다.

아직 자세한 내용은 알 수 없었지만, 한 가지만은 확실했다. 전선이 중원 전역으로 확대되고 있고, 그로 인해 사람의 뇌리에 더 이상 안전한 곳은 없다는 인식이 생겨났다는 것이다.

사람들의 불안은 극에 달했고, 점차 운중천에 대한 신뢰에 금이 가고 있었다. 문제는 그런 사실을 모를 리 없는 운중천에서 아직 제대로 된 대응을 하지 못하고 있다는 것이다. 진무원은 그 이유가 궁금했다.

진무원이 그렇게 한참 생각에 빠져 있을 때였다.

콰앙!

갑자기 객잔 반대편에서 굉음이 터져 나오며 사람들의 당혹스러운 음성이 울려 퍼졌다.

"아, 암습이다."

"무슨 일이야?"

갑작스러운 소란에 십인실에 누워 있던 사람들이 우르르 밖으로 몰려 나갔다. 진무원과 곽문정도 그들의 뒤를 따랐다.

밖으로 나와 보니 객잔 한쪽이 완전히 붕괴되어 있었고, 많은 이가 잔해에 깔려 신음을 흘리고 있었다.

그들 중 진무원의 눈길을 끈 이는 바로 표승우였다. 표승우는 허리를 움켜잡은 채 전방을 노려보고 있었다. 그의 전방에는 검은색 피풍의를 걸친 괴인이 조그만 상자를 옆구리에 낀 채 서 있었다.

'저건?'

분명 표승우가 호위하던 남자가 들고 있던 상자였다. 진무원이 빠르게 무너진 잔해를 훑어보았다. 잔해에 깔려 숨진 자들 중에 표승우의 고객이 보였다.

'암습을 한 것인가?'

진무원의 눈에 이채가 어렸다.

그 순간 표승우가 노성을 토해냈다.

"네놈 대체 뭐냐? 감히 내 의뢰인을 죽이다니."

암습을 당한 것은 그야말로 순식간이었다.

갑자기 꽝음이 터지더니 엄청난 열기와 충격파가 그가 있는 방을 덮쳤다. 온몸을 짓누르는 강렬한 충격에 잠시 정신을 잃었다가 깨어나니 의뢰인은 죽어 있었고, 그의 허리에는 커다란 쇳조각이 박혀 있었다.

표승우는 상대가 벽력탄 같은 종류의 화탄을 사용했을 것이라고 짐작했다. 그렇지 않고서는 객잔의 처참한 상황이 설명되지 않았다.

"묻잖아, 이 개새끼야. 정체가 뭐냐고."

표승우가 남자를 향해 달려들었다.

기잉!

그의 몸이 허공에서 한 바퀴 도는가 싶더니 오른쪽 발뒤꿈치가 무서운 속도로 괴인의 머리를 향해 떨어졌다.

일도각(一刀脚)이라 불리는 수법이었다.

이 순간 표승우의 다리는 잘 벼려진 한 자루의 칼이었다. 일도양단의 기세가 괴인을 덮쳤다.

스륵!

순간 괴인의 몸이 누군가 잡아끄는 것처럼 뒤로 물러났다. 마치 유령 같은 움직임에 표승우의 일도각이 헛되이 바닥을 강타했다.

쾅!

바닥에 큰 구덩이가 파였다.

반진력으로 표승우의 몸이 크게 흔들렸다. 하지만 그는 오히려 반진력을 이용해 괴인 쪽으로 몸을 날렸다.

파바바바방!

열여덟의 발길질에 공기가 연이어 터져 나갔다. 신기에 이른 무영각(無影脚)이었다. 이 각법 하나로 그는 보표로 위명을 쌓았다.

폭풍 같은 그의 무영각에 괴인의 몸이 크게 흔들렸다. 표승우는 쾌재를 부르며 다시금 일도각을 날리려 했다. 그 순간 괴인이 손을 번쩍 들었다.

괴인이 허공에 던진 것은 마치 솔방울처럼 생겼다. 매캐한 화약 냄새가 느껴졌다. 순간 위기감을 느낀 표승우가 일도각을 거두고 급히 몸을 뒤로 날렸다.

"젠장!"

콰아앙!

그 직후 솔방울처럼 생긴 화탄이 폭발을 일으켰다. 화염과 강렬한 열기가 사방을 휩쓸었다.

주위에 있던 사람들의 몸 위로 객잔의 잔해와 화탄의 파편이 쏟아졌다.

사람들의 비명 소리가 울려 퍼지고, 객잔의 일각이 완전히 무너져 내렸다.

"미친!"

뒤늦게 곽문정이 사태를 깨닫고 표승우에게 달려갔다.

"크헉!"

표승우가 울컥 피를 토해냈다.

그의 어깨와 다리에는 파편의 일부분이 박혀 있었고, 가슴은 강렬한 열기에 화상을 입어 붉게 달아올라 있었다.

"형, 괜찮아요?"

"나, 난 괜찮아. 그보다 그자는?"

만신창이가 되어서도 표승우는 괴인의 행방을 물었다. 하지만 어디서도 괴인의 모습은 보이지 않았다.

곽문정이 고개를 젓자 표승우의 얼굴이 일그러졌다.

"내 의뢰인은?"

표승우의 시선이 본능적으로 잔해를 향했다. 잔해 밑에 깔린 그의 의뢰인은 미동도 없었다. 절명한 것이다.

"크윽!"

표승우의 얼굴이 일그러졌다. 육체의 고통과 다른 종류의 고통이었다. 그가 보표가 된 이후 처음으로 의뢰인이 목숨을 잃었다. 그 분노와 상실감은 표승우 본인이 아니면 절대 이해할 수 없었다.

곽문정이 표승우의 상처를 지혈하며 물었다.

"의뢰인이 누구기에 습격을 당한 거죠?"

"나도 몰라. 호북성 출신의 거상이라는 것밖에는."

"거상?"

"그래! 부현에서 만날 사람이 있으니까 보호해 달라고 했어. 그 상자 안에 든 물건을 반드시 전달해 줘야 한다면서."

곽문정이 입술을 깨물었다.

표승우의 설명만으로는 알 수 있는 것이 하나도 없었다. 습격한 괴인의 정체는 물론이고 목적까지도.

괴인의 모습은 보이지 않았다. 이미 사라지고 없는 것이다.

주위를 둘러보던 곽문정은 진무원도 보이지 않는단 사실을 알아차렸다.


괴인의 움직임은 무척이나 독특했다. 가볍게 바닥을 톡톡 차는 것 같은데 그의 몸은 거의 십여 장씩 쭉쭉 앞으로 나아가고 있었다.

문득 괴인의 걸음이 멈췄다. 그가 근처의 수풀을 보며 고개를 갸웃거렸다.

"누구냐?"

살기가 담긴 음성이 그의 입술을 비집고 흘러나왔다.

그러자 누군가 수풀 속에서 걸어 나왔다. 사뿐사뿐 걸어 나오는 남자는 바로 진무원이었다. 그가 괴인을 추적해 온 것이다.

진무원이 괴인을 보며 입을 열었다.

"그 말은 내가 묻고 싶군요. 당신은 누굽니까?"

"……."

괴인은 대답하지 않았다. 진무원도 기대하고 물은 것은 아니었다. 순순히 대답을 해줄 이였다면 그렇게 수많은 사람이 있는 객잔에서 벽력탄을 터뜨리지도 않았을 것이다.

괴인이 진무원을 빤히 바라봤다. 진무원도 괴인을 바라봤다. 그렇게 서로의 얼굴을 들여다보았다. 하지만 알 수 있는 것은 하나도 없었다.

지금 진무원은 진짜 얼굴이 아니었고, 괴인 역시 인피면구를 쓴 듯 감정이나 표정이 전혀 보이지가 않았다.

진무원의 시선이 괴인이 들고 있는 상자를 향했다. 괴인의 정체가 무엇이든 간에 저 상자 때문에 수많은 사람을 죽인 것이 분명했다.

'저 상자 안에 무엇이 들었기에…….'

진무원의 시선을 느꼈는지 괴인이 상자를 뒤로 숨기며 살기를 피워 올렸다. 그의 감각을 감쪽같이 속이고 이곳까지 추적해 왔단 사실 자체만으로도 무시할 수 없는 상대였다.

진무원이 괴인을 향해 걸음을 옮겼다. 유유자적 걸어오는 그의 모습에 괴인이 움찔했다. 하지만 이내 자신의 실태를 깨닫고는 살기를 더욱 거세게 피워 올렸다.

"감히!"

그가 진무원을 향해 손을 내저었다.

쾅!

진무원이 있던 자리에서 폭발이 일어났다. 벽력탄을 던진 것이다. 하지만 폭발이 일어났을 때는 이미 진무원은 보이지 않았다. 어느새 계류보로 이동을 한 것이다.

"크윽!"

괴인이 다시 벽력탄을 던지며 뒤로 몸을 날렸다. 마지막 벽력탄이자, 가장 위력이 큰 놈이었다.

쿠와앙!

천지를 흔드는 폭발이 일어났다. 근처에 있던 나무들이 부러져 나가고 풀들에 불이 붙은 채 허공으로 비산했다. 엄청난 후폭풍이 방원 삼 장여를 집어삼켰다.

괴인이 안심하는 순간이었다. 갑자기 불길을 뚫고 진무원이 질주해 왔다. 새빨간 불길이 양쪽으로 확 갈라졌다.

"제길!"

엄청난 폭발에서도 진무원은 상처 하나 없었다. 벽력탄이 터지는 순간 폭발 권역을 물러났었기 때문이다.

괴인의 눈동자가 흔들렸다.

그의 별호는 폭귀(爆鬼)였다. 벽력탄과 같은 화기를 귀신같이 잘 쓰기 때문이다. 하지만 벽력탄은 워낙 위험한 물건이라

몇 개 가지고 다닐 수 없었다. 자칫하다가는 사용하기도 전에 폭사할 수 있기 때문이다.

그의 시선이 옆구리에 끼고 있는 상자를 향했다.

'제길!'

주인은 그에게 상자의 회수를 명했다. 정확히는 상자 안에 있는 내용물의 회수였다. 만일 회수가 여의치 않으면 없애 버릴 것을 지시했다.

진무원에게는 벽력탄이 통하지 않았다. 남아 있는 화기를 모조리 사용해도 그를 어떻게 할 수 있을 것 같지 않았다.

폭귀가 눈을 질끈 감았다.

그사이 진무원이 그의 지척까지 쇄도해 왔다. 진무원의 눈동자에 폭귀의 결연한 표정이 들어왔다.

'이자?'

순간 진무원이 방향을 바꿔 허공으로 치솟아 올랐다. 그 순간 폭귀의 몸에서 거대한 폭발이 일어났다.

콰쾅!

지니고 있던 화기를 모조리 폭발시킨 것이다.

발밑으로 후끈한 열기가 느껴졌다. 진무원은 몸을 비틀어 폭발 권역에서 벗어났다.

"이런!"

진무원의 얼굴에 낭패한 기색이 떠올랐다. 설마 폭귀가 자폭을 택할 줄은 예상치 못했기 때문이다.

사방에 폭귀의 것으로 짐작되는 살점이 떨어져 있었다.

문득 진무원의 눈이 빛났다. 살점 한가운데 반쯤 부서진 상자가 보였기 때문이다. 폭귀는 자신의 죽음으로 상자를 없애려고 했지만, 그의 예상보다 상자는 단단한 재질로 이뤄져 있었다.

진무원이 반쯤 파괴된 상자를 집어 들었다.

*          *          *

객잔은 아수라장이나 다름없었다. 때아닌 횡액에 목숨을 잃은 사람도 있었고, 살아남은 자들도 객잔의 일부가 무너져 편히 쉴 수 없게 됐다.

객잔의 주인과 점소이들이 수습을 하느라 분주히 움직이고 있었다. 생활의 터전이 무너진 그들의 얼굴은 금방이라도 눈물을 흘릴 것처럼 애처로워 보였다.

곽문정이 그들을 도와 잔해를 치우고 있었다. 금전적으로는 도움을 줄 수 없으니 이렇게라도 도움을 주려는 것이다.

잠시 그 모습을 바라보던 진무원이 상자를 바라보았다. 상자는 이중으로 되어 있었다. 바깥쪽 상자는 반쯤 부서져 있었지만, 안쪽에 있는 상자는 폭발 속에서도 건재했다.

폭발 속에서도 안전한 상자라면 기물이라 불릴 만했다. 그리고 이 정도 상자에 보관할 정도의 물건이라면 분명 중요한 것이 틀림없었다.

진무원은 잠시 상자를 열어볼까 고민했다. 벽력탄을 아무렇지 않게 사용하는 괴인이 노릴 정도의 물건이 무엇인지 궁금했기 때문이다. 하지만 진무원은 이내 고개를 저으며 걸음을 옮겼다.

물건의 주인은 자신이 아니었다. 따라서 열어볼 사람도 자신이 아니었다.

진무원은 의뢰인의 시신 앞에 멍하니 앉아 있는 표승우에게 다가갔다. 넋을 놓고 앉아 있던 표승우는 진무원이 지척에 도착해서야 겨우 고개를 들었다.

진무원이 표승우에게 상자를 내밀었다.

"이건?"

"습격자가 훔쳐 갔던 물건입니다."

"아!"

표승우가 놀라 눈을 동그랗게 떴다. 그가 얼떨결에 상자를 받아 들었다.

"이걸 왜?"

"의뢰인의 물건이잖습니까?"

"음!"

표승우의 눈동자가 흔들렸다.

의뢰인은 이 상자를 꼭 부현까지 가져가야 한다고 했다.

"의뢰인이 만나기로 한 사람은 알고 있습니까?"

"모릅니다. 하지만 약속된 장소에서 기다리고 있으면 나타날 거라고 했습니다."

표승우가 이를 악물었다. 정신이 번쩍 들었다.

비록 의뢰인은 무사히 지키지 못했지만, 그가 소중히 간직했던 물건을 무사히 전달해 주는 것. 아직 보표로서 그의 임무는 끝나지 않았다.

"고맙습니다. 내 이 은혜 잊지 않겠습니다."

"힘내십시오."

진무원은 곽문정이 있는 곳을 향해 걸음을 옮겼다. 그런 그의 얼굴은 철갑을 씌운 것처럼 딱딱하게 굳어 있었다.

'결국 괴인의 정체는 물론이고 배후 그 어느 것도 알아내지 못했다.'

괴인의 정체를 증명해 줄 만한 물건은 아예 존재하지 않았다. 마치 하늘에서 뚝 떨어진 것처럼 말이다.

'어디 소속일까? 밀야, 그도 아니면 운중천.'

진무원 흘깃 표승우를 바라보았다. 표승우는 조그만 상자를 품에 꼭 껴안고 있었다.

진무원과 곽문정은 날이 밝자마자 객잔을 떠났다.

"형, 정말 함께 가도 괜찮겠어요?"

"괜찮다."

곽문정이 진무원의 곁에 다가와 속삭였다. 그에 진무원의 시선이 곽문정의 뒤쪽으로 향했다. 그곳에 말을 타고 그들을 따라오는 표승우의 모습이 보였다.

객잔의 일을 어느 정도 수습하자 표승우는 진무원과 곽문정을 따라 나섰다. 그 사실이 못내 부담스러운 곽문정이었다.

자의든 타의든 표승우의 주위에는 항상 문제가 일어난다.

예전에도 그랬고, 이번에도 그랬다. 앞으로도 그럴지 모른다. 그런데도 진무원이 그와의 동행을 허락한 것이 못내 의아했다.

진무원이 웃었다.

"너무 걱정하지 말거라."

"그래도……."

"괜찮을 거다."

"알았어요."

곽문정이 못내 고개를 끄덕였다.

현재 그들이 이용하는 도로는 일반적인 관도가 아니었다. 세인들이 흔히 말하는 뒷길이었다. 이 지역에 사는 사람들이 아니면 도저히 알 수 없는 조그만 소로를 이용해 우회하고 있었다.

표승우와 곽문정은 모두 보표로 잔뼈가 굵은 이들이었다. 그들은 현지인이 아니면 알 수 없는 조그만 소로까지 모조리 머릿속에 넣어두고 있었다.

비록 시간은 오래 걸릴지 모르지만 훤히 노출된 관도보다는 훨씬 안전했다. 비록 제대로 된 숙소나 인가는 없겠지만, 세 사람 모두 노숙이라면 이골이 난 사람들이라 문제 될 것이 없었다.

이동하는 내내 표승우는 상자 안의 내용물을 궁금해했다. 몇 번이나 열어볼까 했지만 끝내 열지는 않았다. 의뢰인을 지키지 못한 보표가 의뢰인의 물건까지 열어본다는 것은 자존심이 용납하지 않았다.

진무원의 뒤를 따르는 표승우의 속내는 복잡하기 이를 데 없었다.

'어떤 놈들일까?'

그가 제대로 된 대응을 못할 정도로 폭귀의 무공은 괴이했다. 특히 괴인이 사용한 벽력탄은 그의 상식을 송두리째 뒤엎을 정도로 충격적이었다.

벽력탄은 극히 불안정한 물건이었다. 그 때문에 자유롭게 휴대하고 사용하는 것이 거의 불가능하다고 알려져 있었다. 그런데 괴인은 벽력탄을 자유자재로 사용했다. 그 말은 곧 기존 벽력탄의 문제점을 개선했다는 뜻이기도 했다.

'일개인이 벽력탄을 개선한다는 것은 불가능한 일. 놈은 거대 단체에 소속된 것이 분명하다.'

문제는 괴인의 배후를 알 수 없다는 것이다.

생각보다 큰일에 휩쓸린 것이 분명했다.

"제기랄!"

표승우가 자신도 모르게 머리를 벅벅 긁었다.

이제까지 수많은 사건 사고에 엮였지만, 이렇게 큰일에 엮이는 것은 이번이 처음이었다. 따라서 후폭풍이 어디까지 미칠지 전혀 예상할 수 없었다.

표승우의 시선이 문득 진무원을 향했다.

그가 무방비로 당하고 있을 때 진무원은 홀로 괴인을 추적해 상자를 되찾아 왔다. 곽문정이 형이라고 소개할 때는 크게 신경 쓰지 않았던 것이 후회되었다.

'도대체 저 남자의 정체가 무엇이기에……'

의문은 커져 갔지만, 이제와 물어볼 수도 없었다. 부현에 도착할 때까지는 반드시 함께해야 했다. 그래야만 위험을 최소한으로 줄일 수 있었다.

그는 무슨 일이 있더라도 반드시 진무원과 떨어지지 않겠다고 다짐했다.

*       *       *

커다란 방 안. 중년의 남자가 누런 종이 책자를 조용히 넘기고 있었다. 중년 남자는 눈을 반개한 채 오직 종이 책자에만 집중하고 있었다.

조용한 방 안에 종이 넘기는 소리만이 울려 퍼졌다. 그렇게 얼마나 시간이 흘렀을까? 중년의 남자가 마지막 장을 덮으며 자리에서 일어났다.

열린 창문을 통해 들어온 햇살이 중년 남자의 얼굴을 비췄다. 하지만 중년 남자의 얼굴은 그리 밝지 않았다.

"흠!"

"총관님, 저 마원입니다."

문밖에서 남자의 나지막한 목소리가 들렸다. 그제야 중년 남자가 몸을 돌려 문을 바라보았다. 순간 그의 한쪽 소매가 바람에 펄럭였다.

뜻밖에도 중년 남자는 외팔이였다. 한쪽 팔이 어깨 어림부터 잘려 나가서 허전했다.

그가 문밖을 향해 말했다.

"들어오게."

곧 이십 대 후반으로 보이는 젊은 남자가 문을 열고 들어왔다.

"무슨 일인가?"

"한중에서 급보입니다."

"급보?"

"예!"

마원이 품에서 붉은 봉투를 꺼내 중년 남자에게 바쳤다. 중년 남자는 급히 봉투를 찢고 안에 담긴 서신을 꺼내 읽었다.

서신을 끝까지 읽은 중년 남자의 표정이 딱딱하게 굳었다.

"폭귀가 자폭을 했다고?"

비록 무공은 떨어지지만 경공술과 화기를 이용하는 능력만큼은 발군이라 할 수 있는 폭귀였다. 그런 그가 자폭을 했다는 것은 감당할 수 없는 상대를 만났다는 뜻이었다.

"표승우라는 보표가 그 정도의 능력을 갖고 있었나? 내가 그의 능력을 잘못 판단한 것인가?"

중년 남자가 입술을 질겅 깨물었다.

면밀한 분석 끝에 폭귀를 투입했다. 보표인 표승우의 능력을 면밀히 분석하고 예상치 못한 변수까지 감안했다. 백 번을 양보해도 절대 실패할 수 없는 작전이었다.

그런데도 작전이 실패했다는 것은 표승우의 능력이 예상보다 뛰어나거나, 예상치를 뛰어넘는 돌발 변수가 발생했다는 것을 뜻했다.

"일이 재미없게 진행되는군. 표승우란 보표는 지금 어디쯤 있나?"

"한중을 떠나 부현으로 이동하고 있는 것으로 파악됐습니다."

"따라잡기에는 이미 늦었군."

"어떻게 할까요? 추적조를 보낼까요?"

"아니야. 차라리 부현에서 놈을 기다리는 게 낫겠어."

"부현에서 말입니까?"

마원이 뜻밖이라는 표정을 지었다.

부현은 밀야와 운중천의 전쟁이 한참 벌어지고 있는 곳이었다. 그만큼 변수도 다양했다. 어떤 결과가 나올지 쉽게 예상할 수 없는 것이다.

"놈은 연판장을 가지고 있다. 분명 연판장을 원하는 자들이 접촉할 것이다. 그때를 노린다."

"알겠습니다. 하지만 움직일 만한 전력이 마땅치 않은데."

"혼마를 움직이도록."

"헉!"

순간 마원이 숨넘어가는 소리를 냈다. 그만큼 중년 남자의 말은 충격적이었다.

"더 이상 어떤 변수도 용납하지 않겠다. 혼마가 도착할 때까지 놈의 행적을 추적하도록."

"며, 명을 받들겠습니다."

마원이 말을 더듬었다. 하지만 중년 남자의 표정엔 그 어떤 변화도 없었다. 그만큼 단호했다.

중년 남자의 이름은 관대승.

운중천의 총관으로 오랜 세월을 헌신해 온 남자였다.

삼 년 전 뜻밖의 사태에 한쪽 팔을 잃고, 오랜 세월을 칩거해 왔던 그가 운중천의 총관으로 다시 복귀한 것은 불과 몇 달 전이었다.

육신의 상처가 낫는 데는 일 년이면 충분했다. 문제는 육신의 상처보다 정신이 입은 상처였다.

당시 그의 정신은 완전히 붕괴되어 도저히 일상생활을 할 수 없을 정도로 망가져 있었다. 그 어떤 명의도 정신의 상처는 치유할 수 없었다.

하지만 관대승은 강인한 정신력과 의지로 정신에 입은 상처를 치유하고 세상 밖으로 나왔다. 운중천의 총관으로 화려하게 복귀한 것이다.

그가 없는 동안 세상엔 많은 변화가 있었다. 그중 가장 큰 문제는 운중천과 밀야의 전쟁이 예상외로 장기화되면서 각종 변수가 돌출되기 시작했다는 것이다.

그중 가장 큰 변수가 바로 연판장이었다. 언제부턴가 운중천의 행사에 반대하는 자들이 내부에 생겨났고, 그들끼리 연판장을 돌리며 조직적으로 움직이기 시작했다.

그들의 행적은 매우 은밀했다. 운중천에서 그 사실을 파악한 것이 불과 몇 달 전의 일이었다.

관대승이 운중천의 총관으로 전권을 장악하고 있을 때는 감히 생각도 할 수 없었던 일들이었다. 관대승은 모든 조직을 총동원해 내부에 불만을 갖고 있는 자들을 추적했다.

표승우를 보표로 고용한 거상의 정체도 그 과정에서 드러났다. 거상의 진정한 정체는 운중천의 내당 이조장이었다. 운중천의 핵심 무인 중 한 명이 연판장을 돌렸다는 사실 자체가 충격적인 일이었다.

관대승이 추적해 오자 이조장은 위기감을 느끼고 운중천을 빠져나갔다. 그는 사람들의 눈을 피하기 위해 거상으로 위장하고, 표승우에게 일신의 보호를 의뢰했다.

이조장이 가지고 있는 연판장만 확보한다면 내부에서 불만을 토로하는 자들을 색출할 수 있었다. 그래서 폭귀를 파견했는데, 오히려 일이 꼬이고 말았다.

관대승의 눈빛이 차가워졌다.

'나에게 공백만 없었더라면 이런 일들 자체가 일어나지 않았을 텐데.'

그의 시선이 허전한 어깨로 향했다. 어깨를 자른 자에 대한 분노가 그의 이성을 잠식해 갔다.

살기로 범벅이 된 관대승의 눈을 보며 마원이 몸을 떨었다.

\*　　\*　　\*

"부현이다."

곽문정이 탄식 어린 음성을 내뱉었다.

저 멀리 부현이 보였다. 얼마 전에 왔던 부현은 무척이나 부유한 곳으로 화려하진 않아도 고풍스러운 멋이 있었다. 하지만 지금 눈에 보이는 부현은 폐허나 다름없었다.

전각은 부서지고 무너져 초연을 토해내고 있었고, 거리 곳곳에는 집을 잃은 부랑자들이 보였다. 완전히 초토화된 부현의 모습에 세 사람은 할 말을 잃었다.

"으음!"

진무원의 입술을 비집고 절로 신음이 흘러나왔다.

무림 문파 간의 싸움에 한 도시가 완전히 초토화가 되고 수많은 이가 피난을 갔다. 부현은 도시로서의 기능을 잃은 채 밀야와 운중천의 힘겨루기의 장이 되었다.

현재 부현을 장악하고 있는 이는 운중천이었다. 근 보름간의 전투 끝에 밀야를 잠시 밀어낸 것이다. 하지만 사람들은 알았다. 조만간 밀야가 전열을 재정비한 후 다시 쳐들어올 것임을. 그때도 운중천이 이곳을 장악하고 있을지는 미지수였다.

"멈추시오."

그들이 부현에 들어서자마자 운중천의 무인들이 길을 막았다. 그들의 얼굴엔 살기가 넘쳐흐르고 있었다. 하루가 멀다 하고 생사를 오가는 싸움을 치르다 보니 자연스럽게 살기가 발산되는 것이다.

"어디서 오신 분들이오?"

말을 하면서도 운중천의 무인들은 무기의 손잡이를 잡고 있었다. 여차하면 출수하겠다는 의지였다.

곽문정이 앞으로 나섰다.

"저는 곽문정이라고 합니다. 백룡상단에 소속된 보표입니다."

"백룡상단의 보표?"

"그렇습니다."

곽문정이 백룡상단의 보표임을 증명하는 신분패를 내밀었다. 진무원과 표승우도 신분패를 건네주었다.

"단천운, 표승우라."

그들은 신분패를 한참이나 살핀 뒤에야 이상이 없음을 확인하고 돌려주었다. 백룡상단이 운중천과 우호적인 관계에 있는 상단이라는 것을 모르는 이는 없었다.

그들의 표정이 한결 누그러졌다.

"알다시피 이곳에선 전쟁이 한창이오. 각자의 안전은 스스로 챙기는 것이 좋을 것이오."

"충고 감사합니다."

곽문정이 고개를 숙여 감사의 인사를 했다. 운중천의 무인들이 손을 휘휘 내저으며 멀어졌다.

부현 곳곳에 볼 수 있는 풍경이었다. 그만큼 이곳의 분위기는 살벌했다.

세 사람은 말을 몰았다.

비록 폐허가 되다시피 했지만 놀랍게도 객잔은 영업을 하고 있었다. 밀야가 부현을 장악하면 그들을 위해 방을 내줬고, 반대로 운중천이 장악하면 또 그들을 위해 방을 내주며 객잔의 주인들은 끈질기게 명맥을 이어가고 있었다.

이름 모를 객잔 안에는 많은 무인이 있었다. 피로한 기색이 역력한 무인들은 술을 마시며 긴장을 풀고 있었다.

세 사람이 들어오자 잠시 그들의 시선이 집중됐다. 하지만 이내 관심 없다는 듯이 자신들끼리의 대화에 열중했다.

곽문정이 객잔 주인에게 다가갔다.

"방 있나요?"

"며칠이나 머무실 겁니까?"

"한 닷새 정도."

"일반실은 이미 동이 났고 특실밖에 없는데 괜찮겠습니까?"

"그거라도 주세요."

곽문정이 한숨을 내쉬었다.

어떤 이들에겐 전쟁이 재앙이겠지만, 어떤 이들에겐 돈을 벌 수 있는 기회의 장이 되고 있었다. 객잔의 주인들도 그중 하나였다. 그들은 목숨을 걸고 밀야와 운중천 양측의 무인들을 상대로 장사를 하고 있었다.

그들이 부르는 게 값이었다. 특실의 방값이 은자 네 냥을 넘어가고 있었다. 그야말로 어마어마한 폭리를 취하는 셈이다. 그래도 방이 모자라니 어쩔 수가 없었다.

곽문정이 고개를 절레절레 흔들며 진무원과 표승우에게 다가왔다.

"이건 칼만 안 들었지 완전 날강도가 따로 없네요. 열 냥이나 선불로 달라니."

"어디 여기만 그런 줄 아느냐? 다른 곳은 더해. 그나마 방이 있다니 다행이다."

표승우가 안심했다는 표정을 지었다.

그동안 제대로 된 숙소에서 잠을 잔 적이 없어 온몸이 근질근질거렸다. 따끈따끈한 물에 몸을 씻고 싶었다.

"단 형, 난 먼저 들어가서 씻겠습니다. 식사는 나중에 따로 하겠습니다."

"알겠습니다."

표승우가 서둘러 특실로 향했다.

진무원과 곽문정은 빈 탁자에 앉아 음식을 주문했다. 그들은 씻는 것보다는 제대로 된 식사를 하고 싶었다.

"이야, 분위기 진짜 살벌하네요. 다들 장난 아니게 날이 서 있어요."

"그럴 수밖에. 저들에겐 잠시의 방심이 목숨을 좌우하니까."

"그나마 운중천이 부현을 장악하고 있어서 다행이네요. 만약 밀야가 장악을 하고 있었다면 이렇게 마음 편히 식사도 하지 못했을 거예요."

"그렇겠지."

진무원이 고개를 끄덕였다.

객잔 안에 있는 무인들 대부분은 운중천이나, 그와 연관된 문파에 속해 있었다. 그리고 대다수가 자파에서 상당한 위치에 있는 무인이었다.

항렬이 높지 않은 자들이나 중소문파의 무인들은 대부분 운중천이 마련한 거처에서 단체 생활을 하고 있었다. 그러니까 이렇게 객잔에서 머무는 자들 대부분은 그래도 항렬이 높거나 금전적인 여유가 있는 자들이란 뜻이었다.

실제로 진무원의 전방위 감각에 포착된 몇몇 이의 내공은 상당한 수준이었다. 강호의 절정고수로 분류되어도 충분한 그런 고수들이었다.

그들은 식사를 하면서도 새로이 등장한 진무원과 곽문정의 동향에 촉각을 곤두세우고 있었다. 하지만 진무원과 곽문정의 대화가 평이하게 흘러가자 이내 신경을 끄고 다시 식사에 열중했다.

잠시 후 주문한 음식이 나왔다.

"휴!"

음식의 상태를 보자 대번에 한숨이 나왔을 정도로 형편없었다. 하지만 전쟁이 한참인 지역에서 이 정도의 음식도 감지덕지인지라 두 사람은 말없이 식사에 열중했다.

그래도 술 한잔을 곁들이니 먹을 만했다. 진무원은 곽문정에게도 술을 건넸다. 아직 나이는 어리지만 곽문정 또한 한 사람의 어엿한 무인이었다. 술을 마실 자격이 충분했다.

"헤헤!"

곽문정은 진무원과 술잔을 나누고 있다는 사실만으로도 즐거운지 연신 웃음을 터뜨렸다. 그의 우상과 같은 자리에서 술잔을 나눌 수 있다는 사실만으로도 어른 대접을 받는 것 같았다. 실제로 진무원은 곽문정을 어엿한 어른으로 생각하고 있었다.

두 사람이 술잔을 교환할 때였다. 갑자기 객잔의 문이 왈칵 열리며 일단의 무리가 우르르 들어왔다. 열 명이 넘는 무인들이 한꺼번에 들어오자 객잔 안이 순식간에 시끄러워졌다.

그들의 등장에 객잔의 주인이 부리나케 달려왔다.

"어, 어서 오십시오."

"주인장, 우리 자리 있지?"

"물론입지요. 이미 비워놓고 있습니다."

객잔의 주인은 무인들을 한쪽에 비워놓은 자리로 안내했다. 무인들을 바라보는 객잔 주인의 눈에는 두려움이 가득했다.

눈앞에 있는 무인들은 다른 무인들과 격이 다른 존재들이었다. 객잔의 주인은 그런 그들의 위명과 잔혹함을 익히 알고 있었다.

'척마대. 전장의 악마들.'

그들은 바로 척마대였다.

부현을 탈환하는 데 가장 큰 공로를 세운 존재들. 밀야에게는 마군(魔軍)이라 불리고, 운중천의 무인들에게는 구세주라고 불리는 존재들.

척마대의 가장 뒤쪽에는 부대주인 좌문호가 거만한 표정으로 객잔 안을 둘러보고 있었다. 하지만 그 누구도 그를 오만하다고 생각하지 않았다.

그는 능히 그럴 만한 자격이 있는 무인이었다. 적에겐 악귀처럼 잔인하지만 그 덕에 많은 이가 목숨을 구함받은 것도 사실이었다. 그 때문에 좌문호와 척마대를 바라보는 사람들의 시선에는 두려움과 동경의 빛이 공존했다.

좌문호는 그런 사람들의 시선을 당연하다는 듯이 즐기고 있었다.

그에겐 무소불위의 힘이 있었다. 척마대의 대주인 심원의 외에는 그를 통제할 만한 존재는 없다고 생각했다. 그래서 그의 오만함은 하늘을 찌르고 있었다.

좌문호는 한껏 거드름을 피우며 상석에 앉았다. 그런 그의 전신에서는 좌중을 압도하는 살기와 존재감이 흘러나오고 있었다. 수많은 이를 죽인 자만이 가질 수 있는 거친 살기에 객잔 안의 모든 사람이 숨을 죽였다.

좌문호가 객잔의 주인을 향해 입을 열었다.

"술을 가져오게."

"얼마나 가져올까요?"

"오늘 우리가 죽인 자들의 피만큼 많이. 흐흐흐!"

"아, 알겠습니다."

객잔 주인의 얼굴이 하얗게 질렸다. 그만큼 좌문호에게서 느껴지는 혈향은 강렬했다. 후각을 송두리째 마비시킬 만큼.

진무원이 좌문호를 물끄러미 바라보았다.

삼 년 전과는 너무나 달라진 모습이 낯설게 느껴졌다. 지금 좌문호의 모습은 정파보다는 사파의 무인에 가까웠다.

곽문정이 나지막한 목소리로 속삭였다.

"요즘은 척마대를 전장의 귀신들이라 부른다는군요. 특히 좌문호는 잔인하기로 유명해서 같은 운중천의 무인들조차 이름을 입에 담는 것을 꺼린다고 해요."

"그럴 것 같구나."

진무원이 고개를 주억거렸다.

같은 편에게조차 두려움을 주는 존재. 전장의 광기에 침습당한 좌문호는 그런 괴물이 되어 있었다.

'운중천은 저런 괴물들을 얼마나 더 만들었을까?'

객잔 안에 있던 자들은 서둘러 자리를 떴다. 괜히 척마대와 얽히고 싶지 않았기 때문이다.

좌문호와 척마대는 그런 모습을 당연하다는 표정으로 바라보고 웃었다.

장내에 남은 자들은 진무원을 비롯해 몇 명 되지 않았다. 하지만 그들조차 숨을 죽이고 있었다. 장내에는 오직 척마대가 웃고 떠드는 목소리만 흘러나왔다.

"이제 놈들도 쉽게 도발하지 못하겠지? 놈들의 척후대를 그렇게 박살 내놨으니까."

"흐흐! 물론이지. 우리 척마대에게 걸리면 뼈도 추릴 수 없다는 사실을 알았으니까 당분간 조심하겠지."

"아직도 흥분이 가시지 않는군. 갈증이 나서 죽겠어."

"나도 그래. 이봐, 주인장. 어서 술부터 가져와."

"예, 예! 지금 갑니다."

객잔의 주인이 급히 커다란 술동이를 들고 왔다.

술동이를 내려놓자마자 척마대 무인들이 커다란 술잔에 따라 마시기 시작했다.

먹이를 탐하는 짐승처럼 게걸스럽게 술을 마셨다. 그들의 입가와 가슴을 따라 술이 흘러내렸다.

좌문호는 그런 척마대의 모습을 보며 미소를 지었다. 잔혹하기 그지없는 미소를.

척마대가 된 이후 그들의 행보는 항상 위태위태했다. 항상 최전선에 투입되었고, 수많은 사선을 넘나들었다. 평범한 사람은 견딜 수 없을 위기 상황을 수도 없이 타개했고, 그때마다 극적인 보상이 주어졌다.

그렇게 신경은 무뎌져만 갔고, 이제는 어지간한 상황이 아니라면 흥분도 하지 않게 됐다. 그러다 보니 점점 더 강한 자극을 찾게 되었다.

이젠 자신들이 인간인지 아니면 살육에 미친 짐승인지 구별조차 가지 않았다. 하지만 아무래도 상관이 없다고 생각했다. 어쨌거나 누구 한 명 그들에게 감히 반발을 하지 못했으니까.

좌문호가 번들거리는 눈으로 객잔 안을 둘러봤다. 그의 시선과 부딪칠까 봐 모두가 고개를 숙였다. 하지만 단 한 명 그렇지 않은 사람이 있었다. 그는 바로 진무원이었다.

순간 좌문호가 고개를 갸웃했다. 왠지 어디선가 한 번쯤 본 듯한 눈빛이었기 때문이다. 하지만 잘 떠오르지가 않았다. 진무원은 역용을 하고 있었다. 지금 그는 진무원이 아닌 단천운의 얼굴을 하고 있었다.

그가 다시 봤을 때 진무원은 고개를 숙이고 밥을 먹고 있었다.

"흐음!"

"왜 그러십니까?"

척마대의 무인 중 한 명이 그런 좌문호를 보고 물었다. 그의 시선이 자연스럽게 좌문호가 보고 있는 방향으로 향했다.

"그가 심기를 상하게 했습니까?"

좌문호의 대답 여하에 따라 살수를 쓸 것 같은 표정이었다. 좌문호가 대답 대신 의미심장한 미소를 지었다. 그러자 그가 자리에서 벌떡 일어나 진무원과 곽문정에게 다가갔다.

척마대의 다른 무인들이 그런 무인의 모습을 보며 웃었다. 그들은 잠시 후에 벌어질 광경을 상상하며 술잔을 기울였다.

무언가 문제가 일어날 것을 직감한 다른 무인들이 서둘러 자리를 떴고, 객잔 안에는 진무원과 척마대만이 남았다.

진무원은 자신들을 향해 다가오는 척마대의 무인을 무심히 바라보았다. 누가 봐도 시비를 걸기 위해 다가오는 것이란 사실을 알 수 있을 정도로 그는 살기를 흘리고 있었다.

이런 식으로 마음에 들지 않는 자들에게 시비를 걸고 박살 냄으로써 우월감을 느끼는 것. 일종의 여흥이었고, 그들만의 놀이 문화였다.

곽문정이 그들의 적의를 느끼고 난감한 표정을 지었다. 어떻게 반응해야 할지 몰라 그가 곁눈질로 진무원을 바라봤다. 하지만 진무원은 그리 경계하는 표정이 아니었다.

진무원의 전방위 감각은 그들이 아닌 다른 곳을 향해 활짝 열려 있었다.

'암습자들.'

순간 객잔의 지붕이 와장창 부서지며 검은 무복을 입은 무인들이 떨어져 내렸다.

"척마대, 그 목을 취하러 왔다."

검은 무복을 입은 무인들의 목표는 바로 척마대였다.

"흐흐! 부나방들이 불을 보고 달려드는구나."

좌문호가 술잔을 와그작 우그러뜨리며 자리에서 일어났다.

누가 말해주지 않아도 알 수 있었다. 이제껏 수없이 싸운 존재. 상대는 밀야였다.

객잔 안에 혈풍이 몰아쳤다.

# 4장

## 산 자는 선인(善人)이고, 죽은 자는 악인(惡人)이다

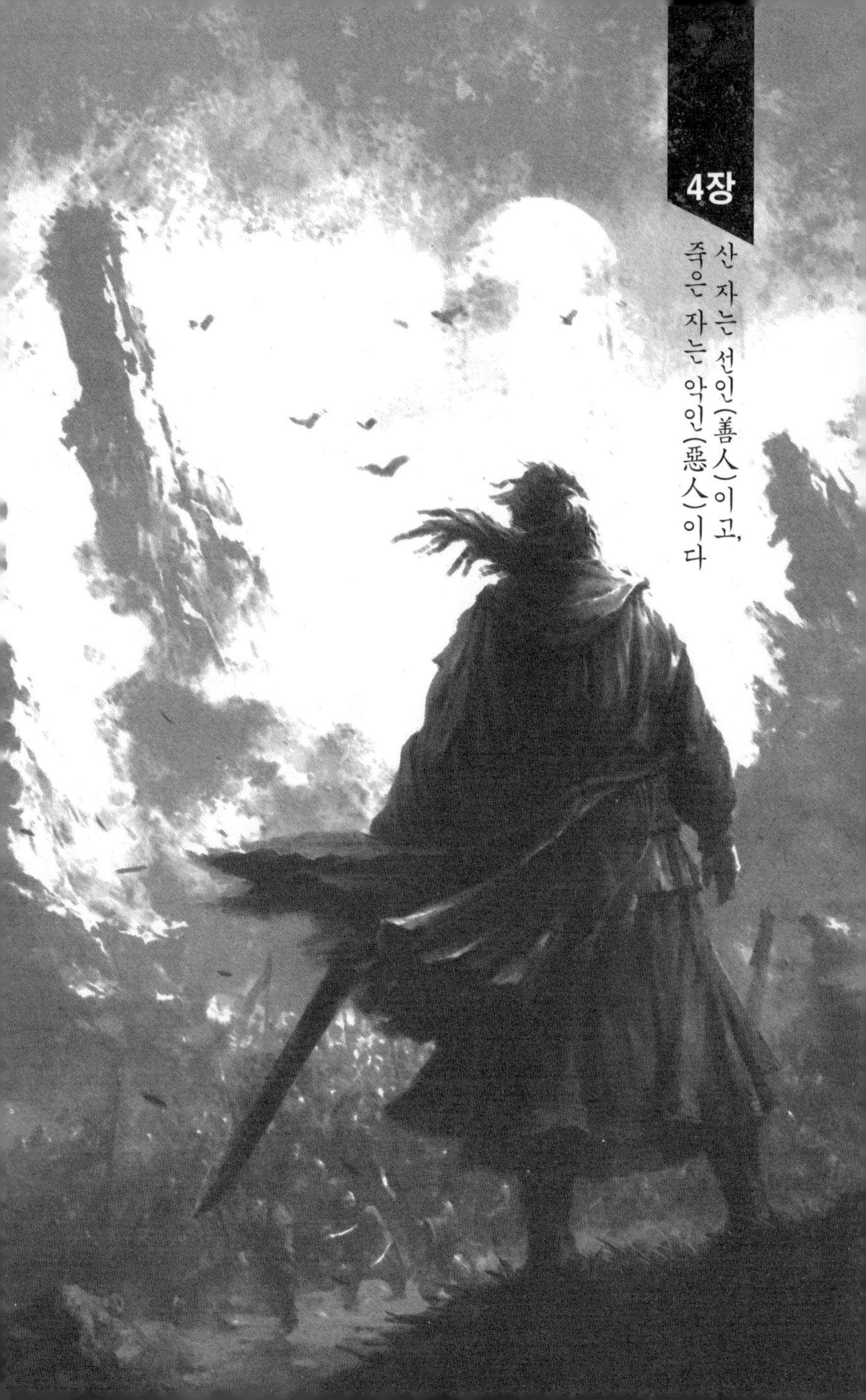

척마대는 그 명성이 헛되지 않았다는 것을 증명이라도 하듯이 막강한 위용을 자랑했다. 겨우 십여 명에 불과했지만, 그들은 수십 명의 습격자를 압도했다.

습격자들은 밀야의 무인이었다. 이미 수십 번 이상이나 그들과 치열하게 싸웠기에 척마대는 그 사실을 알고 있었다.

'혈룡대(血龍隊).'

밀야의 비밀 조직 중 하나였다.

목표는 운중천의 요인 암살과 교란, 그리고 공포감 조성이었다.

안전한 곳은 존재하지 않는다. 이 전쟁에 참여하는 자는 언제든 죽을 수 있다. 그러니까 발을 뺄 자는 일찌감치 빠지라는 경고를 하는 조직이 바로 혈룡대였다.

혈룡대가 정확히 몇 명인지는 누구도 알지 못한다. 하지만 그들이 무지 많다는 것쯤은 알고 있었다. 발로 밟아 죽여도 계속 기어 나오는 개미들처럼 혈룡대는 끊임없이 전장에 투입됐다.

좌문호가 히죽 웃었다.

'탕마군과 똑같은 놈들이야.'

이들에게선 탕마군과 똑같은 냄새가 났다. 약물을 이용해 인위적으로 공력을 늘리고 속성으로 무공을 익혔다. 깊이도 없고 발전 가능성도 적었지만, 그래도 실전에서는 쓸 만했다. 개중에는 좌문호를 놀라게 할 만큼 뛰어난 무위를 가진 자도 나오곤 했다.

지금 척마대를 습격한 혈룡대 역시 마찬가지였다. 그들은 다른 이들보다 뛰어난 무위를 자랑했다. 하지만 척마대의 상대가 될 수는 없었다.

"크악!"

비명이 터져 나오고 사방으로 피가 튀었다. 객잔의 벽과 바닥이 붉게 물들고 사방에 잘려 나간 팔과 다리가 나뒹굴었다. 그야말로 아수라 지옥도가 따로 없었다.

"흐흐!"

좌문호의 입술을 비집고 섬뜩한 웃음이 흘러나왔다.

명료하게 보이던 세상이 온통 붉게만 보였다. 피가 들끓으면서 냉철했던 이성이 광기에 잠식되어 갔다.

몇 명이나 죽였는지 몰랐다. 그가 정신을 차렸을 때는 객잔 안에 살아남은 혈룡대는 존재하지 않았다. 그는 혈룡대의 피를 흠뻑 뒤집어쓴 채 거친 숨을 몰아쉬고 있었고, 다른 척마대 역시 마찬가지였다.

그들은 혈인이 된 채 서로를 바라보며 웃고 있었다. 사람을 죽였다는 죄책감 따윈 느끼지도 못했다. 오히려 그들은 속이 후련하다고 생각했다.

좌문호가 자리에 앉으며 소리쳤다.

"주인장, 술 가져와."

다른 척마대의 무인들이 웃으며 자리에 앉았다.

객잔 안에 다른 사람들은 보이지 않았다. 혈룡대가 습격한 그 순간 빠져나간 것이다. 대신 바닥에 쌓여 있는 혈룡대의 시신들이 그 자리를 차지하고 있었다.

문득 좌문호가 고개를 갸웃했다. 방금 전까지 무언가에 신경을 쓴 것 같았는데 잘 기억이 나지 않았기 때문이다.

"큭!"

그는 고민하지 않고 웃었다.

중요한 일이라면 언젠가는 생각날 것이다. 지금 당장은 승자로서 권리를 누리고 싶었다.

"어서 술 가져오라니까."

그의 목소리가 객잔 안에 울려 퍼졌다.


척마대와 혈룡대의 싸움을 잠시 지켜보던 진무원은 곧 밖으로 나왔다. 굳이 끝까지 지켜보지 않아도 결과를 짐작할 수 있었다. 그의 곁에는 곽문정이 굳은 표정으로 따르고 있었다.

보표로 산전수전 다 겪었다고 자부하는 곽문정이었지만, 저렇듯 잔혹하고 피 튀기는 싸움은 처음이었다. 속이 좋지 않았다. 마치 인간이 얼마나 잔혹해질 수 있는지 그 밑바닥을 본 듯한 기분이었다.

곽문정은 자신도 모르게 입술을 질경 깨물었다. 입술이 터져 피가 흐르고 있었지만, 느끼지 못할 정도로 그는 분노하고 있었다.

턱!

그때 그의 머리에 커다란 손이 얹혀졌다. 진무원이 그의 머리를 헝클며 입을 열었다.

"모두가 짐승이 되는 것은 아닐 게다. 난 그렇게 믿는다."

"예!"

곽문정이 고개를 끄덕였다.

진무원의 말에는 힘이 있었다. 사람을 믿게 만드는 힘과 강한 신뢰감이. 그래서 그를 믿고 의지하고 따르는 것일지도 몰랐다.

두 사람은 특실이 있는 별채로 넘어왔다. 객잔 안에서는 혈풍이 불었지만, 이곳은 놀랍도록 평온했다.

새 옷으로 갈아입은 표승우가 나오며 물었다.

"왜 이렇게 일찍 온 거야? 벌써 식사가 끝난 거야?"

"뭐, 어쩌다 보니까요."

곽문정이 얼버무렸다.

진무원이 보충 설명을 했다.

"식사는 조금 이따 하는 것이 나을 겁니다."

"예?"

"지금쯤 주인이 객잔 안을 치우는 데 정신이 없을 겁니다. 어느 정도 정리가 되면 가서 식사를 하세요."

"아!"

그제야 표승우는 객잔 안에서 무언가 사건이 일어났음을 직감했다. 그리고 자신이 너무 방심하고 있었음을 깨달았다.

주위에서 사건 사고가 끊이지 않고 있었다. 무언가 심상치 않은 일들이 벌어지고 있다는 증거였다. 어쩌면 이것은 시작일지도 몰랐다.

'제길!'

표승우의 시선이 무의식중에 탁자 위에 놓인 상자로 향했다.

생각할수록 불길하게 느껴졌다. 하지만 이제 와서 의뢰를 포기할 수도 없었다. 상자는 반드시 전해줘야 했다.

그의 표정이 어두워졌다.

진무원이 그의 마음을 읽기라도 한 듯이 입을 열었다.

"너무 걱정하지 마십시오. 잘될 겁니다."

그의 말을 듣는 순간 이상하게 마음이 편해졌다.

표승우는 신기하다고 생각했다. 진무원이 말하는 것은 반드시 이뤄질 것 같은 예감이 들었다.

신기한 남자였다. 생각해 보면 진무원에 대해 아는 것이 하나도 없었다. 이곳까지 오는 동안 여러 날을 함께 지냈음에도 불구하고. 그러고 보면 곽문정도 신기했다.

그가 처음 곽문정을 보았을 때는 무공이 그리 강하지 않았다. 물론 또래의 다른 소년들보다 강하다는 느낌은 들었지만, 이렇게 무서운 속도로 발전을 할 줄은 미처 몰랐다.

'대체 문정에게 무슨 일이 일어난 거지? 이 일도 저 남자와 관련이 있는 건가?'

그는 곽문정이 누군가를 이렇게 전적으로 믿고 의지하는 것을 한 번도 본적이 없었다. 곽문정은 나이답지 않게 의젓했으며 보표로 주도적인 역할을 했으니까. 이 바닥에 있는 보표들 중 누구도 곽문정이 어리다고 무시하는 사람은 없었다. 그만큼 인정을 받고 있는 존재가 바로 곽문정이었다.

모든 것이 의문투성이인 남자였다. 하지만 당장 그에 대해서 알아낼 수 있는 것은 하나도 없었다.

'상관없겠지. 의뢰인에게 물건을 무사히 전해줄 때까지만 이용하면 될 테니까.'

그는 애써 그렇게 자신을 납득시켰다.

그때 진무원이 곽문정에게 말했다.

"너는 표 대협과 함께 이곳에 있거라."

"형은요?"

"잠시 밖에 다녀오겠다."

"알겠어요."

곽문정은 망설이지 않고 대답했다.

진무원은 그의 어깨를 두들겨 준 후 밖으로 나왔다. 등 뒤로 표승우의 의문 어린 시선이 느껴졌지만 개의치 않았다.

이제는 움직일 때였다.

객잔을 나와 진무원이 향한 곳은 번화가였다. 아니, 예전에 번화가였던 곳이다. 밀야와 운중천의 전쟁으로 인해 이제는 폐허가 되다시피 한 곳.

하지만 사람들의 생명력은 강인했다. 폐허가 된 곳에 그들은 다시 시장을 세웠다. 예전처럼 멀쩡한 건물은 아니었지만, 천막을 세우고 좌판을 늘어놓고 물건을 펼쳤다.

평화 시에는 이렇게 시장이 열리지만, 운중천과 밀야의 전쟁이 격화되면 시장은 감쪽같이 사라진다. 그리고 평화가 찾아오면 시장은 다시 열린다. 그야말로 도깨비시장이 따로 없었다.

운중천과 밀야 모두 시장의 존재를 인정하고 있었다. 어차피 필요한 곳이었다. 이곳엔 없는 것이 없었다. 곡식, 의복, 무기, 그리고 정보까지.

본진에서 보내주는 보급 물자보다 이곳에서 구하는 게 훨씬 싼 경우도 있었다. 그렇기에 양측 모두 적절히 이곳을 이용했다.

진무원은 시장을 거닐었다. 전쟁이 한참이었지만, 시장에는 활기가 감돌고 있었다. 상인들은 어디서 구했는지 모를 물건들을 좌판 가득 늘어놓고 있었다.

물건값은 평소보다 서너 배는 뛰어 있었다. 그래도 물건이 없어서 못 팔 정도였다. 곡식 같은 경우는 좌판에 내놓기 무섭게 나갔다. 물건을 가진 상인들은 그야말로 무섭게 돈을 긁어모으고 있었다.

어쩌면 전쟁으로 인해 가장 득을 보는 이들이 바로 그들인지도 몰랐다. 물자를 비축한 상인들. 하진월은 그런 이들을 전쟁상인이라 부르며 마땅히 경계해야 할 존재들로 분류했다.

진무원은 원래부터 이곳에 있던 사람처럼 자연스럽게 걸었다. 자연스럽게 주변 풍경에 녹아들었기 때문에 누구도 그에게서 이질감을 느끼지 못했다.

진무원은 그렇게 수많은 사람 중 한 명이 되었다. 그는 다른 사람들처럼 마음에 드는 물건이 있으면 가격을 물어보고 흥정을 했다. 가격이 맞으면 구입하고, 맞지 않으면 자리를 떴다.

날카로운 눈썰미를 가진 상인들이었지만, 누구 한 명 진무원을 경계하지 않았다.

진무원은 많은 것을 얻었다.

시장은 민심을 보여주는 척도이자, 이곳 부현에서 벌어지는 상황을 일목요연하게 보여주는 상황판이었다.

이곳에 있는 상인들 중 단 한 명도 평범한 자는 없었다. 대부분의 이가 무림 문파와 연관이 되어 있었다.

운중천이 부현을 장악하면 그와 연관된 상인들이 득세를 하고, 반대로 밀야가 장악하면 그와 연관된 상인들이 득세를 한다. 하지만 그와 상관없이 자리를 차지하고 있는 상인들도 있었다.

상인들의 분위기를 읽으면 현재 부현에서 일어나고 있는 전쟁의 판도를 읽을 수 있었다.

진무원은 몇몇 상인이 서둘러 물건을 소진하는 모습을 보았다. 자신과 거래할 때보다 싼 가격으로 다른 사람들에게 물건을 처분하고 있었다.

상인은 약간은 초조한 표정을 하고 있었다. 불과 반각 전 누군가에게 귓속말을 듣고 난 이후였다. 분명 평복을 입고 있었지만, 그는 운중천 출신의 무인이 분명했다.

상인이 평소보다 싼값으로 물건을 팔아치우자 다른 상인들도 무언가를 느꼈는지 덩달아 값을 떨어뜨렸다. 물건이 순식간에 동이 나자 상인들은 서둘러 좌판을 정리해 자리를 떠났다.

일사불란한 모습이 마치 잘 조련된 군대 같았다. 그렇게 모두가 떠난 시장엔 오직 진무원만이 남아 있었다.

'전조(前兆)인가?'

위기를 느낀 쥐들이 침몰하는 배에서 탈출하듯, 재앙이 일어나기 직전 새들이 둥지를 떠나가듯 그렇게 상인들은 자리를 떠났다.

이제 무슨 전조냐 하는 문제만 남았다. 그리고 진무원은 이미 그 이유를 짐작하고 있었다.

공기가 바뀌었다.

장마철 습도가 최고조에 달했을 때의 그 불쾌한 느낌이 피부를 자극하고 있었다. 강렬한 살의와 적의가 범벅이 되어 안개처럼 부현 전체로 퍼져 나갔다.

그 순간 사람들의 비명 같은 소리가 울려 퍼졌다.

"밀야다."

진무원은 인근에서 가장 높은 전각 위로 올라가 부현 북쪽을 바라보았다.

어둡기만 하던 대지에 횃불이 하나둘 불을 밝혔다. 그 모습이 꼭 밤하늘에 펼쳐진 별들의 바다 같았다. 그 너머 부현을 향해 다가오는 검은 그림자가 보였다.

마치 어둠이 잠식을 해오는 것 같았다. 하나 같지만, 하나가 아닌 존재들. 수많은 무인이 어둠과 동화되어 부현을 향해 다가오고 있었다. 그들이 발산하는 강렬한 살기가 진무원의 살갗을 따갑게 자극했다.

"습격? 이놈들이 아직 정신을 못 차린 모양이구나."

부현 곳곳에 흩어져 휴식을 취하던 척마대의 무인들이 우르르 몰려나왔다. 좌문호도 보였고, 다른 부대주들도 보였다.

그들은 마치 약속이라도 한 것처럼 순식간에 한곳을 향했다. 육십여 명의 무인이 순식간에 한자리에 모여들었다. 그 중심에 한 남자가 있었다.

오롯이 서서 사위를 압도하는 강렬한 기백을 발산하는 남자는 진무원도 익히 아는 존재였다.

"심…… 원의."

사사천의 소천주이자 칠소천의 일원인 그가 삼 년 만에 진무원 앞에 모습을 드러낸 것이다.

하지만 지금 심원의의 모습은 예전에 진무원이 알던 모습과는 많은 차이가 있었다.

칙칙한 검은 무복과 대조되는 새하얀 얼굴. 눈가에는 광기가 넘실거렸고 피처럼 붉은 입술엔 살기 어린 미소를 머금고 있었다.

척마대의 무인들이 심원의만 바라보고 있었다.

그들이 강렬한 열기를 발산하고 있었다. 심원의는 그들의 눈에 어린 짙은 갈망을 보았다.

이미 익숙해진 눈빛이다.

지난 삼 년 동안 그들은 전장의 최일선에서 뛰어다녔다. 수많은 임무를 함께 수행했고, 밀야의 정예들과 격돌했다.

혈기만 왕성하던 애송이 무인들은 이제 자연스럽게 살기를 발산하는 살인기계가 되었다. 육십여 명의 무인 중 절반 이상이 새로운 얼굴이었다. 즉 절반이 넘는 동료들이 삼 년 동안 죽어나갔다는 뜻이다.

수많은 죽음 속에서 감정은 마모되고 깎여 나갔다. 이성이 지배하던 두뇌는 광기로 잠식되었다. 전쟁은 이제 더 이상 두려운 것이 아니었다. 전쟁과 살육을 통해서만 그들은 살아 있다는 감정을 느낄 수 있었다.

심원의가 주위에 모인 척마대를 보며 히죽 웃었다.

"놈들이 정신을 못 차린 모양이다. 어제 그렇게 당하고 또 쳐들어오는 것을 보니."

"호호호!"

척마대의 무인들이 대답 대신 비릿한 웃음을 흘렸다.

"이번엔 사우명의 목을 확실히 따버리자."

사우명은 밀야의 부현 공세를 지휘하는 수장이었다. 별호는 화의사신(花衣死神), 그의 손에 죽은 운중천 무인의 수만 삼백여 명이 넘었다. 단순히 무공만 강한 게 아니라 병법에도 능해 신출귀몰한 전략으로 운중천을 압박하고 있었다.

결코 우습게 볼 인물이 아니다. 그 사실을 척마대의 무인들도 알고 있었다. 하지만 그들은 두렵다는 표정 대신 살기를 더욱 북돋았다.

"가자!"

심원의가 척마대를 이끌고 전장을 향해 돌진했다.

그들의 광기가 전장에 더해졌다.

전쟁은 필연적으로 괴물을 잉태시키게 마련이다. 인성은 마비되고, 도덕성을 상실한 타인의 고통에 무감각한 괴물.

척마대는 괴물이 되어 있었다. 그들이 미쳐 날뛰고 있었다.

그들을 바라보는 진무원의 눈빛이 점점 더 깊이 가라앉았다.

\*          \*          \*

"끄으으!"

수많은 사람이 널브러져 신음성을 흘리고 있었다. 그리고 그보다 몇 배나 많은 사람이 미동도 없이 쓰러져 있었다.

대지를 적시는 붉은 핏물과 아직도 피어오르는 초연이 그렇지 않아도 살벌한 풍경에 잔혹함을 더해주고 있었다.

"우리 측 피해는?"

"탕마군 백오십에 외당 무인 칠십 명, 그리고 정의대(正義隊) 쉰다섯 명이 사망했습니다."

이제 사십 대 후반의 중년인은 대답을 하면서 상관을 바라봤다.

그는 아수라가 그려진 도를 차고 있었다. 나이는 이제 일흔을 바라보지만 겉보기엔 오십을 넘어 보이지 않았다. 허리는 꼿꼿했으며 어깨는 떡 벌어졌다. 전신에서는 만인을 압도하는 기백이 흘러나오고 있었다.

수라유성도(修羅流星刀) 홍천학.

운중천의 십대장로이자 부현의 무인들을 총지휘하는 책임자였다. 도 한 자루면 천하에 적수가 없다는 철혈의 도객이 바로 홍천학이었다.

홍천학뿐만이 아니다. 지금 이곳에는 십대장로 중 네 명이나 파견 나와 있었다. 그만큼 전황은 좋지 않았다.

문득 홍천학의 시선이 전장 한쪽을 향했다. 그곳에 예순 명정도의 젊은 무인이 모여 앉아 웃고 떠들고 있었다.

홍천학의 얼굴이 살짝 일그러졌다.

'저 악귀들.'

척마대라고 이름 붙인 괴물들.

운중천의 필요에 의해 만들어진 자들이었다. 젊은 무인들의 의기를 한데 모으고, 사기를 고양시키기 위해 만들어진 소모품. 분명 초기의 의도는 그랬다.

그래서 정도 이상의 권한을 주었다. 그래도 상관없다고 생각했다. 어차피 오래가지 못할 거라고 생각했기 때문이다. 하지만 그들의 예상은 철저하게 틀어졌다.

분명 많은 이가 죽었다. 하지만 척마대는 그들의 권한을 이용해 인원을 보충해 가며 병력을 유지했다. 전장을 겪을수록 강해졌고, 살기는 눈덩이처럼 불어났다.

운중천은 척마대를 이용해 예상 이상의 성과를 얻었지만, 지금은 부담스러운 것이 사실이었다. 사냥개로 키웠는데 알고 보니 통제가 되지 않는 늑대, 그것이 바로 척마대였다.

'그래도 언젠가 저들도 폐기되겠지.'

홍천학은 저들의 운명을 이미 짐작하고 있었다.

당장은 아니겠지만, 언젠가는 그들 역시 다른 이들과 같은 운명을 걷게 될 것이다. 아홉 하늘의 아성에 도전했던 다른 도전자들과 같이 폐기된 운명을.

하지만 당장은 아니었다. 부담스럽다고 폐기하기에는 저들의 무력이 너무 달콤하고 필요했다. 지금 이 순간에도 그들은 강해지고 있었고, 운중천의 든든한 힘이 됐다.

당장만 하더라도 밀야의 총공세를 막아내는 데 그들의 공이 가장 컸다. 그렇기에 부담스럽더라도 계속 쓸 수밖에 없었다.

"이러다 체하겠군."

"예?"

중년인이 고개를 들어 홍천학을 올려다봤다. 하지만 홍천학은 무심히 고개를 저었다.

"아무것도 아니야."

"예? 예!"

"것보다 준비해 두도록."

"무엇을?"

"곧 거물이 올 거야."

"거물?"

중년인이 고개를 푹 숙였다.

그의 이름은 왕상명. 홍천학의 부관이자 두뇌라 할 수 있었다.

왕상명의 머리가 복잡하게 돌아갔다. 자신의 주군이 거물이라 할 수 있는 자는 몇 명 되지 않았다. 그중 가장 확실한 이들을 왕상명은 알고 있었다.

'그렇다면 아홉 하늘이 움직인단 말인가?'

오직 그들만이 홍학산에게 거물이란 소리를 들을 만했다.

'아홉 하늘 중 누가 올까? 풍운번주는 자취를 감춘 지 오래되었으니 오지 않을 것이 분명하고.'

그의 머릿속이 복잡하게 돌아갔지만 결론을 내리지는 못했다. 하지만 한 가지는 확실했다. 그들 중 몇 명, 혹은 한 명이라도 온다면 이곳 전장의 분위기가 크게 달라지리라는 것을.

하지만 역으로 생각하면 그들이 와야 할 만큼 이곳의 상황이 좋지 않게 흘러간다고도 볼 수 있었다.

'아니면 밀야 측에서도 그만한 고수가 움직이는 전황이 포착된 것일 수도.'

이유가 어느 쪽이든 그리 희소식은 아니었다.

"머리는 그만 굴리고 일단 이곳이나 수습하지."

그의 상념은 홍학산에 의해 깨졌다. 실태를 깨달은 왕상명이 얼굴을 붉히며 급히 대답했다.

"알겠습니다."

왕상명이 급히 전장으로 뛰어갔다.

그는 살아남은 무인들에게 시신을 수습할 것을 명했다. 물론 척마대는 예외였다. 다른 무인들이 땀을 뻘뻘 흘리며 시신을 수습할 동안 척마대는 여전히 웃고 떠들고 있었다.


진무원의 얼굴은 굳어 있었다.

밤부터 새벽까지 이어진 싸움을 처음부터 끝까지 지켜보았다.

그야말로 인세의 지옥도가 이런 곳이 아닐까 하는 생각이 들 정도로 전장의 광기는 처절했다. 서로가 서로를 죽이지 못해 안달이 났고, 인간성은 바닥을 드러냈다.

그곳에 인간은 없었다. 오직 살육에 미친 악귀들만 존재했을 뿐.

지독한 광기의 회오리 속에서 진무원은 매우 차분한 기운을 몇 개 느꼈다. 밀야의 무인들이 발산하는 광기 속에서도 전혀 흔들리지 않던 오롯한 존재감.

그들은 직접적으로 전장에 뛰어들지 않았다. 그저 지켜봤을 뿐이다.

'탐색인가?'

운중천 무인들의 허실을 계산하는 듯 전장 전체를 훑는 넓은 시야에서 집요함이 느껴졌다. 그들은 운중천의 전술과 역량을 가늠하는 듯했다.

그런 자가 최소 세 명이 넘었다.

바꿔 말하면 전장의 흐름을 꿰뚫어 보는 자가 세 명이나 동원되었다는 뜻이다.

'밀야도 승부를 걸 셈인가?'

전장의 분위기가 더욱 거칠어지고 있었다. 하지만 그 사실을 눈치챈 자는 단 한 명도 없는 것 같았다.

'더 포악한 전쟁이 시작될 것이다.'

진무원의 눈빛이 점점 더 차가워졌다.

시대는 점점 더 혼란스러워지고, 사람들은 짐승과 구별이 어려울 정도로 포악해져 갔다. 힘과 권력이 있는 자는 의도적으로 난세를 조장하고, 수많은 이가 전쟁을 기회의 장으로 보고 달려들었다.

앞으로도 얼마나 많은 이가 죽어나갈지 짐작하기 힘들었다. 이곳은 이미 거대한 무덤이었다.

진무원의 눈에는 그렇게 보였다.

                    *        *        *

　부현이 내려다보이는 북쪽 산기슭에 삼남 일녀가 서 있었다. 하나같이 범상치 않은 기세와 분위기를 풍기는 삼남 일녀는 팔짱을 낀 채 부현을 내려다보고 있었다.

　그중에서도 가장 강렬한 기도를 발산하는 이는 바로 화의를 입은 중년의 무인이었다.

　화의사신(花衣死神) 사우명.

　밀야 내에서도 손에 꼽히는 초절정의 무인이자 현재 부현을 공격하는 밀야의 대외무력 조직인 광무군(狂武軍)의 수장이었다.

　사우명은 곁에 있는 무인들을 바라보았다. 두 명의 남자와 한 명의 여자. 이제 겨우 이십 대 후반에서 삼십 대 초반으로 보이는 젊은 남녀의 몸에서는 사우명 못지않은 기세가 흘러나오고 있었다.

　사우명은 그런 세 명의 남녀를 복잡한 시선으로 바라보았다.

　푸른 전포를 입은 평범한 체구의 남자와 보통 사람들보다 족히 머리는 두개는 더 커 보이는 엄청난 체구의 남자, 마지막으로 옅은 미소를 짓고 있는 홍의를 입은 여인.

　밀야에서는 그들을 가리켜 천무대(天武隊)라고 불렀다.

　푸른 전포를 입은 남자는 천무대의 수장인 궁상화였다. 세상에는 거의 알려지지 않았지만 그는 탁월한 전략가였다.

천무대라는 특수 조직을 이끌고 모두가 불가능하다고 한 임무를 몇 번이나 완수한 문무겸전의 무인이 바로 궁상화였다.

궁상화의 곁에 있는 거한은 천무대의 부대주인 묵원광이었다.

묵원광의 별호는 백인력한(百人力漢), 그 한 명의 힘이 능히 백 명에 당적한다 해서 붙여진 별호였다. 상식적으로는 말도 안 됐지만, 밀야의 그 누구도 그의 힘을 의심하는 자는 없었다.

궁상화가 천무대의 두뇌라면 묵원광은 거대한 쇠망치였다. 앞을 가로막는 모든 것을 부수는.

마지막 여인의 이름은 율사희.

천무대의 홍일점이자 역용술과 은신술, 배후 공작의 달인이었다. 그녀의 별호는 천변화(千變花)였다. 천 개의 얼굴을 가지고 있는 독화(毒花). 오직 궁상화만이 율사희의 진면목을 알고 있을 뿐, 누구도 그녀의 진실된 모습을 알지 못했다.

세 사람이 이끄는 천무대는 밀야 내에서도 아는 자들이 그리 많지 않았다. 오직 극소수의 수뇌부만이 그 존재를 알고 있을 정도로 모든 것이 비밀인 조직이었다.

천무대가 몇 명으로 되어 있는지, 나머지 구성원이 어떻게 되는지는 오직 세 사람만이 알고 있었다. 현재 밀야의 진영에는 천무대가 은밀히 합류해 있었다. 광무군들도 느끼지 못하는 사이에.

부현을 사이에 두고 전황이 지지부진하자 밀야의 수뇌부에서는 천무대를 투입하는 극약처방을 내렸다. 천무대의 투입은 사우명에게도 자존심이 상하는 일이었다. 그가 정해진 시간 내 부현을 공략했다면 절대 일어나지 않았을 일이었다.

사우명이 입을 열었다.

"자네 말대로 했네. 어떻게 보았는가?"

"역시 척마대가 문제군요. 그들 때문에 우리 측의 사기는 떨어지고, 저쪽의 사기는 배가되고 있습니다."

"역시 그렇군."

궁상화의 대답에 사우명이 나직이 한숨을 내쉬었다.

이미 모두가 알고 있는 사실이었다. 궁상화라면 그래도 조금은 다른 대답을 내놓을 줄 알았는데, 남들과 똑같은 대답을 내놓자 실망을 한 것이 사실이었다.

궁상화의 요청 때문에 기습 공격을 했고, 수많은 사상자가 생겼다. 죽지 않았어도 될 목숨들이 수도 없이 사라진 것이다. 그렇게 많은 희생을 치르고 알아낸 것이 겨우 이 정도라면 화가 날 수밖에 없었다.

그런 사우명의 생각을 읽었는지 궁상화가 히죽 웃었다.

"하지만 척마대의 허와 실은 분명 알겠군요."

"정말인가?"

"저는 결코 거짓말을 하지 않습니다."

"으음!"

궁상화는 싱글싱글 웃고 있었다. 하지만 곡선을 그리며 휘어진 입술과 달리 그의 눈은 전혀 웃고 있지 않았다. 그래서 섬뜩하게 느껴졌다.

궁상화의 별호는 소면광살(笑面狂殺)이었다.

저 웃는 얼굴에 속으면 안 된다. 웃는 얼굴로 광기 어린 살육을 할 수 있는, 차갑게 미친 놈이 바로 궁상화였으니까.

궁상화가 웃음을 지우지 않은 채 말을 이었다.

"위에서는 이 끝도 없는 소모전을 이제 끝내고 싶어 합니다."

"음!"

"부현을 점령한 후에는 기세를 몰아 화산파와 종남파를 칠 겁니다. 척마대는 저희 천무대가 알아서 할 테니까 광무군은 화산파와 종남파를 공략할 방법을 연구해 보십시오."

"알겠네. 척마대만 없다면야."

사우명이 주먹에 힘을 주었다. 그의 손등 위로 굵은 힘줄이 지렁이처럼 툭툭 불거져 나왔다. 그런 사우명의 모습에 궁상화의 미소가 더욱 짙어졌다.

"작전은 언제 실행할 텐가?"

"이미 실행하고 있습니다."

"벌써?"

궁상화가 대답 대신 어깨를 으쓱했다. 그의 곁에 있던 묵원광이 대신 입을 열었다.

"대주가 움직일 때는 이미 모든 준비가 끝난 후입니다. 흐흐! 고로 이미 척마대를 상대할 모든 준비가 끝났다는 뜻입니다."

"음!"

세 사람이 사우명을 뒤로하고 걸음을 옮겼다.

사우명의 모습이 더 이상 보이지 않았을 무렵 궁상화의 표정이 싹 바뀌었다.

얼음이 풀풀 날리는 듯한 냉기 어린 표정에 무저갱처럼 착가라앉은 검은 눈동자. 방금 전까지 싱글싱글 웃던 남자와 동일 인물인지 의심이 갈 만큼 극적인 변화였다.

"아이들은?"

"이미 작업에 들어갔어."

"이번엔 너희의 역할이 중요해. 알지?"

"물론이지."

"음!"

묵원광과 율사회가 빙그레 미소를 지었다.

서로를 바라보는 그들의 눈빛에는 강한 신뢰가 담겨 있었다.

기억도 안 나는 어린 시절부터 함께했다. 눈빛만 봐도 서로의 의중을 알 수 있었고, 상대에게 자신의 목숨을 기꺼이 맡길 수 있을 정도로 믿었다.

그래서 그들은 강했다.

궁상화가 부현을 바라보았다.

"열흘 안에 접수하지."

\*　　　\*　　　\*

진무원은 객잔으로 돌아왔다.

간밤의 전투 때문인지 객잔 안은 적막하기 그지없었다. 점소이는 물론이고 객잔의 주인까지 보이지 않았다. 진무원은 식당을 지나 특실로 들어갔다.

"형!"

곽문정이 제일 먼저 그를 맞아주었다.

"별일 없었느냐?"

"주인과 점소이들이 도망간 것 외에는요."

밀야가 기습해 오자 객잔의 주인과 점소이는 재빨리 자리를 떴다. 그들이 어디로 피신했는지는 곽문정도 알 수 없었다. 하지만 그들이 곧 다시 돌아올 거라는 사실은 알고 있었다.

그때 방 안에서 표승우가 걸어 나왔다. 그가 진무원을 보며 반색을 했다.

"단 형. 그렇지 않아도 기다리고 있었습니다."

"저를 말입니까?"

"그렇습니다. 지금 물건을 전해줄 사람을 찾으러 나갑니다. 별일 없으면 문정이와 함께 저를 도와주셨으면 합니다."

"알겠습니다. 하나 도움을 줄 수 있을지는 자신할 수 없군요."

"동행만 해주시면 됩니다. 물건을 전달해 줄 사람은 제가 찾을 테니까요."

"알겠습니다."

진무원은 흔쾌히 허락을 했다. 그제야 표승우의 얼굴이 밝아졌다.

의뢰인의 물건이 못내 부담스러운 표승우였다. 하루라도 빨리 이 물건의 주인을 찾아줘야만 마음 편히 쉴 수 있을 것 같았다.

무엇보다 그는 어서 부현을 떠나고 싶었다. 간밤에 벌어진 밀야와 운중천의 치열한 전투는 경험 많은 보표인 그에게도 큰 두려움을 안겨줬다.

이곳은 복마전이었다. 어떤 위협이 도사리고 있는지 예상조차 할 수 없었다. 진무원이 어느 정도 고수인지 쉽게 짐작할 수는 없었지만, 혼자 다니는 것보다는 훨씬 더 안전하리라는 것 정도는 확신할 수 있었다.

표승우는 진무원, 곽문정과 함께 객잔을 나섰다. 그가 향한 곳은 부현 동쪽에 있는 빈민가였다. 삼년전쟁은 수많은 유민을 양산했고, 갈 곳을 잃은 이들은 이곳 빈민가로 흘러들었다.

거리에는 각종 오물이 넘쳐 났고, 악취가 후각을 자극했다. 거리를 돌아다니는 사람들의 눈에는 희망은 사라진 지 오래였고, 온통 절망스러운 분위기만이 거리를 지배하고 있었다.

표승우 등이 들어서자 사람들이 증오심을 은밀히 표출했다. 원망이 가득한 눈동자에는 적의가 담겨 있었다. 무인들의 싸움에 삶의 터전을 잃은 자들은 무기를 든 자들을 증오하고 있었다.

"쩝!"

표승우도 사람들의 적대감을 느꼈는지 머리를 긁적이며 입맛만 다셨다.

"아무래도 우린 환영을 받지 못하는 존재 같네."

"그러게요."

"얼른 물건만 전해주고 여길 빠져나가야겠다."

표승우의 말에 곽문정이 고개를 끄덕여 동의했다. 그들은 서둘러 움직이기 시작했다.

"방법은 알고 있나요?"

"이곳 북쪽에 조그만 공터가 있는데, 그곳에 하얀 깃발을 걸고 기다리고 있으면 인수자가 나타날 거라고 했어."

"인수자가 누군지는 모르고요?"

"전혀!"

"음! 그럼 기다리는 수밖에 없겠군요."

"아주 더러운 상황이지. 할 수 있는 게 전혀 없으니까."

"그러네요."

그들은 북쪽으로 걸음을 옮겼다.

좁은 골목길을 몇 번이나 꺾어서 들어가자 마침내 조그만 공터가 나타났다. 공터에는 어른이 앉을 만한 바위 몇 개와 깃대가 덩그러니 놓여 있었다.

"여긴가?"

표승우가 잠시 주위를 둘러보다가 깃대에 하얀 깃발을 달았다.

"이제 기다리는 일만 남았네요."

"그러게."

표승우와 곽문정이 바위 위에 털썩 주저앉았다. 진무원은 그들과 멀리 떨어지지 않은 커다란 나무에 등을 기댔다.

"이 상자가 무엇이기에."

표승우가 의뢰인이 남긴 상자를 만지며 중얼거렸다. 이중으로 된 상자 안에 무엇이 담겨 있는지 짐작조차 하지 못하고 있었다.

시간은 속절없이 흘렀다. 아침에 나왔는데 벌써 해가 중천에 떠올라 있었다. 그때까지도 공터에는 그 어떤 사람도 나타나지 않았다.

"정말 여기서 기다리면 사람이 나온다는 게 맞아요?"

"의뢰인이 그렇게 말했으니까……."

표승우가 살짝 말끝을 흐렸다.

그가 하늘을 올려다봤다. 태양이 유독 뜨겁게 느껴졌다.

진무원은 여전히 나무에 등을 기댄 채 눈을 감고 있었다. 그는 마치 석상이라도 된 것처럼 아무런 움직임도 없었다. 그런 진무원의 모습에 표승우가 살짝 미간을 찌푸렸다.

이곳 부현까지 오는 동안 진무원은 저런 모습을 자주 보였다. 말을 타면서도 시시때때로 눈을 감고 자신만의 세계로 빠져드는 모습은 표승우에게는 무척이나 신기하게 보였다.

'저것도 무공을 수련하는 방법인가?'

보표로 제법 성공한 표승우였지만 진무원과 같은 수준에 이른 고수가 어떤 식으로 수련하는지는 알 수 없었다. 단지 절대의 경지에 이르면 그때부터는 육체의 수련보다는 정신의 수련이 더 중요하다는 이야기를 주워들은 적이 있었다.

'설마 저자가 절대의 경지에 오른 것은 아니겠지?'

진무원의 나이를 많이 쳐줘봐야 자신과 비슷하거나 조금 더 어려 보이는 정도였다.

표승우는 이내 자신의 생각을 부정했다. 그럴 리도 없을뿐 더러, 정말 그렇다면 자신이 너무 비참할 것 같다는 생각이 들 었기 때문이다.

표승우가 갑자기 눈을 끔뻑거렸다. 왠지 눈이 침침한 느낌이 들었다. 고개를 돌리니 곽문정도 꾸벅꾸벅 졸고 있었다. 그것 이 표승우가 정신을 잃기 전에 마지막으로 기억한 풍경이었다.

얼마나 시간이 지났을까?

"으음!"

타는 듯한 갈증에 표승우가 신음을 흘리며 눈을 떴다. 그의 시야에 제일 먼저 들어온 것은 바로 희미한 등불이었다.

잠시 영문을 알지 못해 표승우가 두 눈을 끔뻑거렸다.

"여긴? 큭!"

표승우가 몸을 일으키려다 말고 비명을 내질렀다. 전신이 석상처럼 움직일 수가 없었다.

그때 옆쪽에서 낯익은 목소리가 들려왔다.

"소용없어요. 미혼향에 당한 데다가 마혈을 제압당했어요."

간신히 고개를 돌리니 곽문정이 벽에 기댄 채 앉아 있는 모 습이 보였다. 그 역시 마혈이 제압당한 듯 꼼짝도 하지 않고 있었다.

"미혼향에 당했다고?"

"네! 무색무취해서 전혀 느끼지 못한 사이에 당한 것 같아요."

"단 형은?"

"형은 아마 다른 방에 갇힌 것 같아요."

"으음!"

표승우의 얼굴이 어두워졌다.

설마 대낮에 사방이 환히 트인 공터에서 미혼향에 당할 줄은 꿈에도 몰랐다.

"미혼향이라니."

"우리가 앉아 있던 바위에 발라져 있던 것 같아요. 한 번에 흡수되는 것이 아니라 천천히 흡수되는 것이라서 느끼지 못했구요."

"어린 친구가 대단히 영민하군. 바위에 미혼향이 뿌려져 있었다는 사실을 눈치채다니."

그때 문이 열리며 누군가 안으로 들어왔다.

오십 대 초반에 풍성한 턱수염이 인상적인 남자였다. 그의 등장에 표승우가 소리를 질렀다.

"당신은 누구요?"

"내 이름은 중요한 것이 아니네. 중요한 것은 자네의 이름과 정체지."

"그게 무슨?"

남자가 표승우를 벽에 기대앉게 한 후 자신도 의자를 끌어와 마주 보고 앉았다. 그의 손에는 표승우가 가져온 상자가 들려 있었다.

"자넨 누군가? 이 상자를 왜 자네가 가지고 있는가?"

"나의 이름은 표승우요. 그리고 그 상자는 내 의뢰인이 가지고 있었던 것이오."

"자세히 듣고 싶군."

"내가 왜 그 이야길 당신에게 해야 한단 말이오?"

"왜냐면 이 상자를 받기로 한 사람이 나이기 때문이네. 그러니까 나는 자네의 이야기를 들을 자격이 있는 유일한 사람이네."

"음!"

남자의 말에 표승우가 침음성을 흘렸다. 남자의 강렬한 눈빛은 진실을 갈구하고 있었다. 표승우는 그의 말이 진심임을 직감했다.

그는 남자에게 이곳으로 오는 동안 있었던 일들을 자세히 이야기했다. 남자의 표정이 시시각각으로 변해갔다.

"그럼 이조장이 목숨을 잃었단 말인가?"

"그렇소! 벽력탄을 귀신처럼 부리는 자의 기습에 목숨을 잃었소."

"결국 그렇게 되었군. 아까운 사람이 목숨을 잃었구나."

남자가 탄식을 흘렸다. 눈을 반쯤 내리깔은 그의 얼굴엔 아쉬움과 죄책감이 가득했다.

"대체 당신은 누구요? 이제 물건을 받았으니 우리를 이만 풀어주시오."

"아직은 풀어줄 수 없네."

"그게 무슨?"

"우리는 아직 위험을 감수할 준비가 안 되어 있다네. 만일 자네가 그들이 파견한 간자라면 우리 전체가 위험해진다네. 그러니 아직은 자네를 풀어줄 수 없네."

"개소리하지 마쇼. 내 의뢰인과의 신의를 생각하여 물건을 가져왔소. 그런 나를 의심하다니."

"부디 우리를 이해해 주길 바라네. 우리는 무척이나 큰 위험을 감수하고 있다네. 우린 자네를 풀어주는 모험을 감수할 생각이 없네."

"그러니까 알아듣게 이야기를 해보라구. 계속해서 자기 얘기만 하지 말고."

참다못한 표승우가 버럭 소리를 질렀지만 남자는 개의치 않았다.

남자의 시선이 표승우 반대편에 있는 곽문정을 향했다.

"소형제는 누군가?"

"그 전에 한 가지 물어볼게요."

"뭔가?"

"우리 형은 어디 있나요?"

"형?"

"공터에서 같이 잡혀온 형 말이에요."

"자네들 말고는 아무도 없었는데."

남자의 얼굴이 딱딱하게 굳었다. 그의 표정에서 곽문정은 진무원이 잡혀오지 않았음을 깨달았다.

'하긴 형이 겨우 미혼향에 정신을 잃을 리 없지. 그나저나 미혼향에 정신을 잃고 당하다니. 나 아직 멀었구나.'

곽문정이 자책했다.

표승우처럼 그 역시 미혼향에 순식간에 정신을 잃었다.

그가 손가락을 꼼지락거렸다. 아까부터 그는 제압된 마혈을 풀기 위해 노력했다. 다행히 그의 노력이 어느 정도 통했는지 손가락부터 조금씩 감각이 돌아오고 있었다.

남자가 검을 빼서 곽문정의 목을 겨눴다. 곽문정의 애검인 청련이었다.

"마지막으로 묻겠다. 자네들의 목적은 무엇인가? 관대승이 파견한 자들인가?"

"관대승? 운중천의 총관인 관대승 말입니까?"

"그렇다."

"우리는 그와 아무런 상관이 없습니다. 말씀드린 것처럼 형의 의뢰인이 부탁을 해서 이곳까지 온 것뿐입니다."

자신의 검이 목에 겨눠져 있음에도 불구하고 곽문정은 눈 하나 깜빡이지 않았다. 남자는 그런 곽문정을 보며 잔뜩 인상을 썼다.

'진짜 관대승과 아무런 연관이 없는가?'

곽문정의 맑은 눈동자를 보자니 거짓말을 하는 것 같지 않왔다. 하지만 그는 확신할 수 없었다. 그와 그를 믿는 자들의 생존이 걸린 문제였기 때문이다.

그의 이름은 공아천이었다.

운중천의 중추 무력 조직인 검도각(劍刀閣)의 부각주였다. 검도각의 각주인 표소류와는 호형호제하는 사이였다.

본래 그는 운중천에 충성심이 강했었다. 맹목적인 충성심으로 가득했던 그의 심중에 변화가 생긴 것이 삼 년 전이었다. 바로 진무원이 운중천에 들어왔던 그 시기였다.

그는 북천문이 진짜로 밀야와 내통했다고 믿었었다. 그래서 북천문을 증오했었다. 하지만 진무원에 의해 그 모든 것이 운중천의 음모라는 사실을 깨달았을 때의 배신감은 이루 말로 표현할 수 없을 정도였다.

하지만 그때까지도 공아천은 운중천을 믿었다. 그럴 만한 사정이 있을 거라고 스스로를 위안했다. 하지만 진무원을 향한 천라지망에 참여했던 그날 그의 믿음은 산산조각 나고 말았다.

순수했던 믿음은 깨지고, 돌아온 것은 지독한 배신감과 회한뿐. 운중천에는 그런 자들이 적잖았다. 공아천은 그런 자들과 교분을 나눴다.

처음엔 믿었던 단체에 배신당한 서로를 위로하기 위함이었는데, 어느 순간부터인지 비밀결사의 단체가 되었고, 결국에는 연판장을 돌리는 사이가 되었다. 그렇게 운중천 내에는 조금씩 균열이 일어났다.

자신의 목숨뿐 아니라 수많은 이의 목숨이 걸린 일이었다. 그래서 공아천은 더 냉정해야 했다.

'연판장의 비밀은 반드시 지켜야 한다.'

자칫하다가는 운중천 내에 피바람이 불수도 있는 일이었다. 그렇기에 더욱 단호해져야 했다.

오직 죽은 자만이 선한 자였다. 죽은 자는 어떠한 경우에도 입을 열 수 없으니까.

그가 결의를 다질 때였다.

쿵!

갑자기 강렬한 진동에 석벽 전체가 울렸다.

공아천의 안색이 변하는 그 순간 밖에서 사람들의 절규가 울려 퍼졌다.

"스, 습격이다."

"괴물!"

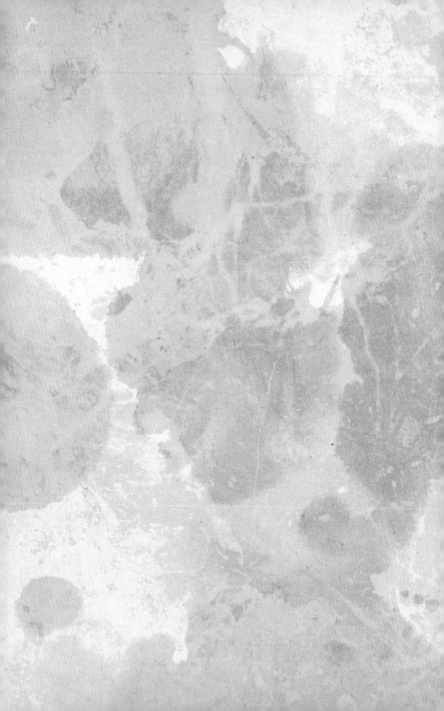

"괴물?"

공아천이 의아한 표정을 짓는 그 순간에도 비명 소리는 커져만 갔다. 그들의 비명에 담긴 공포와 두려움이 공기를 타고 공아천의 피부로 생생하게 전해지고 있었다.

"무슨?"

피부에 소름이 올라왔다.

말로는 표현할 수 없는 근원적인 공포에 심장이 미친 듯이 고동치고 있었고, 공기 전체가 살의를 머금은 듯 피부를 아프게 자극하고 있었다.

숨도 제대로 쉴 수 없는 압박감에 공아천의 얼굴이 핼쑥하게 질렸다. 그것은 표승우도 마찬가지였다. 더군다나 그는 지금 마혈이 제압되어 내공을 운용할 수 없는 상태였다. 누구보다 타격이 클 수밖에 없었다.

"크윽!"

표승우의 입가를 따라 한줄기 선혈이 흘러내렸다. 내상을 입은 것이다.

곽문정의 안색 역시 그리 좋지 않았다.

머릿속에서 경종이 울리고 있었다. 생전 처음 느껴보는 강렬한 위기감과 압도적인 존재감에 전신이 떨리고 있었다.

'누군가 오고 있어. 괴물 같은 존재감을 가진 자가……'

자신도 모르게 이빨이 딱딱 소리를 내며 부딪쳤다. 머리보다 몸이 먼저 공포를 인지하고 반응하는 것이다.

쾅! 쾅!

무언가 부서져 나가는 소리가 들리며 석실 전체가 진동을 했다. 먼지와 돌 부스러기가 우수수 떨어지고, 강렬한 기운이 파도처럼 밀려왔다.

공아천의 시선이 두 사람을 향했다.

"역시 네놈들은 간자가 분명하구나. 꼬리를 달고 오다니."

"아니오. 우리는 모르는 일이오."

표승우의 필사적인 변명에도 아랑곳하지 않고 공아천이 다가왔다. 그의 손에 들린 검이 표승우의 목을 향했다.

공아천은 표승우와 곽문정의 목숨을 빼앗은 후 이 자리를 뜰 생각이었다. 무엇보다 중요한 것은 연판장이었다. 자칫 연판장을 빼앗겼다가는 운중천 내부의 동료들이 위험했다. 그런 최악의 상황만은 막아야 했다.

공아천이 표승우를 향해 검을 휘두를 때였다.

'됐다.'

곽문정의 눈이 빛났다. 마침내 제압된 마혈을 푼 것이다. 몸이 자유를 찾자마자 그는 공아천을 막아섰다.

그는 가까스로 공아천의 검면을 손바닥으로 쳐 낼 수 있었다. 표승우의 머리를 향해 떨어져 내리던 검이 궤도를 살짝 바뀌 빗겨 나갔다.

퍽!

검이 표승우의 머리 대신 옆의 벽에 처박혔다.

"네놈?"

"지금 이러고 있을 때가 아닙니다. 어서 도망쳐야 해요."

"흥! 지금 네놈이 한패가 아니란 말을 하는 게냐?"

"그렇습니다."

곽문정이 다급히 대답했다.

여기서 공아천과 다툴 시간이 없었다. 지금 이 순간에도 쿵쿵거리는 소리는 더 커지고 있었다. 미지의 적은 가로막는 모든 것을 부수며 이곳을 향해 빠른 속도로 다가오고 있었다.

일대를 지배하는 가공할 살의에 얼굴이 다 핼쑥해졌다. 본능이 속삭이고 있었다. 어서 이 자리를 피해야 한다고. 미지의 적은 감히 네가 대항할 수 없는 존재라고.

공아천이 잠시 곽문정과 표승우를 번갈아 바라보았다. 그들의 안색은 자신만큼이나 창백하게 변해 있었다.

"크읏!"

결국 공아천은 결정을 내릴 수밖에 없었다.

그가 서둘러 표승우의 마혈을 풀어줬다.

"어서 나갑시다."

겨우 자유를 찾은 표승우가 화를 낼 겨를도 없이 말했다. 그 역시 상황이 다급하다는 것을 피부로 느끼고 있었다.

"이쪽일세!"

공아천이 벽 한쪽을 문지르자 숨겨져 있던 비밀 문이 드러났다. 그들은 서둘러 비밀 문으로 들어가려 했다.

그 순간이었다.

쾅!

갑자기 굉음과 함께 벽 한쪽이 터져 나가며 그가 모습을 드러냈다.

"흐흐!"

그의 음소에 실내의 공기가 미친 듯이 요동쳤다.

마치 살의의 집약체처럼 어마어마한 살기와 광기를 공기 중에 흩뿌리는 회색의 거한.

화강암처럼 장대한 체구와 봉두난발한 머리카락 사이로 광기 어린 붉은 눈동자를 본 순간 세 사람의 몸이 얼음처럼 굳어 버리고 말았다.

'저자가 누구기에?'

'괴물?'

거한의 존재감은 그야말로 압도적이었다. 감히 숨도 크게 쉬지 못할 만큼.

거한의 시선이 표승우와 공아천을 향했다. 그와 눈이 마주친 순간 두 사람은 온몸이 저릿저릿해져 오는 것을 느꼈다. 기혈이 미친 듯이 들끓어 올라 통제가 되지 않았다.

공아천이 용기를 내어 물었다.

"다, 당신은 누구시오?"

"너희는 내 이름을 알 자격이 없다."

괴인의 광오한 말에 공아천이 입을 꾹 다물었다. 괴인은 능히 오만할 자격이 있었다.

'체감으로 느껴지는 기운은 아홉 하늘에 비견될 정도다. 이자가 대체 누구기에?'

공아천이 입술을 지그시 깨물 때 괴인이 다시 입을 열었다.

"누가 표승우냐?"

표승우는 입술을 깨물며 대답하지 않았다. 하지만 괴인의 시선은 귀신같이 그를 향했다.

"네놈이구나."

괴인의 지목에 표승우가 흠칫 몸을 떨었다. 그러자 이번에는 괴인의 시선이 공아천을 향했다.

"그럼 네놈이 운중천 내부의 배신자겠구나."

"큭!"

괴인의 입꼬리가 비틀려 올라갔다.

그 순간 곽문정이 표승우와 공아천의 뒷덜미를 잡고 몸을 날렸다. 그 직후 쾅 하는 소리와 함께 두 사람이 서 있던 자리에 깊은 구덩이가 파였다. 예고도 없이 괴인이 강기를 날린 것이다.

"헉!"

표승우가 숨넘어가는 표정을 지었다. 그만큼 괴인의 공격은 그의 상상을 초월하고 있었다.

넘어설 수 없는 거대한 벽의 등장에 표승우와 공아천은 절망 어린 표정을 지었다. 오늘 이 자리가 자신들의 무덤이 될지도 모른다는 생각이 들었다.

그들의 몸에서는 투지가 전혀 느껴지지 않았다. 하지만 곽문정은 달랐다. 그는 입술을 깨물며 괴인을 노려보았다.

분명 상대의 기운은 자신이 감당할 수 없는 종류의 것이었다. 지금 자신으로서는 죽었다 깨어나도 이길 수 없을 만큼 극강했다. 하지만 그는 절대 포기하지 않았다.

그가 제일 좋아하고 존경하는 형 진무원도 그랬다. 그는 항상 최악의 상황에 있었지만, 한 번도 자신을 포기하거나 무기력하게 당하고 있지 않았다.

'싸워야 한다. 버티고 버티다 보면 분명 기회가 올 것이다.'

곽문정은 무기력하게 괴인을 바라보는 공아천의 손에서 자신의 애검 청련을 빼앗았다. 그래도 공아천은 반응하지 않았다.

무공의 문제가 아니었다. 순수 무공으로만 따지면 검도각의 부각주인 공아천의 무공이 곽문정보다 훨씬 월등했다. 하지만 정신력은 그렇지 않았다.

곽문정에겐 결코 굴하지 않는 강인한 정신력이 있었다. 그는 어떠한 경우에도 스스로를 포기하면 안 된다고 배웠다.

'버티면 분명 형이 올 거야.'

괴인의 살벌한 기세로 보아 단 일 초도 못 버틸 수도 있었다. 하지만 도살장에 끌려간 소처럼 가만히 주저앉아 죽음을 기다리고 싶지는 않았다.

"호!"

처음으로 괴인의 눈에 이채가 떠올랐다.

자신을 만나고도 투지가 꺾이지 않은 존재는 그리 많지 않았다. 대부분의 상대는 무공의 격차를 느끼자마자 스스로를 포기하고 절망하게 마련이었다. 그런데 눈앞의 소년은 자신의 가공할 존재감 앞에서도 물러서지 않고 투지를 드러내고 있었다.

"큭! 개중에 꼬마가 제일 낫구나. 나머지는 재활용도 못 할 쓰레기들에 불과해."

괴인의 조소에도 표승우와 공아천은 감히 반박을 하지 못했다. 마음으로는 백 번 천 번 그러고 싶지만, 몸이 말을 듣지 않았다. 그들은 괴인의 기백에 완전히 짓눌려 있었다.

괴인이 저벅 소리와 함께 그들에게 다가왔다. 그만큼 공아천과 표승우가 뒤로 물러났다. 하지만 가장 어린 곽문정은 절대 물러서지 않았다.

두 다리가 덜덜 떨리고, 어깨에도 잔경련이 쉴 새 없이 일어났지만 그는 용케도 버티고 서서 괴인을 노려보았다.

"대단하구나, 꼬마야. 나의 혼원염마기에도 그 정도로 버티다니. 너는 충분히 칭찬받아 마땅하다. 하지만 너의 살날이 오늘까지라는 것이 안타깝구나."

결국은 살려두지 않겠다는 이야기였다. 하지만 곽문정은 다른 이유로 비명 같은 소리를 질렀다.

"혼원염마기? 당신은 혼마구나."

언젠가 진무원에게 이야기를 들은 적이 있었다. 혼원염마기를 사용하는 회색의 거한을 만나면 무조건 피하라고.

거한의 입꼬리가 살짝 치켜 올라갔다.

그는 바로 혼마 태무강이었다.

그가 삼 년의 시공을 격해 다시 세상에 모습을 드러낸 것이다.

"큭! 나를 알아보다니 제법이구나. 나를 아는 사람들 중 살아 있는 사람은 거의 없는데 말이야."

태무강이 곽문정을 향해 다가왔다. 그러자 곽문정이 느끼는 압박감이 배로 커졌다.

'혼마가 나타나다니. 그 상자 안에 든 물건이 대체 무엇이기에?'

의문이 들었지만, 지금은 생존이 우선이었다. 자신이 과연 저 강대한 혼마로부터 살아남을 수 있을지 자신할 수 없었지만, 그래도 몸부림이라도 쳐야 했다.

"나를 알아본 대가로 깨끗한 죽음을 내리마."

태무강이 곽문정을 향해 장난처럼 손을 휘저었다. 그러자 혼탁한 기운이 일어나 곽문정을 향해 해일처럼 밀려왔다.

곽문정은 혼신의 힘을 다해 검을 휘둘렀다.

쩌엉!

"컥!"

청명한 쇳소리와 답답한 신음이 동시에 터져 나오며 곽문정의 몸이 크게 흔들렸다. 그의 안색은 핏기 하나 없이 창백하게 변해 있었고, 입가에는 피가 흘러내리고 있었다. 상대의 장난같은 일수에 내상을 입고 만 것이다.

'제길!'

곽문정이 벽에 기대어 겨우 버텼다.

전신이 해체되는 것 같은 충격에 정신이 다 아득해졌다.

"큭! 제법이구나."

태무강이 웃으며 다시 손을 휘저었다. 그러자 해일 같은 기운이 다시 몰려왔다. 좀 전보다 배는 더 강력한 기운이었다.

'이건 막을 수 없다.'

곽문정이 이를 악물었다.

피할 공간도, 시간적인 여유도 없었다. 그는 두 눈을 부릅뜬채 해일 같은 회색의 기운을 노려보았다.

회색의 기운이 격중하기 직전이었다.

콰우우!

갑자기 누군가 곽문정과 태무강 사이에 끼어들었다. 그러자 거짓말처럼 회색의 기운이 사라졌다.

"형!"

곽문정의 눈에 절로 눈물이 고였다.

그의 앞을 막아선 남자의 뒷모습은 그에게 너무나 낯익은 것이었다. 그는 바로 진무원이었다.

태무강의 눈가가 파르르 떨렸다.

남들의 눈에는 장난처럼 보이겠지만, 그의 일수에는 혼원염마기가 담겨 있었다. 모든 것을 파괴하는 절대의 기운이. 그런 혼원염마기를 상대는 아무렇지도 않게 해소했다.

모골이 송연해지고, 척추를 따라 근육이 경직됐다. 예전에도 이런 느낌을 받은 적이 있었다. 하지만 어디서 그랬는지 정확히 떠오르지 않았다.

기분 나쁜 느낌에 태무강이 짐승처럼 으르렁거렸다.

"네놈은 누구냐?"

하지만 진무원은 그에게 대답하지 않고 곽문정을 바라봤다.

"그들을 데리고 이곳을 빠져나가거라."

"흐흐! 소용없을 것이다. 이곳은 이미 회혼랑들이 장악하고 있을 테니까."

회혼랑은 태무강의 광기를 그대로 이어받은 수족들이었다. 사안의 중요성을 감안해 태무강이 회혼랑을 대동한 것이다.

하지만 진무원은 아랑곳하지 않고 말을 이었다.

"걱정하지 말고 가거라."

"네!"

곽문정은 한 점의 의심도 없는 표정으로 대답했다. 그는 아직 넋이 빠져 있는 표승우와 공아천을 데리고 석실을 빠져나갔다.

공아천이 곁눈질로 진무원을 살폈다.

'저 남자가 대체 누구기에?

그가 나타난 순간부터 태무강이 긴장을 하고 있는 모습이 보였다. 저렇듯 광포한 존재를 긴장하게 만드는 남자라니.

그 정도의 무력을 가진 남자라면 기억에 남아 있을 만한데 전혀 떠오르지 않았다. 그래서 더욱 혼란스러웠다.

그들이 모두 석실을 나가고 난 뒤에야 진무원이 태무강을 돌아봤다. 태무강의 얼굴이 일그러졌다. 감히 자신을 앞에 두고 이렇듯 오만한 태도를 보이는 자가 있다니.

분노는 혼원염마기를 움직였다. 그의 몸에서 가공할 기운이 발산됐다. 방금 전 장난처럼 곽문정 등을 상대할 때와는 비교도 할 수 없는 거칠고 포악한 기운이었다.

"크흐흐! 나를 앞에 두고 이리 오만방자하다니. 그들은 결코 빠져나갈 수 없을 것이다. 회혼랑은 결코 먹이를 놓치는 법이 없거든."

"회혼랑은 결코 그들을 막을 수 없을 겁니다."

"네놈은 회혼랑을 모르는구나. 회혼랑은……."

"그들은 이미 이 세상 사람들이 아닙니다."

"……."

"제가 그렇게 만들었으니까요."

태무강의 얼굴이 일그러졌다.

'그새 회혼랑이 모두 목숨을 잃었단 말인가? 그것도 내 감

각을 감쪽같이 속인 채.'

있을 수 없는 일이다. 제아무리 자신이 오랜만에 깨어나 감각이 무뎌져 있다 할지라도.

"네놈…… 누구냐?"

"오랜만입니다. 역시 살아 있었군요."

"나를 아느냐?"

태무강이 진무원을 자세히 바라봤다. 분명 어디선가 본 듯한데 그의 기억 속 어디에도 저런 얼굴은 기억에 없었다. 하지만 저 비슷한 분위기는 기억에 남아 있었다.

머리가 쪼개지고, 옆구리와 복부에 큰 자상을 입었던 그날. 그때도 눈앞의 남자와 비슷한 분위기를 풍기던 남자와 싸웠었다.

그날 입은 상처 때문에 이 년이나 수면을 취하며 육신의 상처를 치료해야 했다. 하지만 상처를 입은 것은 육체뿐만이 아니었다. 정신의 상처를 치유하기 위해서 또다시 일 년을 꼬박 은둔해야 했다.

"너는?"

그 순간 진무원의 얼굴이 조금씩 변해갔다. 단천운의 얼굴을 벗어 던지고 본래의 모습을 되찾은 것이다.

태무강의 눈이 찢어질 듯 크게 떠졌다.

"진무원."

그의 노성이 폭풍이 되어 석실을 휩쓸었다.

그그극!

태무강의 살기에 석실, 아니, 지하 공간 전체가 비명을 내질렀다. 지하 공간은 금방이라도 무너질 듯 위태하게 흔들리고 있었다.

광포한 살기를 발산하는 태무강과 한 점의 흔들림도 없는 진무원의 모습은 극명하게 대비되었다.

삼 년 만의 조우였다.

"역시 살아 있었구나. 흐흐! 나는 네놈이 죽었다는 말을 믿지 않았다."

"그러는 당신도 제법 멀쩡해 보이는군요."

"큭! 그깟 상처 따윈 내게 아무런 문제도 되지 않는다."

그가 익힌 혼원염마공(混元閻魔功) 덕분이었다. 그가 수면에 빠져 있는 이 년 동안 혼원염마기가 육체를 완벽하게 회복시켰다. 덕분에 그의 육신은 더 강해지고, 질겨졌다.

그는 그날의 치욕을 잊지 않았다. 그는 진무원을 잡아먹을 듯 노려보았다.

진무원은 그런 태무강을 보며 눈을 빛냈다.

'역시 그들은 상자를 포기하지 않았구나.'

어쩌면 그럴지도 모를 거라 생각했다. 그래서 일부러 표승우와 동행했다. 표승우에게는 미안한 말이지만 그는 제법 훌륭한 미끼가 되어주었다. 그 미끼에 태무강이라는 거물이 낚였다.

'혼마는 모용율천에게 연결되는 중요한 존재.'

태무강을 제압한다면 모용율천에 대해 하나라도 더 알아낼 수 있을 것이다. 그것만으로도 오늘의 싸움은 충분한 가치가 있었다.

태무강의 광포한 시선이 진무원의 전신을 훑었다. 그는 진무원에게 설화가 없다는 사실을 눈치채고 음소를 흘렸다.

"그 괴상한 검은 어디에 버려두고 온 것이냐?"

진무원은 대답하지 않았다. 그에 태무강의 입꼬리가 더욱 뒤틀려 올라갔다. 진무원은 검객이었다. 검이 없는 검객은 그다지 두렵지 않은 법이다.

물론 검객이라고 해서 권공에 능하지 않으리라는 법은 없었지만, 아무래도 검을 들고 있을 때보다 효율은 떨어지게 마련이었다.

"흐흐! 뜻밖의 소득을 얻었구나. 연판장의 끝에 네놈이 있다니."

"……."

"운중천의 내부에서 자라난 독버섯들. 그들의 이름을 적은 연판장. 아마도 네놈이 조장했겠지?"

태무강은 상황을 오해하고 있었다. 하지만 진무원은 굳이 그의 잘못된 판단을 정정해 줄 생각이 없었다.

'군사의 말처럼 운중천 내부에 반발을 하는 자들이 생겨났구나. 그들끼리 연판장을 작성했고.'

언젠가 하진월이 말했었다. 운중천과 같은 세력이 오래 집권하다 보면 내부에서 불만이 터지게 마련이라고. 그 어떤 불씨가 던져진다면 내부의 불화는 급격히 타오를 거라고 말이다.

'그렇다면 불씨는 던져진 셈인가?'

자신의 결정에 따라 불씨는 꺼질 수도 있고, 더욱 거세게 타오를 수도 있었다.

진무원은 천기가 요동치고 있음을 느꼈다.

그 순간 태무강이 진무원을 향해 달려들었다.

"무슨 생각을 그리하는 것이냐? 감히 나를 앞에 두고."

쿠와앙!

태무강의 화강암 같은 몸체가 진무원을 그대로 직격했다. 엄청난 충격에 뒤로 튕겨져 나간 진무원의 몸이 석실의 벽을 뚫고 날아가 처박혔다.

"어디 삼 년 전의 빚을 갚아볼까나?"

태무강이 고개를 좌우로 꺾었다. 그러자 뼈마디가 부딪치는 섬뜩한 소리가 울려 퍼졌다. 그의 근육이 크게 부풀어 오르며 전신의 힘줄이 불거져 나왔다.

그때 갑자기 건너편 석실에서 바람이 불어왔다. 태무강은 대수롭지 않게 생각하며 진무원이 처박힌 석실로 걸음을 옮기려 했다. 하지만 벽을 건너는 그 순간 그의 안색이 딱딱하게 변했다.

대수롭지 않게 생각했던 미풍이 바늘처럼 그의 전신을 자극했기 때문이다. 마치 수백, 수천 개의 칼날이 전신을 노리는 듯한 저릿한 감각에 절로 몸서리가 쳐졌다.

석실 벽에 처박혀 있던 진무원이 일어나고 있었다. 그토록 어마어마한 충격을 받았을 텐데도 진무원은 아무렇지 않은 듯 그를 바라보고 있었다.

강렬한 기세를 발산하지도 않는데 이상하게 움직일 수가 없었다. 마치 이곳 석실만 다른 세계인 것처럼 동떨어진 이질감이 느껴졌기 때문이다.

진무원의 기묘한 존재감이 장악한 세계가 태무강을 적대하는 것 같았다.

"큭!"

태무강의 얼굴이 일그러졌다.

그사이 진무원이 바닥에 나뒹구는 돌덩이를 주워 들었다. 석벽의 파편이었다. 길게 쪼개진 모습이 뭉툭한 석검 같았다.

진무원이 엉덩이를 툭툭 털며 석검을 태무강을 향해 겨눴다. 그러자 숨도 쉬기 힘들 만큼 엄청난 압박감이 태무강을 짓눌렀다.

"어림없다."

순간 태무강이 혼원염마기를 일으켰다. 강기의 폭풍이 일어나 그의 몸을 휘감자 기묘한 압박감에서 벗어날 수 있었다.

태무강이 진무원을 노려보았다. 진무원은 여전히 그에게 검을 겨눈 자세 그대로였다. 마치 움직이는 법을 잊어버린 사람처럼 말이다.

삼 년 전의 진무원은 실로 무서웠다. 무공을 펼칠 때의 그는 마치 격랑같이 격렬했고, 폭발하는 화산처럼 맹렬했다. 하지만 지금의 진무원은 그때와 달랐다.

고요해졌고, 정적으로 변했다. 하지만 왠지 모르게 더 무섭게 느껴졌다. 전신의 신경이 날카롭게 곤두서고 모골이 송연해졌다.

태무강은 강기를 폭발시키며 진무원을 향해 달려들었다. 초반의 기세 싸움에서 밀리면 어떻게 되는지 그는 잘 알고 있었다.

쿠콰카칵!

엄청난 강기의 폭풍이 진무원을 향해 몰아쳤다. 강기에 휩쓸린 석벽이 짐승의 발톱에 긁힌 것처럼 푹푹 파여 나가고, 지하 공간 전체가 금방이라도 무너질 듯 비명을 내질렀다. 하지만 이상하게도 진무원에게만은 영향을 끼치지 못하는 것 같았다.

그가 들고 있는 석검에 공기가 갈라지고 강기가 베어져 나갔다.

강기의 폭풍이 무섭게 휘몰아치고 있었지만, 그의 눈엔 강기의 결이 보였다. 큰 힘을 줄 필요도 없었다. 강기의 결에 석검을 가져다 대기만 하면 된다. 그러면 알아서 강기의 결이 갈라지며 사방으로 흩어졌다.

뭉치면 폭풍이 되지만, 갈라지면 미풍에 불과하다.

진무원 앞으로 길이 열렸다. 진무원이 그 사이로 걸음을 옮겼다. 마치 바람을 타고 움직이는 것처럼 걸음걸이가 표홀했다.

"크윽! 또냐?"

태무강이 혼원염마공의 절초를 연이어 펼쳤다. 혼원염마기는 불가사리처럼 상대의 내공을 잡아먹고 분석해 가장 최악의 상성으로 스스로를 변화시킨다.

하지만 어찌 된 영문인지 그의 혼원염마기는 진무원을 상대로 힘을 쓰지 못하고 있었다.

진무원의 그림자 내공은 혼원염마기와 최악의 상성이었다. 잡아먹고 분석하려 해도 그림자처럼 스며드니 어찌할 방법이 없었다. 결국 태무강에게 남은 것은 내공 대결이 아닌 초식과 육체의 격돌뿐이었다.

"흐아아!"

그가 괴성을 내질렀다. 솥뚜껑만큼이나 거대한 주먹이, 통나무만큼이나 굵은 발이 진무원의 전신을 연신 두들겼다.

쾅쾅쾅!

굉음이 울리며 진무원의 몸이 연신 뒤로 밀렸다. 하지만 진무원의 몸에는 그 어떤 충격도 전해지지 않았다. 석검이 모든 공격을 해소했기 때문이다.

빗기고, 흘리고, 후려치고, 쪼개고, 베고…….

가장 기본적인 초식에 멸천마영검의 묘리를 녹여냈다.

평범함으로 위장한 가장 위대한 검공에 태무강은 당황했다. 하지만 그는 물러서지 않았다.

후퇴란 그의 머릿속에 없는 단어다.

처절하게 부서지고 깨질지언정 앞으로 돌진한다.

"크하하!"

태무강의 눈이 붉게 물들었다.

처절한 광기를 발산하는 그의 모습은 흡사 지옥에서 올라온 악마 같았다.

북검과 혼마, 그들의 싸움이 대지를 울리고 있었다.


"아!"

공아천의 눈앞에서 관제묘가 무너져 내리고 있었다. 표승우와 곽문정이 갇혀 있던 석실은 허름한 관제묘 아래 비밀리에 건설한 공간이었다.

오랜 시간 많은 공을 들인 만큼 지하 공간은 무척 튼튼하게 만들어졌다. 그런 공간이 두 사람의 싸움에 무너지고 있었다.

대지는 들썩이고, 먼지가 높게 일어나 하늘을 가리고 있었다. 그나마 이곳에 부현 외곽이었기에 망정이지, 시내에 있었다면 즉각 운중천의 무인들이 달려왔을 것이다.

콰앙!

지축을 흔드는 굉음과 함께 세 사람의 몸이 흔들렸다.

"이건 도대체……."

"이게 인간의 싸움인가? 그들은 대체 누구지?"

공아천의 눈동자가 흔들리고 있었다.

불신과 공포가 범벅이 된 눈동자는 눈앞에서 일어나고 있는 싸움이 현실임을 부정하고 있었다.

그의 상식이 무너지고 있었다.

인간의 한계를 아득히 벗어난 자들이 벌이는 싸움은 그의 상상을 훌쩍 뛰어넘고 있었다.

공아천의 시선이 곽문정을 향했다.

"대체 그 남자의 정체가 무엇이냐? 그는, 그는……."

곽문정은 대답하지 않았다. 아니, 대답할 심적인 여유가 없었다.

혼마의 무위는 그야말로 충격적이었다. 하지만 그를 상대하는 진무원의 무위는 더욱 충격적이었다. 나름 진무원에 대해 잘 안다고 자부해 온 곽문정조차도 감히 추측할 수 없을 만큼.

'형은 이미 또 다른 경지를 향해서 나아가고 있구나.'

곽문정은 알고 있었다. 자신이 아무리 노력해도 진무원을 따라잡을 수 없다는 것을. 하지만 그는 결코 포기하지 않을 것이다.

'이제껏 그래왔던 것처럼 묵묵히 제 갈 길을 갈 것이다. 그러다 보면 언젠가는 형의 근처까지 가지 않을까?'

진무원은 그의 우상이자 목표였다.

그가 주먹을 꽉 쥐었다.

콰앙!

그 순간 무너진 관제묘를 뚫고 두 사람이 튀어나왔다.

그들은 바로 진무원과 태무강이었다. 두 사람 모두 먼지를 잔뜩 뒤집어쓰고 있어 원래의 모습을 알아볼 수 없을 정도였다.

문득 태무강이 입을 열었다.

"네놈 정말 강하구나. 정말…… 흐흐!"

태무강이 말을 하는 동안 그의 몸을 뒤덮고 있는 회색 먼지가 점점 붉은색으로 물들어갔다.

푸스스!

그 순간 진무원이 들고 있던 석검이 가루로 변해 바람에 흩날리고 있었다.

공아천과 표승우, 곽문정은 숨을 죽였다. 겉모습만 봐서는 도저히 누가 이겼는지 알 수가 없었기 때문이다.

퍽퍽!

순간 미세한 소성이 연이어 터져 나왔다.

태무강의 몸이 흔들리고 있었다. 그의 몸 안에서 폭죽이라도 터진 것처럼 혈맥이 연이어 터져 나가고 있었다. 주요 대맥은 물론이고 미세한 세맥까지 터져 나갔다.

태무강의 눈과 귀로 피가 흘러내리고 있었다. 팽팽하던 얼굴에 갑자기 깊은 골이 패이더니 주름이 생겨났다. 하나둘 생겨난 주름은 곧 몸 전체로 번져 나가고 있었다.

꼿꼿하던 허리가 꾸부정하게 변하고 눈에서는 총기가 급격히 사라졌다. 한 인간이 일평생에 걸쳐서 경험해야 할 노화가 촌각 안에 진행되는 느낌이었다.

진무원의 그림자 내력 때문이었다. 태무강의 몸에 침투한 그림자 내력은 혼원염마기와 사투를 벌였다.

혼원염마기는 광포하고 무자비했다. 불가사리처럼 상대의 내공을 잡아먹고 성질을 변환시키는 괴공은 다른 기운과의 공존을 거부했다.

당연히 혼원염마기는 태무강의 몸에 들어온 그림자 내력을 몰아내려 했다. 공격하고 또 공격했다. 하지만 그림자 내력은 혼원염마기가 상대했던 그 어떤 기운과도 달랐다.

그림자 내력은 오히려 혼원염마기를 변화시켰다. 나쁜 쪽으로 말이다. 더욱더 광포하고 제어할 수 없게. 결국 태무강은 혼원염마기의 제어력을 잃어버리고 말았다.

그 결과가 눈앞에 나타난 그대로였다. 혼원염마기가 폭주하면서 태무강의 몸을 오히려 파괴하고 있었다. 그 때문에 억지로 멈춰놓았던 노화가 찾아오고 있었다.

백 살, 어쩌면 그 이상일지도 모르는 노인이 태무강이 있던 자리에 서 있었다.

"흐흐! 놀랐느냐?"

진무원이 묵묵히 고개를 끄덕였다. 그러자 노인, 태무강이 아련한 눈으로 하늘을 올려다봤다. 광기가 사라진 그의 눈은 이상할 정도로 차분했다.

"백 년, 백오십 년. 얼마 만이지? 이렇게 맑은 기분으로 하늘을 바라보는 것이."

"백오십 년 이상을 살아왔단 말입니까?"

"흐흐! 그것을 어찌 삶이라고 할 수 있을까? 평상시에는 잠을 자다가 필요할 때만 눈을 뜨고 활동하는데. 아마 실제로 내가 살아 있던 시간은 이십 년이 채 되지 않을 것이다."

그의 눈에 다시 분노가 어렸다.

혼원염마기는 그에게 가공할 힘을 주었지만, 반대로 그에게 끊을 수 없는 구속구가 되었다. 그렇게 살아온 세월이 백오십 년이 훨씬 넘었다.

그가 한 번씩 눈을 뜰 때마다 세상은 바뀌어 있었다. 그가 알던 사람들은 사라졌고, 새로운 인물이 그의 주인이 되어 있었다. 마음대로 죽지도 못하고 그렇게 괴물이 되어 이제까지 살아왔다.

푸쉬쉬!

마치 오래된 종잇장처럼 그의 손끝이 바스러지고 있었다. 태무강은 그 모습을 물끄러미 바라보았다.

"이제 죽을 수 있겠구나. 흐흐! 그 대가로 한 가지 알려주마. 모용율천은……."

태무강의 목소리는 너무나 미약해서 잘 들리지 않았다. 하지만 진무원은 한 자도 놓치지 않고 그의 이야기를 새겨들었다.

퍼석!

마침내 태무강의 몸이 완전히 가루가 되어 사라졌을 때 진무원은 눈을 감았다.

"모용율천."

그의 목소리엔 숨길 수 없는 분노가 담겨 있었다.

　　　　　　*　　　　　*　　　　　*

　공아천은 숨을 죽였다.

　그의 앞에는 진무원이 앉아 있었다. 상대는 무위를 짐작할
수 없는 미지의 고수였다. 그토록 무섭던 혼마도 눈앞의 남자
에게 목숨을 잃고 말았다. 그로서는 감히 감당할 자신이 없는
상대였다.

　공아천이 물었다.

　"당신은 누굽니까? 원하는 것이 무엇입니까?"

　만일 그가 자신의 적이라면 최악의 재앙이 될 것이다. 하지
만 공아천은 그렇지 않을 거라고 자신했다. 적이 될 남자였다
면 애당초 태무강의 손에서 자신을 구해줄 리 없었으니까.

　공아천은 진무원의 정체를 알지 못했지만, 진무원은 그의
정체를 알아보았다.

　'검도각의 부각주 공아천. 각주인 표소류와 달리 대쪽 같은
성품을 가진 남자. 특히 후배 무인들이 그를 많이 따른다고 했
지.'

　무림인명록에 적혀 있던 내용이었다. 하진월은 거기에 주목
해야 할 인물이라는 주석을 더했다.

　'이래서 주목할 만한 인물이라고 했던가?'

　새삼 하진월의 혜안에 감탄할 수밖에 없었다.

　생각을 정리한 진무원이 입을 열었다.

　"연판장을 갖고 있다고 들었습니다."

순간 공아천이 움찔했다. 진무원이 그런 공아천을 보며 말했다.

"저는 당신의 적이 아닙니다."

"그걸 어떻게 믿습니까?"

"적이었다면 이미 당신은 이 세상 사람이 아니었을 겁니다. 검도각의 공아천 부각주님."

"헉! 그걸 어떻게?"

공아천의 안색이 흙빛으로 변했다.

그가 검도각의 부각주라는 사실은 절대 알려져서는 안 되는 비밀이었다. 만일 이 사실을 운중천이 알게 되면 그는 물론이고, 연관된 모든 사람이 목숨을 잃을 것이다.

"다시 한 번 묻겠습니다. 연판장을 갖고 계십니까?"

"으음!"

공아천이 침음성을 흘리며 진무원을 바라보았다. 그는 어떻게 대답해야 할지 몰라 망설였다. 하지만 진무원의 깊고 유현한 눈을 보자 이내 마음을 굳혔다.

'그래! 이 남자를 믿어보자. 그래도 그는 나의 목숨을 구해준 사람이 아니던가.'

어차피 부인을 하더라도 진무원이 무력을 이용해 압박하면 연판장을 빼앗길 수밖에 없었다.

"그…… 렇습니다."

"연판장에는 몇 명이나 서명하였습니까?"

"이백 명 정도입니다."

진무원의 눈이 빛났다.

운중천 전체 인원에 비하면 그야말로 소수에 불과하지만, 진무원의 예상보다는 훨씬 더 많은 인원이었다.

거대한 둑을 무너뜨리는 데는 조그만 구멍이면 충분했다. 연판장에 있는 인원이라면 운중천이라는 거대 세력이 조그만 구멍을 낼 수 있는 충분한 전력이었다.

"연판장은 왜 작성한 겁니까?"

"부조리하다고 생각하니까요."

처음이 어려워서 그랬지 결심을 굳힌 공아천은 망설임이 없었다. 그는 자신의 생각을 거침없이 털어놨다.

"운중천은 초심을 잃었습니다. 운중천은 밀야를 막겠다는 명분하에 만들어졌습니다. 하지만 지금 운중천의 모습을 보십시오. 어떻습니까? 오직 권력을 추구하는 괴물이 되었습니다. 그들은 오랜 세월 중원을 대신해 밀야를 막아왔던 북천문을 멸문시켰습니다."

공아천의 눈에 핏발이 섰다.

이제껏 가슴속에 억눌러 두었던 외침이 터져 나왔다.

"북천문의 마지막 후인인 북검이 억울하게 목숨을 잃었습니다. 밀야와의 전쟁에 수많은 젊은 무인이 목숨을 잃었습니다. 전쟁은 끝날 줄을 모르고, 앞으로도 많은 생명이 목숨을 잃을 겁니다. 언제까지 이런 상황을 지켜봐야 합니까? 우리는 운중천의 변화를 원합니다. 우리의 힘은 비록 미약하지만 운중천의 변화를 위해서 최선을 다할 겁니다."

할 말을 모두 끝낸 공아천이 차라리 후련하다는 표정을 지었다. 누구에게도 쉽게 하지 못했던 이야기였다. 연판장을 작성한 이들끼리도 크게 이야기하지 못했던 사항이었다.

"알겠습니다. 부각주님의 이야기 잘 들었습니다."

"이젠 당신 차롑니다. 당신은 누굽니까? 우리의 적입니까, 아니면 같은 편입니까?"

"적은 아닙니다."

"그럼?"

"같은 편이 될 가능성이 있는 사이 정도라고 정리하죠."

"음!"

"조만간 사람이 갈 겁니다. 그와 이야기를 잘해보시길 바랍니다."

"내가 어떻게 당신을 믿습니까?"

공아천이 진무원을 노려보았다. 그만큼 절박했다.

"지금은 믿지 않아도 상관없습니다. 나중에는 반드시 믿게 될 테니까요."

"어떻게 말입니까?"

"조만간 저희 쪽 사람이 찾아갈 겁니다. 그와 이야기를 해보면 알게 될 겁니다."

이제까지 알아낸 사실을 하진월에게 알려주면 그가 알아서 처리할 것이다.

진무원은 아직 공아천에게 자신의 정체를 드러낼 생각이 없었다.

그가 자리에서 일어났다.

공아천은 복잡한 감정이 담긴 시선으로 진무원을 바라보았다. 상대의 정체를 알아내지 못한 것이 못내 불안했다. 하지만 지금 그에겐 선택의 여지가 없었다. 그나마 한 가지 위안이 되는 점이라면 진무원이 연판장을 요구하지 않았다는 것이다.

"다시 만날 때까지 무운을 빌겠습니다."

진무원이 포권을 취하고 밖으로 나갔다.

공아천의 눈동자가 흔들렸다. 왠지 모르게 진무원의 뒷모습과 분위기가 낯이 익었기 때문이다.

'본 적이 있던가?'

기억을 곰곰이 더듬어 보았지만, 쉽게 생각이 나지 않았다.

*　　　*　　　*

운중천은 부현 남쪽 숭무로에 본진을 꾸렸다. 커다란 전각 십여 채에는 운중천을 비롯한 구대문파의 정예가 머물고 있었고, 조악한 나무 막사는 탕마군의 숙소로 활용되고 있었다.

탕마군의 숙소는 매우 열악했다. 지붕에서는 물이 새기 일쑤였고, 쩍 벌어진 벽 틈으로는 매서운 바람이 들이닥쳤다. 그 때문에 숙소 안에서도 편히 쉬는 것은 꿈도 꾸지 못할 정도였다.

많은 소년이 숙소 앞 공터에 앉아 있었다. 그들은 모두 탕마군에 소속되어 있었다.

조그만 일에도 웃고 떠들 나이였지만, 탕마군에 속한 아이들 중 웃고 있는 이는 한 명도 없었다. 연이은 격전은 그들에게서 수많은 동료를 앗아갔다.

어제까지 같이 자고 웃던 친구가 다음 날 아침이면 보이지 않는 일이 비일비재했다. 정을 준 친구를 잃는 상실감은 그들의 감정을 점차 메마르게 했고, 종국에는 누구에게도 정을 주지 않게 되었다.

바로 곁에 또래의 소년이 있었지만, 누구 한 명 쉽게 말을 걸지 않았다. 그러다 보니 탕마군이 머무는 숙소 근처에는 항상 적막한 기운이 감돌았다.

하지만 예외도 있었다. 탕마군 십삼 대가 그랬다. 그들은 맨 마지막에 합류한 탕마군이었다. 부현의 본진에 합류했을 때 그들은 겨우 수십 명에 불과했다. 통상 이백여 명이 일개 대라는 것을 감안했을 때 그들의 수는 비정상적일 만큼 적었다.

수는 적었지만 누구도 십삼 대를 무시하지 않았다. 십삼 대가 어떤 험로를 뚫고 왔는지 잘 알기 때문이다. 그들은 강호에서 무시무시한 위명을 날리는 군마대의 추적을 뿌리치고 이곳까지 들어왔다. 그 과정에서 많은 동료를 잃었지만, 오히려 그들끼리의 유대감은 강해졌다.

그들은 이곳에 배속된 이후에도 절대 흩어지지 않았다. 하나로 똘똘 뭉쳤고, 그 덕인지 몰라도 연이은 격전에서도 가장 많은 수가 살아남았다.

십삼 대의 소년 한 명이 숙소 뒤쪽 연무장에서 연신 목검을 휘두르고 있었다. 뜨거운 뙤약볕에 소년의 전신은 땀으로 흠뻑 젖어 있었다.

소년의 이름은 아소, 죽기 직전 진무원을 만나 겨우 목숨을 건진 바로 그 소년이었다. 기적적으로 살아남은 아소는 한시도 시간을 허투루 소비하지 않았다.

그는 시간이 날 때마다 무공을 수련했다. 대부분의 탕마군이 전장에 투입된 후 더 이상 무공을 수련하지 않는 것과는 반대였다.

아소의 근처에는 세 명의 소년이 함께 무공을 수련하고 있었다. 그들은 모두 아소와 함께 진무원의 마차에 탔던 소년들이었다.

그들은 평상시에도 똘똘 뭉쳐 돌아다녔고, 전장에 투입될 때도 절대 떨어지는 법이 없었다.

"휴우!"

아소가 휘두르던 검을 멈추고 숨을 골랐다.

예전보다 체력이 월등히 좋아졌다. 내공 또한 눈에 띄게 늘었다. 아소는 그 이유가 진무원이 자신에게 복용시켰던 약 때문이라고 생각했다.

구천마질을 제어하기 위해 복용시켰던 광혈단은 그의 몸 안에 적지 않은 내력을 만들었다. 그 덕에 아소는 예전에는 엄두도 내지 못했던 검식도 펼칠 수 있게 되었다.

아소의 시선이 북쪽으로 향했다. 며칠 전에도 밀야의 무인들이 기습해 많은 이가 죽었다고 했다. 다행히도 탕마군은 그 전투에 투입되지 않았다. 아니, 투입될 여유가 없었다. 그만큼 그들의 기습은 눈 깜짝할 사이 이루어졌기 때문이다.

운이 좋아 전투에 투입되지 않았지만, 그런 행운이 언제까지 자신을 지켜줄지 의문이었다. 조금이라도 강해져야 살아남을 확률이 높았다.

그때 한 대의 마차가 운중천의 본진으로 들어오는 모습이 보였다. 화려한 문양이 새겨진 사두마차는 모두의 시선을 한 몸에 받으며 들어왔다.

사두마차가 들어오자 고위급 인사가 허둥지둥 달려 나왔다. 아소는 그 광경을 별 감흥 없이 바라보았다. 이곳에 있는 얼마 안 되는 기간 동안 그는 이런 광경을 수도 없이 보았다.

어차피 자신과는 상관없는 세계에 있는 높은 인물들이었다. 그들에게 관심을 가질 이유가 없었다. 아니, 여유가 없었다.

아소는 그들에게 관심을 끈 후 다시 무공을 수련하려고 했다. 하지만 그럴 수가 없었다.

"여기에 아소가 누구냐?"

본진에서 나온 무인이었다.

아소가 긴장한 표정으로 손을 번쩍 들었다.

"접니다."

"나를 따라오도록."

"예?"

"너를 찾는 분이 계시다. 잔말하지 말고 따라오도록 하라."

"알겠습니다."

아소는 긴장된 표정으로 무인의 뒤를 따랐다.

'무슨 일이지? 내가 무슨 잘못을 했나?'

아무리 생각해 봐도 일개 탕마군에 불과한 자신을 윗선에서 찾을 이유가 없었다. 그래서 더 긴장이 되었다.

무인이 안내한 곳은 바로 홍천학을 비롯해 수뇌부들이 사용하는 커다란 전각이었다.

아소의 몸이 절로 굳었다. 일개 탕마군이 감히 들어올 수 없는 곳이었다. 전각을 지키는 무인들도 그와는 비교할 수 없을 정도로 강력한 무인들이었다.

그들의 서릿발 같은 기세와 차가운 눈빛에 아소는 자꾸만 몸이 오그라드는 것을 느꼈다. 그가 입술을 지그시 깨물었다.

무인을 따라 들어간 방 안에는 홍천학과 묘령의 여인이 마주 보고 앉아 있었다. 이제 이십 대 중후반으로 보이는 여인은 아소가 생전 처음 보는 미인이었다.

세상의 모든 지혜를 모아놓은 듯 유려하게 반짝이는 눈빛이 인상적인 여인은 바로 서문혜령이었다. 그녀의 등 뒤에는 채화영이 서 있었다.

아소를 데려온 무인이 말했다.

"이 아이가 말씀하신 아소입니다."

"나가보게."

홍천학이 손을 내저었다. 그러자 무인이 크게 대답한 후 밖으로 나갔다. 혼자 남게 된 아소가 급히 인사를 했다.

"타, 탕마군 십삼 대의 아소입니다. 부름을 받고 왔습니다."

"흠!"

홍천학이 무심한 표정으로 아소의 전신을 훑어보았다.

마치 알몸으로 설원 한복판에 서 있는 듯한 오싹한 느낌에 아소가 고개를 움츠렸다.

홍천학이 서문혜령에게 말했다.

"서문 소저가 말한 그 아이라네. 최근에 합류한 십삼 대에 소속되어 있지."

"무례한 부탁을 들어줘서 고맙습니다, 홍 장로님."

"서문 소저의 부탁이라면 언제든 들어줘야지."

서문혜령이 빙그레 미소를 지었다. 그녀의 시선이 아소를 향했다.

"십삼 대에 속해 있다고 했나요?"

"그렇습니다."

"그렇게 겁먹을 필요 없어요. 내가 부른 것은 물어볼 것이 있어서예요. 그쪽은 솔직히 대답만 해주면 돼요."

"알겠습니다."

"섬서성에서 군마대의 추적을 받았지요?"

"그렇습니다."

"당시의 상황을 자세히 말해주겠어요."

"네? 그건 이미 말씀드렸습니다만."

"난 그쪽의 말을 듣고 싶어요."

서문혜령의 눈이 반짝였다.

이미 섬서성 상남 지부에 들렀다 온 서문혜령이었다. 그곳에서 철기문의 무인들을 만나 자세한 사정을 들었다.

종리무환이 이끄는 철기문의 무인들이 낭인들과 탕마군을 구하는 데 혁혁한 공로를 세웠다는 것도 알고 있었다. 하지만 군마대가 추적을 멈춘 것에 대한 의문이 완전히 해소된 것은 아니었다.

군마대의 추적을 뿌리친 것은 다행스러운 일이지만, 왠지 모를 찝찝함이 그녀를 괴롭혔다. 그것이 그녀가 이곳에 온 이유였다.

"단천운이라는 무인과 동행했죠?"

"예? 그렇습니다만."

이번 사건을 조사하면서 불쑥 튀어나온 이름 단천운. 왠지 꺼림칙한 마음에 종리무환에게 물었지만 그는 애매하게만 대답해 주었다. 그래서 직접 조사해 보기로 마음먹었다.

그녀가 다시 한 번 물었다.

"그는 어떤 사람이었나요?"

"그게……."

서문혜령의 의도를 몰라 아소가 말을 더듬거렸다. 그러자 홍천학이 인상을 찌푸렸다.

"어서 말하지 않고 뭐하느냐?"

"아, 알겠습니다."

아소는 급히 자신이 본 것에 대해 이야기하기 시작했다. 하지만 그는 진무원에 대한 이야기를 조금씩 축소했다. 잘은 몰랐지만 서문혜령의 진무원을 향한 관심이 왠지 꺼림칙하게 느겨졌기 때문이다.

아소가 모든 이야기를 끝내고 밖으로 나간 후에도 서문혜령의 표정은 변하지 않았다. 아니, 오히려 더욱 무거워졌다.

아소의 말은 그녀가 이때까지 조사한 내용과 하나도 다르지 않았다. 이제까지의 내용을 종합해 보면 단천운은 전혀 경계할 자가 아니었다. 오히려 도움이 되면 됐지.

그래도 꺼림칙한 마음을 금할 수가 없었다.

"이상한 게 한두 가지가 아니야."

그녀는 얼마 전의 기억을 떠올렸다.

청성파와 당문이 혈겁을 입었다는 소식을 듣고 급히 서문세가의 정보망을 총동원했다. 그렇게 해서 돌아온 소식은 의외의 것이었다.

청성파와 당문이 피해를 입긴 했지만 여전히 건재하고 사천성에 침입했던 밀야의 전력은 모조리 전멸했다는 것이다.

운중천과 서문세가에서는 두 문파의 재건을 도와주겠다는 조건으로 전력을 파견하겠다고 제의했다. 하지만 그들의 예상과 다르게 두 문파는 제의를 거절하고 오히려 사천성으로 통하는 관도를 더욱 철저하게 잠갔다.

그 이후 사천성 안에 잠입했던 간자들에게서 연락이 모두 끊겼다. 운중천과 서문세가가 더 이상 어떻게 할 수 없는 상황에 직면한 것이다.

그 이후 서문혜령은 서문세가의 간자들을 더 사천성 안으로 들여보내려 했지만, 누구 한 명 성공한 사람이 없었다.

'도대체 사천성에서 무슨 일이 벌어지는 거지?'

서문세가에서도 사태가 심상치 않게 돌아가는 것을 감지하고 대책을 마련하고 있었다. 하지만 시간이 걸리는 일이었다. 그때까지는 서문혜령이 할 수 있는 일이 없었다.

그 때문에 서문혜령은 한동안 잊고 있던 단천운이라는 인물에 대해 조사를 하기 시작했다. 알 수 없는 불안감을 지우려는 그녀만의 노력이기도 했다.

'수천이 곧 온다. 그때까지 조그만 변수 하나까지 모조리 파악해야 해.'

그녀가 입술을 꼭 깨물었다.

# 6장

## 악연의 실타래는 끊임없이 이어진다

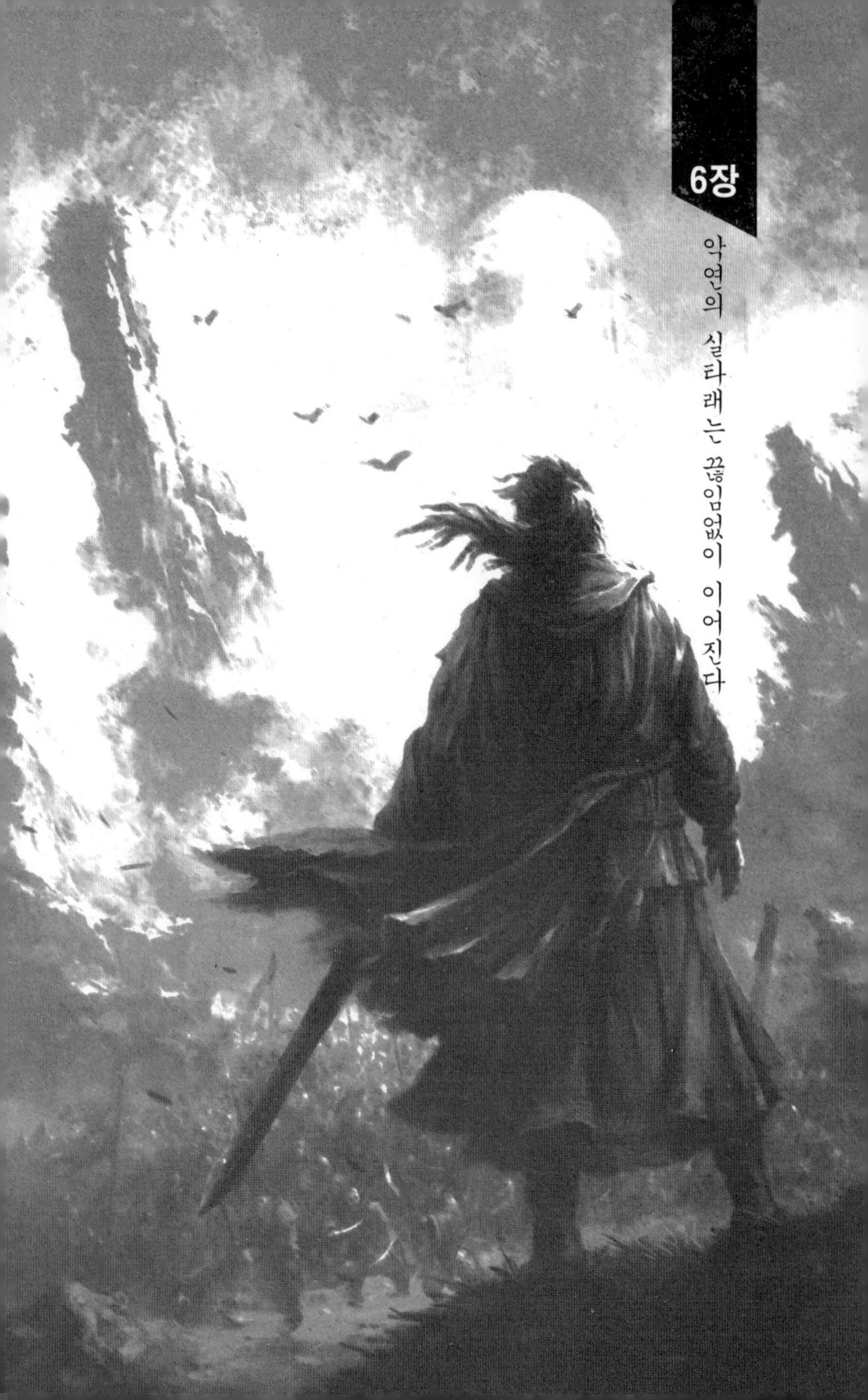

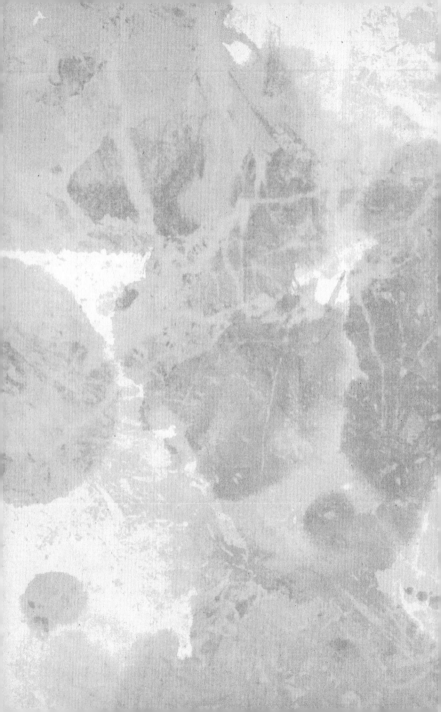

　관대승이 마차에서 내렸다. 잠시 그가 정문 위에 걸린 현판을 올려다보았다. 웅혼한 필체로 쓰인 네 글자 무적세가(無敵世家).

　잠시 옷매무새를 다듬던 관대승은 이내 허전한 어깨를 느끼고는 쓸쓸한 미소를 지었다. 팔을 잃은 지 삼 년이 지났지만 아직도 익숙해지지 않았다.

　관대승은 이내 평소의 여유 있는 표정을 회복했다. 그는 조심스럽게 걸음을 옮겼다.

　'무슨 일로 부르신 거지?'

　그가 향한 곳은 바로 무적세가의 가주인 모용율천의 거처였다. 그는 아침에 모용율천의 호출을 받고 급히 이곳으로 달려왔다.

그가 조심스러운 목소리로 굳게 닫힌 문을 향해 말했다.

"저 대승입니다."

"들어 오거라."

"예!"

관대승이 대답과 함께 안으로 들어갔다. 그곳에 모용율천이 있었다.

관옥을 깎아놓은 듯 수려한 이목구비가 용포와 무척이나 잘 어울려 보였다. 하지만 지금 이 순간 그는 기분이 좋지 않은 듯 미간을 찌푸리고 있었다.

순간 관대승은 심장이 덜컥 내려앉는 느낌을 받았다. 수십 년 동안 모용율천을 모셨지만 그가 이런 표정을 짓는 것은 단 한 번도 본적이 없었다.

어떠한 경우에도 모용율천은 평정심을 잃는 법이 없었고, 외부의 그 어떤 자극에도 영향을 받지 않았다. 그런 그가 미소 대신 인상을 쓴다는 것 차제가 관대승에겐 충격적인 사건이었다.

관대승이 조심스럽게 입을 열었다.

"가주님."

"대승아."

"예!"

관대승이 불안한 표정으로 모용율천을 바라보았다. 왠지 모를 싸한 느낌에 심장이 크게 고동쳤다.

그가 마른침을 삼키며 모용율천의 다음 말을 기다렸다. 이어 흘러나온 말은 가히 충격적이었다.

"혼마가 죽었구나."

"예? 그게 무슨……."

관대승의 눈동자가 흔들렸다. 그러자 모용율천이 자리에서 일어나며 말했다.

"혼마가 죽었다. 그와 연결되었던 심령이 어제 끊어졌다."

"말도 안 되는……."

"그래! 말도 안 되는 일이 일어났지. 바로 어제."

혼마 태무강은 조부의 유산이었다. 태무강이 익힌 혼원염마공은 상대의 내공에 따라 자신의 성질을 변화시키는 희대의 괴공이었다.

혼원염마공을 익힌 자는 주기적으로 기나긴 수면을 취하며 내력을 정순하게 해야 했다. 따라서 깨어 있는 시간보다 잠들어 있는 시간이 월등히 많았다.

모용율천의 조부와 아비는 그런 태무강을 필요에 의해 깨워 사용했다. 필요가 없을 때는 수면에 들게 해서 전력을 온전히 보존케 했다.

모용율천은 태무강과 심령으로 연결이 되어 있었다. 심령의 연결은 모용율천이 태무강을 부리는 가장 강력한 수단이었다. 하지만 어제 심령의 연결이 끊겼다.

그 순간 모용율천은 알아차렸다. 태무강의 숨이 끊어졌음을.

모용율천은 큰 충격을 받았다. 이제까지 평생을 태무강을 부려왔지만, 설마 그를 잃을 줄은 예상하지 못했기 때문이다.

관대승이 받은 충격은 모용율천에 비할 수 없었다. 태무강은 그가 이용할 수 있는 가장 훌륭한 도구였다. 마치 모든 자물쇠를 딸 수 있는 만능 열쇠처럼 태무강을 사용하면 해결되지 않는 일이 없었다.

"대체 누가?"

"그것은 나도 알 수 없다. 중요한 것은 혼마가 목숨을 잃었다는 거지."

"으음!"

"혼마를 투입한 곳이 어디더냐?"

"연판장을 회수하기 위해 부현으로 보냈습니다."

"흐음! 부현에 혼마를 죽음에 이르게 할 만큼 강한 자가 존재하던가?"

"그것은……."

관대승은 쉽게 대답하지 못했다.

부현은 분명 풍운의 중심지였다. 수많은 무인이 부현으로 몰려들고 있었다. 하지만 그들 중 누구도 태무강에게 확실한 죽음을 내릴 수 있다 장담할 수 없었다.

'설마 밀야에게 제거당한 것일까? 아니다. 태무강은 사대마장에 근접한 괴물. 현재 부현에는 그만한 수준의 무인이 존재하지 않는다. 그렇다면 누구란 말인가? 누가 있어 태무강을 죽인단 말인가?

관대승의 머릿속이 복잡하게 돌아갔다.

현재 부현에 존재하는 모든 무인의 이름이 떠올랐다. 그중에서 태무강을 죽일 만한 무인이 누가 있는지 찾아봤다. 하지만 태무강에게 상처를 입힐 수 있는 무인은 있어도 숨통을 끊을 만한 자는 생각나지 않았다.

"조짐이 심상치 않구나, 대승아. 어떻게 보면 혼마의 죽음은 별게 아니다. 그를 대체할 자는 또 존재하니까. 하나 자꾸만 계획이 틀어지는 것은 큰 문제다."

"죄…… 송합니다."

"예상대로였다면 밀야와의 싸움은 일 년 전에 끝났어야 했다. 그랬으면 별문제가 없었다. 하지만 밀야의 야주가 본 가의 통제권을 벗어나면서 모든 계획이 어그러졌다."

"……."

관대승은 어떠한 말도 할 수 없었다. 그가 자리를 비웠던 시간 동안 많은 것이 변했다. 밀야에 은밀히 행사하던 영향력이 사라진 것도 그중 하나였다.

"거기에 혼마의 죽음까지. 예상치 못한 일이 연이어 일어나고 있어. 더 큰 문제는 우리는 혼마를 죽인 자의 정체조차 알지 못한다는 것이다."

"죄송합니다. 모든 것이 다 제 불찰입니다."

"나는 이런 상황들이 매우 마음에 들지 않는구나."

관대승이 식은땀을 흘렸다. 이 세상을 암중에서 지배해 온 자가 분노하고 있었다. 그는 감히 그의 분노를 감당할 자신이 없었다.

"대승아."

"예!"

"혼마를 죽인 자를 내 앞으로 데려오너라. 그를 혼마 대신 사용할지니."

"그렇게 하겠습니다."

"그리고……."

"……."

"밀야와의 전쟁을 최대한 빨리 끝내거라."

순간 관대승이 발작적으로 고개를 들어 모용율천을 올려다 봤다.

"수단과 방법을 가리지 말고."

모용율천은 옅은 미소를 짓고 있었다.

*      *      *

진무원은 창가에 앉아 어둠에 잠식된 부현을 바라보았다. 어둠 속에서 수많은 불빛이 어지럽게 흔들리고 있었다. 운중천의 본진이 있는 방향이었다.

'반격을 준비하는가?'

예상치 못한 밀야의 기습으로 많은 사람이 죽었다. 운중천에서는 그에 대한 반격을 준비하고 있는 듯했다.

벌써부터 바람에 혈향이 배어 있는 듯했다. 기분 나쁜 느낌에 진무원은 잠시 미간을 찌푸렸다.

그때였다. 갑자기 소리도 없이 진무원의 등 뒤로 검은 그림자가 나타났다. 그는 마치 제 집에 온 것처럼 창가 곁에 있는 탁자를 향해 터벅터벅 걸어가 앉았다.

그제야 진무원이 뒤돌아봤다. 탁자에 앉아 물을 벌컥벌컥 들이켜는 남자가 보였다. 사십 대 후반의 험상궂은 인상의 남자였다. 생전 처음 보는 얼굴이었다. 하지만 진무원은 놀라지 않았다.

"돌아왔군요."

"음!"

고개를 끄덕이는 남자는 바로 청인이었다. 또다시 얼굴을 바꿨지만, 진무원의 눈을 속일 수는 없었다.

"흑월과는 접촉하셨습니까?"

"음!"

"그런데 표정이 좋아 보이지 않는군요. 무슨 일이라도 있습니까?"

비록 역용을 하고 있었지만, 청인의 얼굴은 무척 어두웠다. 진무원이 아는 청인은 매우 유쾌한 남자였다. 어떠한 경우에도 그는 웃음을 잃는 경우가 없었다.

청인이 다시 한 번 물을 들이켰다. 진무원은 말없이 그를 바라보았다. 그러자 청인이 물 잔을 내려놓으며 입을 열었다.

"부탁할 게 있다."

"부탁?"

"내 처음이자 마지막 부탁이다. 제발 내 부탁을 들어다오."

"말씀하세요."

"반드시 들어줘야 한다."

"반드시 들어드리겠습니다."

진무원은 고개를 끄덕였다. 사족 따위는 붙이지 않았다.

이제까지 단 한 번도 부탁이라는 단어를 꺼내지 않았던 청인이었다. 그 덕분에 은류라는 정보망을 구축할 수 있었다. 돈으로는 결코 환산하지 못할 은혜를 입었다.

그의 부탁을 들어주는 것은 진무원에게 매우 당연한 일이었다.

진무원을 바라보는 청인의 눈에는 절박함이 가득했다. 이제껏 단 한 번도 볼 수 없었던 모습이었다.

그가 어렵게 본론을 꺼냈다.

"월주를 구해다오."

"월주? 흑월의 주인을 말하는 겁니까?"

"그렇다. 월주께서 지금 큰 곤경에 처해 있다."

"알겠습니다. 어디로 가면 되겠습니까?"

진무원은 바로 자리에서 일어났다. 그런 진무원의 모습에 청인이 감격스런 표정을 지었다. 설마 진무원이 이리 흔쾌히 허락할 줄은 몰랐기 때문이다.

다른 누구도 아닌 자신이 하는 부탁이었다. 은류의 수장인 자신이 해결하지 못하는 일이라면 상상을 초월하는 위험이 가득할 것이 분명했다. 그런데도 진무원의 행동에는 일말의 망설임도 존재하지 않았다.

"문주."

"어디로 가면 됩니까?"

"경공을 전력으로 펼쳐도 최소 닷새는 걸리는 곳에 있다."

"그럼 서둘러야겠군요."

"목적지를 물어보지도 않는 거냐?"

"상관없으니까요."

"고맙다."

"고맙다는 말은 월주를 구한 다음에 해도 늦지 않습니다."

진무원은 미소를 지으며 밖으로 걸음을 옮겼다. 복도에서 곽문정과 마주쳤다.

"어? 어디 가세요?"

"잠시 다녀올 곳이 있다."

"이 밤중에요?"

곽문정이 의아한 시선으로 진무원의 곁에 있는 남자를 바라보았다. 생전 처음 보는 남자가 진무원의 곁에 있으니 이상한 것이다.

진무원이 미소를 지으며 전음을 보냈다. 청인의 정체를 알려준 것이다. 그러자 곽문정의 표정이 살짝 변했다.

"아!"

"네가 해줘야 할 일이 있다."

"말씀하세요."

"안가를 구해야겠다."

"안가요? 물론이죠. 당장 구할게요."

"고맙다."

비록 나이는 어리지만 곽문정은 믿을 수 있는 몇 안 되는 사람 중 한 명이었다. 청인도 그 사실을 알기에 무어라 말하지 않았다.

진무원과 청인은 곽문정을 뒤로하고 밖으로 나왔다. 청인은 진무원을 이끌고 어둠 속을 내달렸다.

청인은 한참이나 남쪽을 향해 달리다가 해가 뜰 때 즈음 동쪽으로 방향을 바꿨다. 얼마나 달렸을까? 청인의 전신은 땀으로 흠뻑 젖어 있었다. 숨은 턱 끝까지 차올랐고, 발걸음은 점차 늦어졌다.

피로가 극에 달했지만 청인은 결코 멈추지 않았다. 그만큼 청인은 절박했다.

그렇게 닷새를 경공을 펼쳐 전력으로 달렸다.

목적지에 가까울수록 진무원의 눈빛은 깊이 가라앉았다.

'역시 그곳인가?'

이미 방향을 이쪽으로 틀 때부터 짐작은 했다. 하지만 짐작이 사실로 확인되자 마음이 어느 정도 무거운 것은 사실이었다.

눈앞에 육중한 암릉으로 이뤄진 거대한 산이 보였다. 아침 햇살에 암릉에 짙은 음영이 드리워져 신묘한 느낌이 물씬 풍겼다.

누구도 가르쳐 주지 않았지만 진무원은 본능적으로 산의 정체를 알아차렸다.

일흔두 개의 봉우리와 서른여섯 개의 절벽, 그리고 스물네 개의 계곡을 가진 거대한 산. 천하에 이런 산은 단 하나밖에 없었다.

"무당산?"

"그래! 무당산이다. 무당파가 있는 곳이지."

청인이 이를 악물었다.

구대문파의 하나이자 도가의 성지 무당파가 눈앞에 있는 거대한 산 정상에 자리를 잡고 있었다.

"그럼 월주가 무당파에?"

"무당파 깊은 곳 뇌옥에 갇혀 계시다. 부디 그분을 구해다오."

무당파의 전력만으로도 능히 용담호혈이라 할 수 있었다. 더구나 지금은 밀야의 침공을 우려해 구대문파에서 대거 정예를 파견한 상태였다.

단순한 용담호혈이 아니라 철옹성이라고 봐도 무방했다. 더구나 무당파에는 아홉 하늘 중 한 명인 적엽 진인이 있었다. 이 시대 최강의 반열에 올라 있는 절대의 고수가.

검의 극의를 깨달았다는 절대고수. 강호에 그와 비견될 만한 검호는 같은 아홉 하늘 중의 한 명인 창룡검제 비사원뿐이었다.

하지만 적엽 진인보다 더 모습을 보기 힘든 자가 비사원이었다. 그 때문에 강호에서는 비사원보다 적엽 진인을 좀 더 강하다고 평가하고 있었다. 사람들은 자신의 눈으로 본 것을 더 신뢰하는 속성을 가졌기 때문이다.

적엽 진인이 지키는 무당파였다. 그곳에 갇혀 있는 자를 구해달라고 하는 것은 섶을 지고 불속에 뛰어들라고 하는 것만큼이나 무모했다.

그 사실을 진무원도 알고 있었고, 청인도 알고 있었다. 그래서 청인은 진무원을 볼 면목이 없었다. 자신의 부탁이 얼마나 무모한 것인지 알 알기에.

하지만 청인은 그만큼 절박했다. 그가 지금 이 순간 믿고 의지할 수 있는 자는 진무원밖에 없었다.

진무원의 그의 염원을 외면하지 않았다.

"가시죠."


\*       \*       \*


흔히 중원의 도교는 남파와 북파로 나뉜다. 남파는 몸을 먼저 닦은 후 마음을 닦는다는 선명후성(先命後性)의 가르침을 따르고, 북파는 마음을 먼저 닦은 다음에 몸 공부로 들어가는 선성후명(先性後命)의 가르침을 따른다.

화산파는 이 중 선성후명의 가르침을 따르는 북파의 종주였다. 흔히 사람들은 화산파 하면 매화삼십육검(梅花三十六劍)으로 대표되는 검공만을 떠올리지만, 무림에 적을 둔 자들이라면 자하신공(紫霞神功)으로 대변되는 심공을 떠올리게 마련이었다.

반대로 무당파는 남파의 종주였다. 몸을 먼저 닦고, 다음에 마음을 닦는다. 그런 성향 때문인지 몰라도 무당파는 도가의 수많은 문파 중에서도 가장 외향적인 성향을 가지고 있었다.

현재 무당파에는 밀야의 침공에 대비해 수많은 무림인이 들어와 있었다. 개중에는 종남파나 소림사에서 지원 나온 고수들도 있었다. 그 때문에 무당파의 도관들은 사람들로 인산인해를 이루었고, 무당산을 오르는 주요 길목에는 검문소가 설치되어 철저한 경계가 이루어졌다.

용담호혈(龍潭虎穴), 지금 무당파를 가장 잘 설명해 주는 단어였다. 그리고 진무원과 청인은 그런 용담호혈을 향해 스스로 걸어 들어가고 있었다.

진무원은 전방위 감각을 최고조로 끌어 올렸다. 그러자 어둠 속에서도 주변의 상황이 대낮처럼 일목요연하게 머릿속에 그려졌다. 미리 인기척을 감지하고 방향을 틀다 보니 무당파 곳곳에 잠복한 고수들도 그들의 기척을 눈치채지 못했다.

육중한 암릉으로 이뤄진 무당산에는 수많은 동굴이 존재했다. 천연적으로 생성된 동굴도 있었고, 인간의 힘으로 암릉을 깎아내고 만든 동굴도 있었다.

그중 가장 유명한 것이 바로 열한 개의 큰 동굴이었다. 모두 자연적으로 형성된 것들로 어떤 것은 아직까지 끝을 가본 사람이 없을 정도로 깊다고 했다.

청인이 안내한 곳은 세상에 알려진 동굴이 아니었다. 이제껏 세상에 전혀 알려지지 않은 동굴이었다. 무당파에서도 최근에 발견해 관리하고 있는 곳이었다.

동굴이 내려다보이는 커다란 나무 위에 진무원과 청인이 서 있었다.

"이곳에 월주가 갇혀 있다."

동굴을 바라보는 청인의 얼굴은 사위에 내린 어둠만큼이나 어두웠다. 동굴을 지키는 무인들의 기도는 범상치 않았다. 무당파에서도 정예에 속하는 무인들이 지키고 있는 것이 분명했다.

청인은 누구도 따라올 수 없는 은신술과 잠입술을 익히고 있었다. 하지만 그런 그조차도 무당파 도사들이 구축한 경계망을 뚫고 칠십이 동혈에 잠입할 자신이 없었다.

막다른 골목에서 감히 넘을 수 없는 높은 벽을 만난 느낌이었다. 현재 그가 믿을 수 있는 이는 오직 진무원뿐이었다. 그가 불안한 시선으로 진무원을 바라보았다.

진무원은 전방위 감각을 끌어 올린 채 상황을 살폈다.

'절정고수가 세 명에 일류고수가 서른 명, 그 외에도 요소요소에 고수들이 포진했다.'

그의 감각에 포착된 무인의 수는 백여 명이 넘었다. 그들의 거미줄 같은 경계망을 피해 동혈에 잠입하는 것은 불가능해 보였다.

'일단은 월주가 정말 동굴에 갇혀 있는지 확인하는 것이 우선이다.'

그가 내공을 끌어 올렸다. 그러자 전방위 감각이 무섭게 영역을 확장했다.

그의 머릿속에 동굴의 모습이 구축되었다. 입체적으로 구축된 동굴 주위로 경계를 서고 있는 무인들이 배치되었다. 무인들 간의 거리, 그들의 동선, 시야의 확장선이 한눈에 들어왔다.

얼핏 무질서하게 늘어서 있는 것 같았지만, 그들의 동선에는 분명한 목적이 있었다.

'적으로부터 동굴을 지키는 것뿐 아니라, 안에 있는 자가 탈출하지 못하도록 억제하는 것.'

분명 월주는 청인이 말한 동굴에 갇혀 있을 확률이 높았다. 하지만 그가 갇혀 있는 동혈을 알아낸 것과 구출하는 것은 별개의 일이었다.

'저 많은 사람의 이목을 속이고 동굴에 잠입하는 것은 불가능하다. 그렇다면……'

그가 청인에게 시선을 옮겼다. 청인은 긴장되고 초조한 얼굴로 그를 바라보고 있었다. 어떠한 경우에도 미소를 잃는 법이 없던 청인이 이렇게 경직된 모습을 보이는 것 자체가 낯설었다. 그만큼 절박한 것이다.

"잠시 후 소란이 있을 겁니다. 그때 저들을 교란시켜 주십시오."

"알겠다."

"위험할 겁니다."

"문주만 하겠나? 내 걱정은 하지 말게."

"그럼 부탁드리겠습니다."

"나야말로 부탁하겠다, 문주."

진무원이 미소를 지으며 고개를 끄덕였다. 진무원은 청인에게 배운 역용술을 펼쳐 얼굴을 변화시켰다. 이목구비를 약간 조절한 것뿐인데도 전혀 다른 사람의 얼굴이 나타났다.

계산은 모두 끝났다. 남은 것은 행동하는 것뿐. 진무원이 몸을 날렸다. 청인은 진무원의 몸이 훌훌 날아 외곽에 배치된 무당파의 도사들 사이로 떨어지는 모습을 보았다. 하지만 아직까지 무당파의 도사들은 진무원의 존재를 눈치채지 못하고 있었다.

푹!

진무원의 검지가 무당파 도사의 등 뒤 마혈을 찔렀다. 그러자 무당파 도사가 눈깔을 뒤집으며 쓰러졌다.

그것은 시작에 불과했다. 진무원은 연이어 근처에 있던 도사들의 마혈을 제압했다. 순식간에 서너 명의 도사가 정신을 잃고 쓰러졌다.

"응?"

머지않은 곳에 배치되어 있던 도사들이 이상한 기척을 느끼고 고개를 돌렸다.

쉬익!

그 순간 진무원은 이미 그들의 지척에 도달해 있었다.

"무슨……."

도사들은 소리도 지르지 못했다. 질풍처럼 진무원이 그들의 마혈을 제압했기 때문이다.

그는 마치 바람을 타고 움직이는 듯했다. 순식간에 스무 명 정도의 도사가 그에게 제압당해 쓰러졌다. 그때가 되어서야 무당파의 도사들도 진무원의 존재를 알아차렸다.

"스, 습격이다!"

턱!

진무원이 바닥에 쓰러진 도사의 검을 발로 차올렸다. 마치 지남철에게 끌린 것처럼 고풍스러운 문양이 새겨진 검이 그의 손에 달라붙었다.

쉬이익!

진무원의 손에 들린 검이 허공을 갈랐다. 검집에 얻어맞은 도사들이 픽픽 쓰러졌다. 도사들은 무당파의 검공을 펼쳐 진무원을 공격했지만 소용이 없었다.

오십여 명이나 되는 도사가 진무원에게 쓰러져 바닥에 나뒹굴었다. 그야말로 눈 깜짝할 사이에 일어난 일이었다.

그제야 뒤늦게 사태를 파악한 무당파의 절정고수들이 진무원을 향해 달려왔다.

"웬 놈이냐?"

진무원은 대답 대신 검집을 휘둘렀다.

픽!

무당파 절정고수 중 한 명인 해명 도장의 고개가 팩 돌아갔다. 상원 도장이 마치 통나무처럼 쿵 쓰러졌다.

"히익!"

마치 양 떼 속에 뛰어든 호랑이처럼 진무원은 동굴을 향해 무서운 속도로 질주했다.

이곳에 배치된 무당파의 무인들 중 고수가 아닌 자는 한 명도 없었지만, 그 누구도 진무원의 발목을 붙잡지는 못 했다.

"놈은 무간옥(無間獄)을 노리고 있다. 어서 비상종을 울려라!"

해무 도장이 진무원의 목적을 알아차리고 소리쳤다.

댕댕댕!

급박한 종소리가 바람을 타고 멀리멀리 울려 퍼졌다. 이제 곧 종소리를 듣고 본산에서 지원군이 달려올 것이다. 그때까지 버티기만 하면 됐다.

그들이 무간옥이라고 부르는 동굴에는 괴인이 갇혀 있었다. 장로들 중에서도 괴인의 정체를 아는 자는 없었다.

그들이 아는 것은 괴인이 이곳에 갇혀 있다는 것을 세상이 아는 순간 무당파가 지탄을 면할 수 없게 된다는 사실뿐이었다. 그래서 반드시 지켜야 했다.

'버틸 수 있을까?'

하지만 무시무시한 기세로 달려드는 진무원을 보자니 자신감이 바람 앞의 촛불처럼 사그라졌다.

그의 앞에 있던 무당파 제자들이 썩은 짚단처럼 쓰러지고 진무원의 얼굴이 크게 확대되었다.

"오라!"

해무 도장은 애써 두려움을 떨치며 호기롭게 외쳤다.

그는 최선을 다해 무당파의 장로 이상만이 익힐 수 있는 태청검법(太淸劍法)을 펼쳤다.

후웅!

나직한 검명과 함께 그의 검에 푸른 운무가 어렸다.

태청검법이 거의 극성에 이르렀을 때 나타나는 현상이었다.

그는 이 정도라면 상대의 발길을 어느 정도 막을 수 있을 거라고 생각했다. 하지만 자신의 생각이 얼마나 어리석은 것이지 깨닫는 데는 촌각도 걸리지 않았다.

츠츠츠!

진무원이 가볍게 휘두른 일검에 매화 잎이 덧없이 흩어졌다. 뒤이어 강렬한 충격이 그의 머리를 강타했다.

퍼억!

"컥!"

해무 도장이 피를 토하며 정신을 잃었다.

쓰러지는 해무 도장을 뛰어넘은 진무원이 그대로 무간옥으로 들어갔다.

무간옥은 칠흑처럼 어두웠다.

진무원이 들어서자 기관이 발동했는지 수백 개의 암기가 일제히 쏘아졌다.

"챠핫!"

진무원이 바닥에 박혀 있는 바윗덩이를 걷어찼다. 어른 두 사람이 팔을 벌려도 닿을 것 같지 않은 커다란 바위가 가벼운 공깃돌처럼 날아갔다.

암기들이 바위에 막혀 떨어졌다.

콰콰!

바위는 동혈의 중간을 막고 있는 커다란 철문을 박살 내며 나뒹굴었다.

"크윽!"

문 뒤 어두운 공간에서 처절한 비명 소리가 흘러 나왔다. 도사들이 바위와 철문에 깔려 신음을 내뱉고 있었다.

진무원은 그들에게 눈길도 주지 않고 내달렸다. 백여 장을 더 들어가자 또다시 두꺼운 철문이 앞을 막고 있었다. 은은한 붉은빛을 띠고 있는 철문은 천하에서 가장 단단하다는 만년한 철을 통째로 녹여 만들었다.

진무원은 거의 본능적으로 철문 뒤에 월주가 갇혀 있음을 직감했다. 그의 검이 유성처럼 뻗어 나갔다. 멸천마영검 일초식인 유성혼이었다.

쉬가악!

소름 끼치는 소리와 함께 만년한철에 사람 한 명이 들어갈 만한 구멍이 생겨났다. 구멍은 마치 종이를 가위로 오려낸 것처럼 미끈했다.

좁은 입구와 달리 철문 안의 공간은 무척이나 넓었다. 수십 명이 들어가도 될 만큼 넓은 공동이 펼쳐져 있었다.

지하 공동의 중앙에는 산발을 한 괴인이 가부좌를 틀고 앉아 있었다. 괴인의 주요 대혈에는 쇠사슬이 연결된 쇠갈고리가 꽂혀 있었다. 쇠사슬은 벽에 박혀 괴인을 꼼짝 못하게 구속하고 있었다.

진무원이 들어서자 괴인이 고개를 들었다. 하지만 산발한 머리 때문에 괴인의 얼굴을 알아볼 수가 없었다.

"흐으!"

괴인의 입에서 짐승의 울음소리 같은 신음성이 흘러나왔다. 무척이나 오랫동안 말을 하지 않은 듯 괴인의 신음성은 탁하기 그지없었다.

진무원이 괴인에게 다가갔다.

"당신을 구하러 왔습니다."

진무원이 검을 휘둘렀다. 그러자 오랫동안 괴인을 구속하고 있던 쇠사슬이 수수깡처럼 힘없이 두 동강이 났다. 진무원은 괴인의 대혈을 제압하고 있는 쇠갈고리마저 모조리 뺀 다음 들쳐 업으려 했다.

"흐으!"

괴인이 진무원의 귀에 대고 무어라 말했다. 하지만 성대가 상한 듯 쇳소리가 가득해 잘 알아들을 수 없었다. 그래서 무시하려 했다. 하지만 다시 들려온 괴인의 목소리에 그럴 수가 없었다.

"흐으! 오…… 랜만이다."

진무원의 몸이 벼락을 맞은 듯 크게 흔들렸다.


깎아지른 듯한 절벽 위에 앉아 있던 적엽 진인이 몸을 일으켰다.

저 멀리 불길이 일고 있었다. 바로 무당파가 있는 곳이었다. 하지만 그보다 그의 신경을 자극한 것은 바로 열두 번째 동굴이 있는 곳에서 울려 퍼진 비상종 소리였다.

"감히! 누가?"

적엽 진인의 얼굴에 노기가 떠올랐다.

무간옥에는 그가 직접 가둔 자가 존재했다. 세상에 절대 풀려서는 안 되는 자. 오죽했으면 무당파의 제자들에게까지 괴인의 정체를 비밀로 했을까?

적엽 진인 절벽을 향해 몸을 날렸다. 순식간에 수십여 장이나 추락하던 적엽 진인이 갑자기 왼발로 오른쪽 발등을 박차며 날아올랐다. 발보등공(跋步蹬空)의 경공술이 펼쳐진 것이다.

그의 몸이 순식간에 절벽 건너편으로 사라졌다.

\* \* \*

진무원이 괴인의 산발된 머리카락을 쓸어 올렸다. 그러자 깊게 주름진 얼굴이 드러났다. 짙은 어둠 속에서도 진무원은 그의 얼굴을 똑똑히 볼 수 있었다.

"당신은?"

진무원의 눈동자가 흔들렸다. 그러자 괴인이 힘없이 미소를 지었다.

"못 볼 꼴을 보였구나."

"풍…… 운번주?"

"그래, 나 능군휘다."

"흑월의 월주가 당신이었습니까?"

"그래! 내가 바로 흑월의 월주다. 비록 적엽에게 패해 이렇게 비참한 신세가 되었지만."

괴인은 바로 풍운번주 능군휘였다. 그가 적엽 진인에게 제압되어 무간옥에 갇혀 있었던 것이다.

"어떻게?"

"네놈을 구해준 뒤 적엽과 한바탕 싸웠다. 그리고 패해 이모양 이 꼴이 되었지. 그래도 오랫동안 알아온 정리 때문인지 숨은 끊지 않고 이곳에 가둬두더구나."

"으음!"

진무원의 입술을 비집고 절로 침음성이 흘러나왔다.

능군휘는 아홉 하늘에 속한 절대고수였다. 그런 절대고수가 싸움에 패한 뒤 이곳에 갇혀 있었다니.

자신이 그에게 구함을 받은 것이 삼 년 전의 일이었다. 능군휘는 무려 삼 년이나 이 지옥 같은 공간에 갇혀 있었던 것이다.

"흐흐! 죄책감 가지지 않아도 된다. 이것은 온전히 나의 결정 때문이니까."

"일단 모시고 나가겠습니다. 자세한 이야기는 이곳을 탈출한 뒤에 하시죠."

"빨리 나가는 게 좋을 게다. 잠시 후면 적엽이 들이닥칠게다."

진무원은 능군휘를 등에 업었다. 오랜 세월 제대로 된 영양을 섭취하지 못한 능군휘의 몸은 종잇장처럼 가벼웠다. 자신 때문에 오랜 세월을 볕도 들지 않는 지하 공간에 갇혀 있었다고 생각하니 마음이 무거워졌다.

　진무원은 서둘러 무간옥을 빠져나왔다.

　다행히도 아직 지원군은 도착하지 않았다. 대신 매캐한 냄새가 바람에 실려 왔다. 고개를 드니 저 멀리 무당파가 있는 곳에서부터 불길이 치솟아 오르는 모습이 보였다. 청인이 시간을 벌기 위해 방화를 한 것이다.

　진무원은 망설이지 않고 반대 방향으로 몸을 날렸다. 청인은 알아서 탈출로를 찾을 것이다. 지금은 그렇게 믿을 수밖에 없었다.

　진무원은 전방위 감각을 극성으로 끌어 올렸다.

　'얼마나 걸릴까?'

　이제 곧 무당산에 천라지망이 펼쳐질 것이다. 천라지망이 완성되기 전에 무당산을 빠져나가야 했다.

　수풀 너머에서 무인들이 웅성거리는 소리가 들려왔다.

　"여기를 막으라고?"

　"젠장! 확실히 말해줘야 알지. 우리가 무당파의 제자도 아닌데 그렇게 뭉뚱그려 설명해 주면 어떻게 안단 말인가?"

　무당파의 요청을 받은 무인들이 불만을 토로하는 소리였다. 그들은 종남파에서 파견 나온 무인들로 무당파의 급박한 요청을 받고 정해진 장소로 이동하는 중이었다. 하지만 무당파의 제자가 아닌 이상 무당산의 지리에 어두운 것이 당연했다.

차라리 무당파 혼자서 천라지망을 펼쳤다면 시간이 얼마 안 걸렸을 텐데 워낙 많은 문파의 제자들이 움직이다 보니 제대로 통제가 되지 않았다.

진무원과 능군휘에겐 그야말로 천운이 따르는 셈이었다. 진무원은 그 틈을 놓치지 않고 최대한 빠른 속도로 경공술을 펼쳤다.

등 뒤에 업힌 능군휘가 앙상하게 마른 손가락으로 남쪽을 가리켰다.

"이, 이곳에서 남쪽으로 방향을 틀거라. 무당파의 천라지망이 가장 늦게 완성되는 곳이다."

진무원은 군말 없이 그의 지시를 따랐다.

능군휘는 중원의 모든 정보를 한 손에 틀어쥐고 있다는 혹월의 주인이었다. 비록 삼 년이란 시간 동안 무간옥에 갇혀 있었지만, 그의 머릿속에는 수많은 정보가 들어 있었다.

그 후로도 능군휘는 몇 번이나 더 진무원의 방향을 틀게 했다. 그의 지시대로 움직이다 보니 어느새 무당산을 거의 빠져나올 수 있었다. 하지만 그는 더 이상 움직일 수가 없었다.

"우우우!"

한 줄기 사자후가 허공에 울려 퍼졌다.

진무원의 안색이 딱딱하게 굳었다. 그의 기혈이 순간적으로 들끓었을 정도로 강력한 사자후였다.

이 정도의 사자후를 터뜨릴 수 있는 자는 천하에 그리 많지 않았다. 능군휘가 속삭였다.

"적엽이다. 그가 오고 있다."

굳이 그가 알려주지 않아도 알 수 있었다.

적엽 진인, 무당파의 최고수이자 능군휘와 같은 아홉 하늘에 속해 있는 절대강자.

그는 자신의 존재감을 마음껏 표출하며 진무원과 능군휘를 향해 무서운 속도로 다가오고 있었다.

허공에 조그만 점이 보이는가 싶더니 곧 적엽 진인의 모습이 나타났다. 그가 도포 자락을 휘날리며 진무원의 앞을 막아섰다.

"네놈은 누구냐?"

적엽 진인이 숨을 고를 사이도 없이 노성을 토해냈다. 진무원을 노려보는 그의 눈동자가 뇌전이 치는 듯 강렬한 섬광을 토해냈다.

진무원은 그의 눈을 피하지 않았다. 어차피 피할 수 없는 상대였다. 무당산에서 그를 피해 달아날 곳은 어디에도 존재하지 않았다.

적엽 진인의 눈에 순간적으로 파문이 일었다. 진무원의 눈빛 때문이었다. 무당파의 최고무공인 태극심공(太極心功)을 완성한 그의 눈빛은 무당파의 장문인도 감히 마주하지 못할 정도였다. 그런데 진무원은 그런 그의 눈빛을 받으면서도 전혀 위축되지 않았다.

바다처럼 잔잔해 보이는 눈동자 안에 폭풍 같은 파괴력이 언뜻 엿보였다.

적엽 진인이 다시 물었다.

"네놈은 누구냐? 무명소졸은 아닐 터. 감히 무당파에서 죄인을 데리고 탈출하다니."

"능군휘 대협은 그곳에 있을 사람이 아니니까요."

"너?"

적엽 진인의 눈가가 파르르 떨렸다.

그때 진무원의 등에 가만히 업혀 있던 능군휘가 입을 열었다.

"오랜만이군, 적엽."

"……."

"그래도 처음엔 자주 찾아오더니 요즘에는 아예 발길을 끊었더군. 덕분에 무척이나 적적했다네."

능군휘의 음성은 무척이나 담담했다. 하지만 그 속에는 실로 지독한 원한이 담겨 있었다.

할 수만 있다면 자신의 손으로 적엽 진인을 쓰러뜨리고 싶었다. 하지만 지난 삼 년 동안 당한 금제에 그의 몸은 만신창이가 되어 있었다. 족히 몇 년은 요양을 해야만 겨우 나을 수 있을 정도로 그의 몸 상태는 최악이었다.

적엽 진인이 능군휘를 향해 말했다.

"그래도 옛 정리를 생각해서 목숨을 살려둔 것만으로도 다행으로 생각하게. 그러지 않았다면 자네는 진즉에 죽은 목숨이었네."

"그렇겠지. 그래서 고맙게 생각한다네."

"차라리 무간옥에 갇혀 있는 것이 좋았을 텐데. 결국은 내 손으로 자네를 죽이게 만드는군."

적엽 진인의 눈에 살기가 감돌면서 주위의 공기가 싸늘하게 식었다. 수백, 수천 자루의 송곳으로 피부를 후벼 파는 듯한 느낌에 능군휘가 진저리를 쳤다.

멀쩡했을 때의 그라면 아무런 문젯거리가 되지 않았겠지만, 지금의 그는 폐인보다 못한 상태였다. 적엽 진인의 살기를 감당할 수 있을 리 만무했다.

하지만 능군휘는 생각보다 숨을 쉬기 편하다는 느낌을 받았다. 고개를 들자 진무원이 앞에서 적엽 진인의 살기를 모두 받아내는 모습이 보였다.

문득 능군휘의 입가에 한 줄기 미소가 걸렸다.

'내 선택은 틀리지 않았구나.'

삼 년 전에도 진무원의 무력은 결코 녹록하지 않았다. 그때도 능군휘는 진무원에게 위협을 느꼈었으니까. 하지만 삼 년이 지난 지금은 진무원의 무위가 감히 가늠되지 않았다.

'아홉 하늘? 뭐가 하늘이란 말이냐? 남들보다 그저 조금 더 강한 힘을 가지고 영세군림하려는 자들이 어떻게 하늘로 불릴 수 있단 말이냐? 우리는 사라져야 할 구시대의 유물, 새로운 시대가 오는 것을 막는 거대한 장애물에 불과해.'

능군휘는 진무원이 자신을 비롯한 아홉 하늘, 아니, 모용율천의 시대를 끝내주길 바랐다.

능군휘가 진무원의 어깨를 가볍게 두들겼다. 단순하지만 많은 의미가 담긴 행동이었다. 능군휘의 뜻을 알아들었는지 진무원이 고개를 끄덕였다.

능군휘가 말했다.

"조심하거라. 비록 적엽의 성격은 편협하지만, 지닌 검공만큼은 가히 천하제일을 넘볼 만큼 대단하니까."

"알겠습니다."

진무원은 담담히 대답했다. 그런 진무원의 태도가 적엽 진인의 화를 돋웠다.

"군휘. 진심으로 그 아이가 나를 상대할 수 있으리라 생각하는 것은 아니겠지?"

"언제고 누군가 우리의 시대를 끝낸다면 나는 그 주인공이 이 녀석이라고 생각한다."

너무나 확고한 능군휘의 대답에 적엽 진인이 입을 다물고 진무원을 바라보았다.

아까부터 진무원이 거슬렸다. 그의 숨소리, 눈빛, 자세, 그 모든 것이 적엽 진인의 신경을 자극했다. 이런 느낌은 실로 오랜만이었다.

"네놈은 누구냐?"

"직접 알아내 보십시오."

"네놈이 죽고 싶어 환장했구나."

적엽 진인의 몸에서 살기가 폭발적으로 확장됐다.

진무원의 눈빛이 깊이 침잠됐다.

검으로 천하제일을 논하는 적엽 진인이었다. 진무원보다 먼저 검의 길을 걸은 선배였고, 구도자였다. 어쩌면 영원히 따라잡지 못할지도 모른다고 생각했었는데 드디어 이렇게 한자리에 서게 됐다.

상황은 비록 좋지 않았지만, 진무원은 더 이상 그 어떤 것도 생각하지 않기로 했다. 그는 오직 눈앞에 있는 적엽 진인에게 모든 신경을 집중했다.

스릉!

적엽 진인이 허리에 차고 있던 검을 뽑아 들었다.

손잡이에 양각된 선명한 두 글자 무도(無道). 적엽 진인이 무도를 들어 진무원을 겨눴다. 순간 진무원은 눈앞에 거대한 검이 서 있는 듯한 느낌을 받았다.

완벽한 검신일체(劍身一體)의 모습.

그의 눈빛, 몸짓, 숨 쉬는 것 하나까지도 검을 움직이기 위한 목적을 갖고 있었다. 일반적인 검객은 감히 상상도 할 수 없는 경지였다. 하지만 이마저도 그의 모든 것이 아니었다.

천하에서 가장 강할지도 모르는 검객을 상대로 진무원은 검을 뽑아 들었다. 무당파 제자에게서 빼앗은 평범한 청강검이었다. 적엽 진인이 들고 있는 무도와는 비교도 할 수 없을 만큼 초라했다.

그러나 진무원은 두렵다는 생각은 하지 않았다. 어떤 검이든 상관없었다. 일단 검을 쥐었다는 사실 하나만으로도 진무원은 전신이 충만해져 옴을 느꼈다.

적엽 진인의 눈빛이 더욱 서늘해졌다.

검을 쥔 모습, 걸음걸이만 보아도 상대의 경지를 알 수 있는 적엽진이었다. 그의 눈에 비친 진무원의 경지는 범상치 않았다. 비록 나이는 어렸지만 제대로 된 검의 길을 걷고 있었다.

그는 진무원을 경시하던 마음을 버렸다. 상대가 진짜 검객이라면 그에 걸맞은 마음가짐으로 싸워야 한다.

그가 진무원을 향해 가볍게 걸음을 내디뎠다. 순간 진무원의 눈동자가 흔들렸다.

지고한 경지에 이른 검객의 걸음걸이라고 보기에는 산만하다고 느껴질 만큼 경박해 보였다. 하지만 그 안에 수십, 수백 가지의 다른 가능성이 혼재하고 있었다.

삼재검법을 펼칠 수도 있고, 태극혜검을 펼칠 수도 있다. 그 어떤 검법이든 상대의 대응에 따라 펼칠 수 있는 가장 자연스러운 자세. 무당파의 입문 무공 중 하나인 칠성둔형(七星遁形)의 보법이었다.

걸음걸이 하나에 별의 일곱 가지 변화를 담는 입문 보법. 그리고 일곱 가지의 변화는 또다시 각자 일곱 개로 분화를 한다. 그렇게 종국에는 삼백마흔세 개의 전혀 다른 움직임을 보일 수 있다.

하지만 현실은 녹록하지 않았다. 한 번에 일곱 가지 변화를 담는 것만으로도 기력이 빠지고, 엄청난 정신력이 소모되는데 그 하나하나를 언제 다 익힌단 말인가?

하지만 칠성둔형의 기본이 되는 일곱 가지 걸음만 걸을 줄 알면 다른 보법들을 익히는 데 많은 도움이 된다. 그래서 대부분의 도사가 칠성둔형을 다른 보법을 익히는 징검다리 정도로만 생각했다.

무당파에는 태천구궁보(太天九宮步), 오행은무보(五行隱霧步)와 같은 절정의 보법이 존재한다. 적엽 진인도 그런 보법들을 익히지 않은 것은 아니었다.

하지만 만류귀종(萬流歸宗)이라고 할까? 결국은 모든 보법을 익힌 그가 제일 처음 익혔던 칠성둔형으로 돌아왔다. 그리고 궁극을 이뤘다.

적엽 진인 몸으로 발산하는 미묘한 몸의 언어가 그 사실을 증명해 주고 있었다.

진무원은 눈이 시려움을 느꼈다. 적엽 진인이 몸으로 발산하는 미묘한 검의 언어가 머리를 어지럽혔기 때문이다.

순간 진무원이 검을 휘둘렀다. 아무것도 없는 허공을 향해 휘두른 일검이었지만, 적엽 진인의 안색이 살짝 변했다.

'놈!'

자신의 변화를 허용치 않겠다는 진무원의 의지가 느껴졌다. 상대는 자신의 언어를 이해할 수 있을 정도로 수련을 한 검객이었다.

"대단한 후배가 나타났군. 그럼 어디 본격적으로 놀아볼까?"

말이 끝나는 순간 그의 몸이 흐릿해졌다. 칠성둔형보, 그 궁극의 보법이 펼쳐진 것이다.

순간 진무원의 전방위 감각이 발동됐다.

'왼쪽!'

생각이 채 정리도 되기 전에 적엽 진인의 몸이 왼쪽에서 나타났다.

무도가 시린 빛을 발산했다.

캉!

하지만 무도의 궤적은 진무원이 들고 있는 청강검에 막혔다. 막대한 충격이 손잡이를 타고 어깨까지 전해지며 진무원의 몸이 들썩였다.

적엽 진인의 몸이 곳곳에서 불쑥불쑥 나타났다. 모르는 사람이 봤다면 순간이동이라고 착각할 만큼 그의 보법은 가공했다. 하지만 그를 상대하는 진무원의 몸짓은 하나도 흐트러짐이 없었다.

진무원은 왼발을 몸을 지탱하는 축으로 삼았다. 왼발은 기둥처럼 박혀 한 발짝도 움직이지 않고, 오직 오른 발을 조금씩 움직여 적엽진이 출몰하는 방향을 경계했다.

카카캉!

적엽 진인과 진무원 사이에서 청명한 검명과 함께 불꽃이 연신 튀었다. 능군휘의 눈에도 제대로 보이지 않을 만큼 그들은 엄청난 속도로 공방을 벌이고 있었다.

찌르고, 후리고, 베고…….

그들은 검이 가지는 기본 묘리를 충실하게 펼쳐 냈다.

능군휘의 눈매가 파르르 떨렸다.

천하에서 가장 위대한 검객 두 사람이 격돌하고 있었다. 그들의 움직임은 명인의 반열에 오른 악공 두 사람이 합주하는 것처럼 합이 딱딱 들어맞았다. 모르는 사람이 봤다면 짜고 검무를 춘다고 착각할 정도였다.

그러나 능군휘는 두 사람의 대결이 상상을 초월할 정도로 흉험하다는 사실을 알고 있었다.

시대를 움직이는 거인과 새로운 시대를 염원하는 젊은 검객의 싸움은 무당산을 쩌렁쩌렁 울리고 있었다.

적엽 진인의 몸이 일렁이더니 어린 소동이 툭 튀어나왔다.

검을 들고 있는 소년은 바로 적엽 진인이 키운 양신이었다.

"간다."

적엽 진인과 양신이 진무원을 향해 쏘아져 왔다.

# 7장

## 하늘의 일각이 무너지다

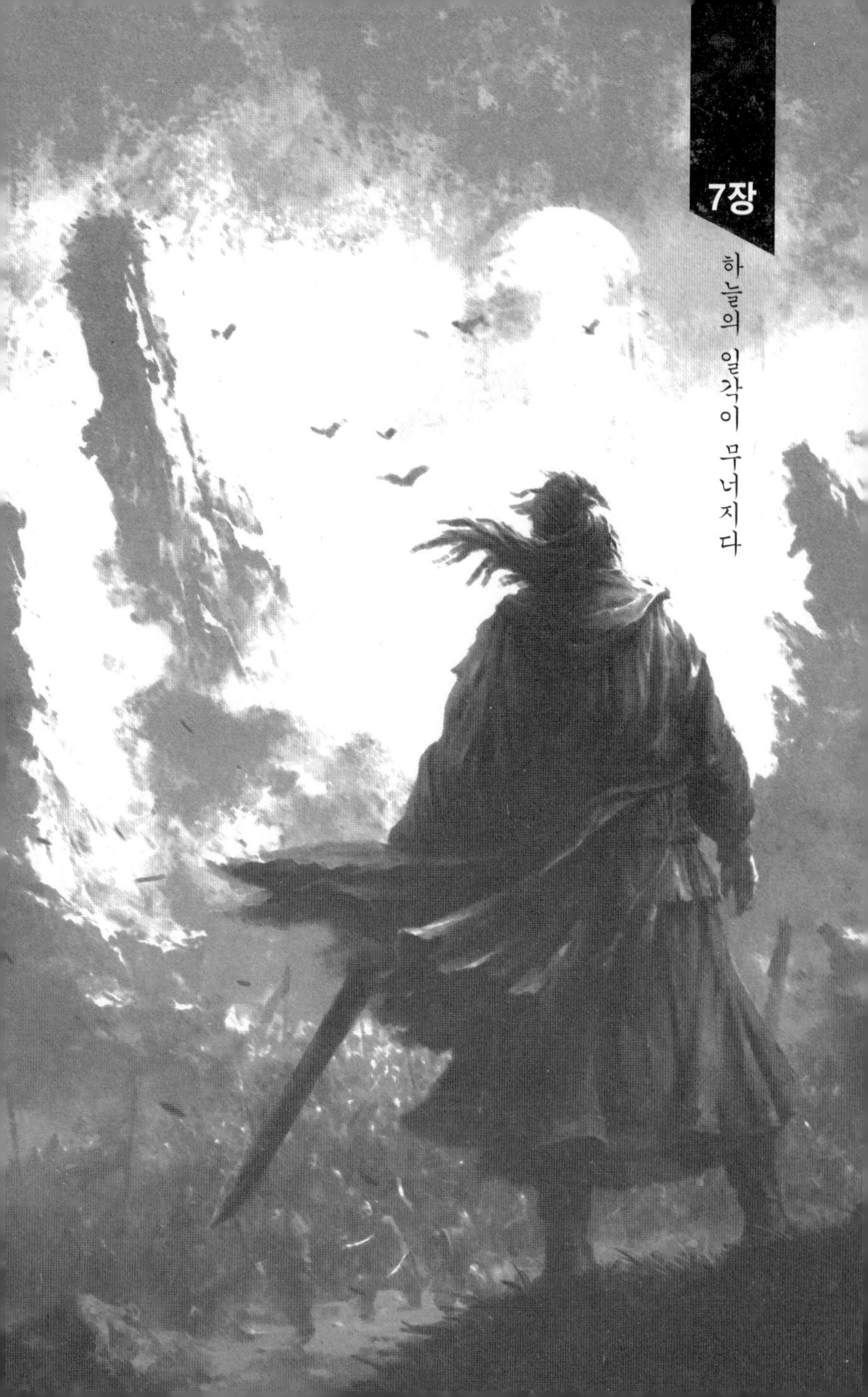

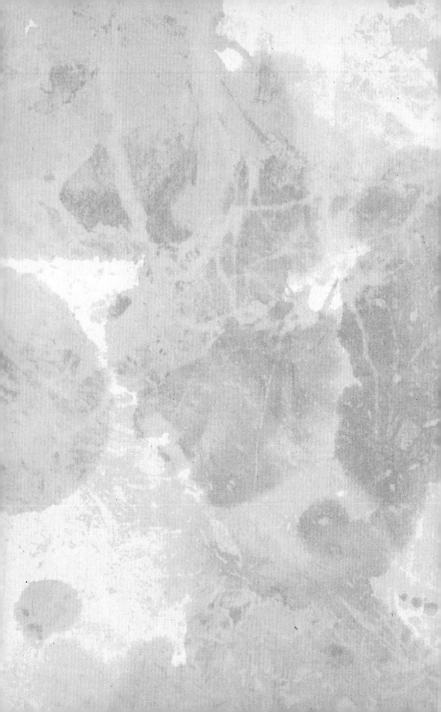

진무원이 정신없이 뒤로 물러섰다.

양신은 단순한 내공의 결집체가 아니었다. 적엽 진인의 정(精), 기(氣), 신(神)이 녹아 있는 또 하나의 생명체였다.

신선지경에 이른 자가 거추장스러운 육신을 벗어던지고 갈아타는 새로운 육체, 그것이 바로 양신이었다.

그런데 적엽 진인은 양신을 이용해 무당파의 비전 검공을 펼치고 있었다. 그의 의식은 두개로 나뉘어 본신과 양신을 동시에 지배하고 있었다.

적엽 진인과 같은 수준에 오른 고수가 한 명 더 합류해 합공을 하는 형국이었다. 자연 진무원의 손발이 바쁘게 움직일 수밖에 없었다.

적엽 진인의 검공에 군더더기는 존재하지 않았다. 불필요한 모든 것을 잘라내서 가장 간결한 검의 흐름을 완성했다.

적엽 진인의 검초는 인간의 감각으로 감지할 수 있는 한계를 넘어선 속도로 진무원을 공격했다. 눈으로 보고 반응하면 늦었다.

진무원도 굳이 눈으로 확인하려 하지 않았다. 그는 전방위 감각을 최대한 끌어 올렸다. 믿는 것은 그뿐이었다.

서걱!

근처에 있던 집채만 한 바위가 두 동강이 나서 바닥을 나뒹굴었다. 아름드리나무가 잘려 나가고, 육중한 암릉에 깊은 흠집이 생겼다.

두 사람의 대결은 여타 고수들의 싸움과 달랐다. 두 사람 모두 검기나 검강 따위는 사용하지 않았다. 그들이 집중하고 있는 것은 오로지 한 자루의 검뿐이었다.

이 척 칠 촌 길이를 가진 차가운 쇳덩이.

그 자체로는 아무런 의미도 가지지 못하지만, 진무원이나 적엽 진인과 같은 절대고수의 손에 들린다면 이야기가 달라졌다.

그들은 천하에서 가장 검에 대해 이해가 깊은 사람들이었다. 검이 가진 묘리와 운용의 묘를 최대한 발휘하고 있었다.

허공에 불꽃이 튀었다. 바닥에 깊은 족적이 패였다.

때로는 질주하고, 어떤 때는 급격히 속도를 줄이며 어우러지기를 반복했다.

그들의 전장은 무당산이었다.

무당산의 깊은 계곡과 높은 산봉우리가 두 사람의 싸움에 몸살을 앓았다.

"아아!"

청인의 방해 공작 탓에 뒤늦게 진무원을 추적하던 무당파의 제자들이 멀리서 그 광경을 보고 입만 떡 벌렸다.

추적은 엄두도 내지 못했다.

공기의 파장이 이곳까지 전해졌다. 그 소름 끼치는 예기와 살의는 그들이 감히 감당할 수 없는 것이었다.

가슴이 떨리고, 입술이 파랗게 질렸다.

"무량수불! 대체 누가 있어 사백조와 저렇듯 자웅을 겨룰 수 있단 말인가?"

무당파의 장문인인 해검 진인이 믿을 수 없다는 눈으로 저 멀리 무당산의 끝자락을 바라보았다.

지잉!

갑자기 그가 허리춤에 차고 있던 검이 검명을 터뜨렸다. 그것은 시작에 불과했다. 해검 진인 근처에 있던 무당파 무인들의 검들이 일제히 검명을 터뜨리기 시작한 것이다.

검들의 울음에 해검 진인과 무당파의 제자들이 귀를 막고 비틀거렸다.

'사백과 저자 때문이다. 그들의 싸움에 검들이 공명을 하고 있어. 그들은 이미 근처에 있는 검까지 지배하는 경지에 올랐어.'

사백인 적엽 진인이야 오래전부터 강호의 절대자로 군림해오던 인물이었다. 타고난 천재에 가공할 재능을 가졌다. 거기에 무당파의 전폭적인 지원과 본인의 피나는 노력이 수십 년이나 지속되었다. 그렇지 않았다면 아홉 하늘의 일인으로 불리지 않았을 것이다.

하지만 상대는 달랐다. 너무 멀어서 형체조차 구별이 되지 않았지만, 그래도 젊은 사람이라는 것 정도는 알 수 있었다. 젊은 사람의 뼈대는 나이 든 사람의 그것과 달랐다. 제아무리 무공을 수련하더라도 근본적인 차이까지 메울 수는 없는 것이다.

'대체 저자가 누구기에?'

그때 근처에 있던 사제가 물었다.

"장문인, 가서 도와드려야 하는 것 아닙니까?"

"도와준다? 사백을 말이냐?"

"그게……."

"사백은 이미 인간의 경지를 벗어나신 분. 그분은 누군가 자신의 싸움에 끼어드는 것을 좋아하지 않는다. 그것이 설령 무당파의 제자라 할지라도."

해검 진인의 사제가 입을 다물었다. 그도 적엽 진인의 성격이 얼마나 모진지 잘 알기 때문이다.

"사백이 반드시 저자를 제압할 것이다. 우리는 그때까지 이곳에서 대기한다."

"알…… 겠습니다."

지켜보는 이는 무당파의 제자들뿐만이 아니었다. 각 문파에서 무당파로 파견 나온 무인들도 경천동지할 싸움을 지켜보고 있었다.

"아아!"

그들은 멍하니 싸움을 바라봤다.


쩌엉!

진무원과 적엽 진인의 몸이 교차했다. 그들의 어깨와 소매에 옅은 혈흔이 내비쳤다. 두 사람의 몸 위로 아지랑이가 피어오르고 있었다. 그만큼 격렬하게 움직인 것이다.

잠시 적엽 진인이 멈춰 섰다. 그러자 어린아이 모양의 양신이 다시 그의 몸에 흡수되었다. 적엽 진인이 감탄했다는 표정으로 진무원을 바라보았다.

"허! 대단하구나. 어미 뱃속에서부터 검이라도 익힌 것이더냐?"

"그러는 진인께서도 정정하십니다."

진무원도 진심으로 감탄했다. 적엽 진인은 검의 하늘이라 불릴 만한 충분한 자격을 가지고 있었다.

문득 진무원이 들고 있는 청강검을 내려다보았다.

청강검은 이미 날이 상하고 검신 곳곳에 균열이 가서 한계에 달한 상태였다. 이 상태라면 겨우 상대의 일 초를 감당하는 것도 힘들 것이다.

반면 적엽 진인이 들고 있는 무도는 이 하나 나간 곳 없이 멀쩡했다. 그야말로 명검 중의 명검이었다.

지잉!

무도는 아직도 검명을 흘리고 있었다. 적엽 진인의 살기가 무도를 타고 흘러나오는 것이다.

문득 적엽 진인이 입을 열었다.

"이제야 네가 누군지 알 것 같구나."

"……."

"진무원. 맞느냐?"

겉모습을 바꾸고, 목소리를 변조해도 절대 변하지 않는 것이 있다. 바로 그 사람의 분위기와 기도였다.

적엽 진인은 오래전 진무원을 만난 적이 있었다. 진무원과 같은 독특한 분위기와 기운을 지닌 자라면 당연히 기억했어야 했다. 하지만 진무원이 죽었다는 거짓된 정보와 편견이 그의 눈을 가렸다.

하지만 싸우면서 확신했다. 상대가 진무원이라고.

아무리 생각해도 젊은 무인들 중 이 정도로 검을 익힌 자는 진무원밖에 없었다.

진무원이 고개를 끄덕였다.

"그렇습니다, 적엽 진인."

이미 상대가 알고 있는데 군이 거짓을 말할 필요도 없었고, 감출 이유도 없었다.

모든 것을 떠나 상대는 존경할 만한 검호였다. 그런 자와의 대결에 거짓을 개입시키고 싶지 않았다.

"허! 대단하구나. 기어코 살아남아 이 자리에 오다니. 너는 모용율천 이후 처음으로 노부를 감탄하게 만든 사람이다."

"적엽 진인의 청찬을 받고자 온 것이 아닙니다."

"그렇겠지. 그래도 노부는 감탄을 금할 수 없구나. 그 집념과 투혼이 부럽구나."

말과는 달리 적엽 진인의 눈빛은 점점 더 차가워졌다.

북천문의 망령이 끈질기게 살아 나와 그와 운중천을 괴롭히고 있었다. 적엽 진인은 힘들게 구축한 아성을 진무원에게 잃고 싶지 않았다.

"네가 결국 내 바닥이 드러나게 만드는구나."

"아직도 밑천이 남아 있었습니까?"

"겨우 이 정도가 끝이라면 오산이다. 나는 최선을 다해 너를 제거하겠다. 그것이 무당파와 운중천을 위하는 길일지니."

다시금 그의 몸에서 양신이 불쑥 튀어나오더니 적엽 진인이 들고 있는 무도에 깃들었다.

우웅!

양신이 깃든 무도가 검명을 토해냈다.

진무원은 침중한 눈으로 그 모습을 바라보았다. 순간 무도가 혼자서 허공을 날아올랐다.

쐐액!

무도가 섬전처럼 진무원을 향해 날아왔다.

"이기어검(以氣馭劍)?"

기로 검을 조종하는 경지. 그것도 뜻이 가는 곳에 검이 가는 심어검(心馭劍)이라는 전설의 경지였다.

무도에 깃든 양신이 그것을 가능케 했다.

적엽 진인의 마음이 향한 곳에 무도가 향했다. 그리고 적엽 진인의 마음은 진무원을 죽이라는 살의를 머금고 있었다.

진무원은 계류보를 펼쳐 뒤로 물러났다. 하지만 그보다 빨리 무도가 날아왔다.

진무원은 손바닥으로 무도의 검면의 처 냈다. 궤적이 바뀐 무도가 십여 그루의 나무를 수수깡처럼 베어버리고는 다시 진무원에게 날아왔다.

쳐 내도 소용이 없었다. 오히려 진무원의 손에서 피 분수가 치솟아 올랐다. 내공으로 보호하는데도 무도의 날카로운 날에 상처를 입는 것이다.

카카캉!

진무원이 춤사위를 췄다. 추고 싶어서 추는 게 아니다. 심어검을 피하다 보니 그렇게 춤사위 비슷하게 된 것이다.

"소용없다. 나는 너를 죽이기로 마음먹었다. 네가 아무리 날뛰고 발버둥 쳐도 죽음에서 벗어나지 못할 것이다."

적엽 진인 서늘한 목소리로 중얼거렸다.

심어검은 그도 말년에 터득한 심득이었다. 단순히 심어검에 그친 것만이 아니라 양신까지 합일시켰다. 그야말로 자신의 모든 것을 무도라는 쇠붙이에 담은 것이다.

진무원의 전신에 점점 상처가 많아졌다. 진무원의 전신은 피로 물들어 혈인을 방불케 했다.

진무원에겐 적엽 진인에게 대항할 어떤 방법도 없어 보였다. 급한 대로 나뭇가지를 들었지만 무도에 단숨에 잘려 나갔다.

진무원의 눈빛이 깊이 가라앉았다.

'어쩔 수 없나?'

그 어떤 무기로도 무도에 대항할 수는 없었다.

적엽 진인과 같은 희대의 고수를 상대로 무기를 들지 않고 싸우는 것은 자살행위란 것을 다시 한 번 실감했다.

순간 진무원이 제자리에 멈춰 섰다. 그러자 팽이처럼 진무원의 주위를 팽그르 돌던 무도가 심장을 노리고 날아왔다.

진무원이 무도를 향해 손을 뻗었다. 아무것도 들리지 않은 빈손이었다. 그런데도 마치 검을 들고 있는 것처럼 손가락을 동그랗게 말아 쥐었다.

마치 무형의 검을 들고 있는 듯한 모습에 적엽 진인이 코웃음을 쳤다.

"흥! 별 발악을 다 하는구나."

그는 무도에 남아 있는 공력을 모두 집중했다.

제아무리 무한대에 가까운 공력을 소유한 그였지만 심어검을 오래 펼칠 수는 없었다. 그는 이 한 수에 진무원과 승부를 낼 생각이었다.

휘류류!

무도가 허공에서 큰 궤적을 그리며 날아왔다. 무도 주위의 공기가 이지러졌다.

순간 진무원의 입이 열렸다.

"설화야."

그의 마음속 깊은 곳에는 검이 존재한다.

날도 없고, 손잡이도 없는 뭉툭한 형태의 검이. 아직은 쇠몽 둥이라는 말이 어울릴 정도로 투박하지만, 그것은 분명히 검이었다.

검은 대답이 없었다. 아니, 대답을 바라는 것이 어리석은 일이다. 어쩌면 혼자만의 상상일 수도 있었고, 간절히 바라는 마음이 만들어낸 환상일 수도 있었다.

그래도 진무원은 간절히 염원했다.

깨어나라고.

그의 오랜 친구 설화의 이름을 부르며.

무도가 무섭게 회전을 하며 그의 목 가까이 다가왔다. 머리카락이 일렁이고, 옷깃이 무섭게 펄럭였다.

피할 수 있는 마지막 기회였다. 하지만 진무원은 피하지 않았다.

"설화야!"

그의 목소리가 무당산을 쩌렁쩌렁 울렸다.

쩌어엉!

순간 무도가 그의 몸을 직격했다. 아니, 그렇게 보였다.

적엽 진인의 눈이 크게 떠졌다.

그의 가슴속 깊은 곳에서 무언가 뚝 끊어졌다.

"이건?"

사방으로 차가운 빛이 흩날리고 있었다. 꽃비처럼 내리는 은빛의 편린.

그의 애검 무도가 산산이 부서져 비산하고 있었다.

으아앙!

그 순간 한 줄기 아기 울음소리가 울려 퍼졌다.

무도에 깃들었던 양신이 깨져 나가는 소리였다. 양신의 연결이 끊기면서 적엽 진인이 검은 피를 울컥 토해냈다.

양신은 단순한 내공의 응집체가 아니었다. 양신의 소멸은 적엽 진인에게도 큰 타격을 입혔다.

그래도 적엽 진인은 쓰러지지 않았다. 아니, 쓰러질 수가 없었다. 그가 겨우 고개를 들어 진무원을 바라봤다.

진무원은 손을 뻗은 자세 그대로 서 있었다. 여전히 빈손이었다. 하지만 적엽 진인은 보았다. 그의 손에 들린 검은색 검을. 하지만 다음 순간 검은색 검은 환상처럼 사라져 갔다.

적엽 진인이 눈을 끔뻑거렸다.

"심…… 검(心劍)?"

그의 몸이 무너져 내렸다.

\*　　　\*　　　\*

전설이 무너지고 있었다.

양신의 소멸은 적엽 진인의 죽음을 불러왔다. 그토록 강대했던 무인이 바닥에 널브러져 있는 모습이 비현실적으로 보였다. 너무나 이질적인 풍경에 바람조차 숨을 죽인 듯했다.

능군휘는 그 광경을 두 눈으로 직접 지켜보고 있었다. 가슴이 아려왔다. 적엽 진인은 자신의 또 다른 모습이기도 했다.

자신과 같은 시대를 살아온 인물이었다. 서로의 입장에 따라 때로는 친구로 지내기도 했고, 때로는 적으로 대립하기도 했다. 그렇게 수십 년을 지내왔다.

비록 그에게 패해 삼 년이란 시간을 감금당하기도 했지만, 원망하는 마음은 들지 않았다. 적엽 진인이 어떤 행동을 하더라도 이해할 수 있었다. 물론 용납하는 것은 별개의 문제였지만 말이다.

"잘 가게, 친구여."

그는 먼 길을 떠나는 친구에게 인사를 했다.

자신의 시대가, 아홉 하늘의 시대가 저물어 간다. 적엽 진인의 죽음은 그 시작을 알리는 경종이었다.

능군휘의 시선이 진무원을 향했다.

진무원의 입가에 옅은 혈흔이 내비쳤다. 선홍색이 아닌 시커멓게 죽은 피였다. 적잖은 내상을 입었다는 증거였다.

'정말 심검을 펼친 건가?'

심검, 전설처럼 내려오는 경지다.

검을 잡은 검객이라면 누구나 심검의 경지에 오르길 꿈꾼다. 하지만 검강이나 이기어검처럼 눈으로 확실히 보여주는 것이 없기에 정말 그런 경지가 있는지 누구도 확신하지 못했다. 단지 짐작만으로 그런 경지가 있을 거라고 추측할 뿐이었다.

능군휘도 진무원이 진짜 심검을 펼친 것인지 확신할 수 없었다. 단지 적엽 진인이 그렇게 이야기하고, 심어검을 이겼기에 추측해 볼 뿐이다.

그때 진무원이 입가의 혈흔을 소매로 닦으며 능군휘에게 다가왔다.

"자네, 괜찮은가?"

"괜찮습니다."

말은 그렇게 했지만 진무원의 안색은 핼쑥하게 질려 있었다. 마음 같아서는 이곳에 눕고 싶었지만, 그럴 수가 없었다. 잠시 후면 무당파의 제자들이 달려올 것이다. 그 전에 이 자리를 피해야 했다.

진무원은 능군휘를 들쳐 업고 경공술을 펼쳤다.

능군휘의 몸이 덜컥거렸다. 빠른 속도로 무당산이 멀어져 갔다. 그래도 능군휘는 무당산에서 시선을 떼지 못했다.

적엽 진인의 죽음으로 무당파는 힘을 잃을 것이다. 구대문파라는 지휘는 유지하겠지만, 예전의 성세를 유지할 수는 없었다.

많은 것이 변할 것이다. 무당파도 변해야 한다. 변해서 스스로 살길을 찾아야 할 것이다.

고난의 날들이 무당파를 기다릴 것이다. 능군휘는 무당파가 역경을 무사히 헤쳐 나가길 빌었다.


곽문정이 구한 안가는 호북성 외곽에 있는 조그만 농가였다. 전쟁으로 인해 논과 밭은 폐허가 되었지만, 그래도 농가의 외향은 멀쩡한 편이었다.

농가는 비상시 언제든 호북성을 빠져나올 수 있는 요지에 위치해 있었다. 진퇴가 확실하고, 사람들의 시야에서 자유로운 공간이었다.

"용케 이런 곳을 구했구나."

"헤헤!"

진무원은 곽문정을 칭찬했다. 그 짧은 시간 이런 안정적인 농가를 구한 감각은 정말로 칭찬해 줄 만했다.

진무원은 일단 방 안에 능군휘를 뉘였다. 능군휘의 몸은 그야말로 만신창이나 다름없었다. 일단 휴식을 취하면서 체력을 회복해야 치료를 시도해 볼 수 있었다.

능군휘는 단잠을 잤다. 너무 깊게 자서 숨을 쉬는지 의심이 갈 정도였다. 하지만 호흡이 안정적이었기에 어느 정도 안심할 수 있었다.

청인이 안가로 들어온 것은 거의 반나절이 지난 후였다. 청인도 적잖은 고초를 겪은 듯 여기저기 상처를 입은 모습이었다. 하지만 그는 상처의 고통 따윈 느끼지 못하는 듯했다.

"월주는?"

안가로 들어오자마자 제일 처음 꺼낸 말이었다.

"괜찮을 겁니다."

"아!"

진무원의 대답을 듣자마자 청인이 제자리에 탁 주저앉았다.

그만큼 긴장하고 있었던 것이다.

두 사람은 능군휘가 잠든 방 안으로 들어왔다. 직접 능군휘의 상태를 확인하고 나서야 청인이 안도의 한숨을 내쉬었다.

"휴우!"

"그나마 다행입니다. 치료 잘하고 삼 년 정도만 정양하면 원래의 무공을 회복하실 수 있을 겁니다."

"고마워. 이렇게 무사히 구해줘서."

"아닙니다."

"솔직히 무리한 부탁이었다는 것 알아. 그래서 더 고마워."

청인이 의자에 앉아 능군휘를 바라봤다. 그런 그의 얼굴엔 만감이 교차하고 있었다. 진무원은 청인의 곁에 서서 묵묵히 능군휘를 바라보았다.

문득 청인이 입을 열었다.

"솔직히 말하면 나는 월주에 대해 알지 못했어. 이 양반이 월주라는 사실을 안 것도 최근의 일이야."

"정말입니까?"

"그래! 지부장 중에서도 극소수만이 이 양반이 월주라는 사실을 알고 있었을 뿐이야."

그제야 진무원은 흑월이 지난 삼 년 동안 활동을 멈춘 이유를 알 수 있었다.

수장을 잃은 조직은 위축될 수밖에 없었다. 그동안 흑월은 활동을 멈추고 능군휘를 찾기 위해 백방으로 움직였다. 그렇게 숱한 시간과 노력을 들여 능군휘가 갇힌 곳을 찾아낼 수 있었다. 하지만 돌아온 것은 절망뿐이었다.

능군휘가 갇힌 곳은 구대문파 중 하나인 무당파였다. 단순히 무당파라면 문제가 될 게 없었지만, 그곳엔 적엽 진인이 있었다. 그 때문에 이제껏 노심초사 애만 태우고 있었던 것이다.

청인은 능군휘의 모습을 자세히 살폈다. 자신을 흑월의 비월로 키운 인물이었다. 그러면서도 막상 얼굴을 제대로 보여준 적은 한 번도 없었다. 그래서 궁금했고, 두려웠었다. 하지만 지금은 웃음이 나왔다.

이제껏 진무원에게 단 한 번도 보여준 적이 없는 그런 환한 웃음이었다. 진무원은 그 모습을 묵묵히 바라보았다.

"이제 후련해졌어."

"뭐가 말입니까?"

"흑월."

"……."

"항상 빚지고 있었다고 생각했거든. 그래서 문주를 완전히 따를 수가 없었어."

진무원을 돕기 위해 은류를 만들면서도 청인은 항상 흑월에 신경을 쓸 수밖에 없었다. 몸은 이쪽에 있는데 마음의 반은 저쪽에 있는 것과 마찬가지였다.

"이제 빚은 다 갚았으니 나도 온전히 은류에만 신경 쓸 수 있을 것 같아. 고마워. 무리한 부탁을 들어줘서."

"아닙니다."

그때였다. 갑자기 밖이 소란스러워지며 곽문정의 목소리가 들렸다.

"형, 손님이 찾아왔어요."

"손님?"

"흑월에서 왔다고."

"내가 알렸어.

청인의 말에 진무원이 고개를 끄덕였다.

"안으로 모셔."

"예!"

그의 말이 끝나기 무섭게 아름다운 세 사람이 방 안으로 들어왔다. 이남 일녀, 그중 한 명은 진무원도 아는 사람이었다.

'매월령.'

흑월의 사천 지부장이었던 매월령이었다.

그녀가 진무원에게 눈인사를 한 후 다급히 능군휘에게 다가갔다.

"월주님."

"크흑! 월주님."

두 남자가 눈물부터 흘렸다.

그들은 모두 능군휘의 심복이자 흑월의 부월주들이었다. 능군휘는 두 명의 부월주로 하여금 흑월의 내외의 일을 분리시켜 맡겼다.

그들은 만신창이가 된 능군휘의 몸을 부여잡고 뜨거운 눈물만 흘렸다. 매월령도 한쪽에서 조용히 눈물을 흘렸다.

지난 삼 년은 그들에게도 인고의 세월이었다. 능군휘의 안위를 걱정해 함부로 움직일 수도 없었다. 무당파에 갇힌 것을 알면서도 적엽 진인 때문에 구출 작전을 할 수도 없어 참담하기만 했던 세월이었다.

사람들의 감정은 쉽게 진정이 되지 않았다. 진무원도 그들을 굳이 진정시킬 생각이 없었다.

얼마나 시간이 흘렀을까?

"누가 죽었느냐? 왜 이리 시끄러워. 잠도 못 자게."

나직하지만 힘있는 목소리가 실내에 울려 퍼졌다. 능군휘의 목소리였다. 그가 어느새 눈을 뜨고 있었다.

"월주님."

"괜찮으십니까, 월주님?"

부월주들이 능군휘의 손을 움켜잡았다.

"네놈들이 보기엔 괜찮은 것 같으냐? 아주 엉망이야. 그래도 오랜만에 편히 누워 있으니 살 만한 것 같기는 하구나."

"저희가 불민하여 월주님을 고생케 했습니다. 이 죄는 차후 달게 받겠습니다."

"됐다. 그게 어찌 너희의 죄겠느냐? 나 좀 일으켜 다오."

부월주들이 급히 능군휘의 양쪽 어깨를 안아 일으켜 세웠다.

폐인이 되었어도 능군휘의 눈빛은 여전히 형형했다. 그는 부월주들과 매월령, 청인을 번갈아 바라보았다. 흑월을 이끌어가는 핵심 무인들이 모조리 이 자리에 모여 있었다.

"나 없는 동안 흑월을 이끌어가느라 너희가 고생이 많았다."

"아닙니다, 월주님."

"미안하구나. 이런 못난 꼴을 보여서."

"저희가 더 죄송합니다. 일찍 구해 드렸어야 했는데."

부월주와 매월령이 급히 고개를 숙였다.

"보다시피 내 상처가 가볍지 않구나. 이 상태로는 월주의 직을 수행할 수 없을 듯하다."

"월주님."

"그래서 내 중대한 결심을 하였다."

"새겨듣겠습니다. 말씀만 하십시오."

"내 요양하는 동안 임시로 월주직을 맡아줄 사람이 필요하다."

무언가 이상함을 느낀 세 사람이 급히 고개를 들어 능군휘를 바라봤다.

"그 사람은 무공이 매우 강해야 한다. 다른 아홉 하늘에게서 흑월을 지켜야 할 만큼. 그리고 사심이 없어야 한다. 그리고 나는 그런 사람을 딱 한 명 알고 있다."

"설마?"

"그래! 나는 그…… 북천문의 문주께 잠시 동안 흑월을 맡아 달라고 할 생각이다."

"그럴 수가."

부월주들이 눈을 부릅떴다. 하지만 매월령은 이미 예상했다는 듯이 전혀 동요하지 않았다. 어쩌면 이곳에 불려 올 때부터 그녀는 이런 상황을 직감했는지도 몰랐다.

그녀가 진무원에게 깊이 허리를 숙였다.

"흑월의 매월령이 임시 월주께 인사드려요. 앞으로 잘 부탁드리겠습니다."

"허!"

일말의 망설임도 없는 그녀의 태도에 부월주들이 잠시 당황했다. 하지만 이내 그들은 이성을 되찾았다.

'확실히 현재 천하에서 북천문주보다 흑월의 주인에 더 적합한 이는 존재하지 않는다.'

'그라면 월주님을 대신해 흑월을 훌륭하게 이끌어갈 수 있을 것이다.'

더구나 정식 월주도 아니고, 임시였다. 언젠가 능군휘가 완치되면 다시 월주직을 맡는다는 뜻이었다. 이 정도라면 진무원에게 임시 월주를 못 맡길 이유도 없었다.

그 순간 진무원은 능군휘를 보고 있었다. 능군휘도 진무원을 보고 있었다.

능군휘가 눈으로 말했다.


―내 선물이다. 너라면 흑월을 옳은 일에 쓸 수 있을 것이다.

―왜입니까?

―너밖에 없기 때문이다. 흑월은 쓰는 자에 따라 천하의 재앙이 될 수도 있다. 너라면 그런 흑월을 제대로 활용할 수 있을 거라 믿어 의심치 않는다.

진무원은 잠시 눈을 감았다.

정보의 중요성을 인식하고 은류를 만들었다. 하지만 흑월에 비하면 많이 부족한 것도 사실이었다.

하진월은 늘 정보의 중요성을 강조했다. 정보를 선점하는 자야말로 미래를 지배할 수 있다며.

진무원은 지배자의 운명을 원치 않았다. 하지만 현 상황을 타개하기 위해서는 정보의 선점이 중요했다.

잠시 생각을 정리한 진무원이 눈을 떴다.

"알겠습니다. 당분간 제가 흑월을 맡겠습니다."

"고맙네!"

진무원의 허락에 능군휘가 환히 웃었다. 하지만 그것도 잠시 이내 그가 격렬하게 기침을 했다.

"월주님."

능군휘의 기침은 쉽게 멈추지 않았다. 안색도 갈수록 창백해져 갔다. 모두가 발을 동동 구르고 있을 때 진무원이 능군휘의 명문혈로 내공을 주입했다.

진무원의 그림자 내력은 능군휘의 속을 부드럽게 어루만졌다. 그제야 능군휘의 혈색이 조금씩 제 색깔을 찾았다.

그제야 진무원이 능군휘에게서 손을 떼며 말했다.

"한시라도 빨리 능 대협을 치료해야 합니다."

"하나 일반적인 의원으로는 절대 월주님의 상처를 치료할 수 없어요."

매월령과 부월주들의 표정이 심각하게 변했다. 그들도 능군위의 상처가 심상치 않음을 느끼고 있는 것이다.

"능 대협을 사천성으로 모시고 가십시오. 그곳엔 천하제일의 의원이 있습니다. 그분이라면 능 대협을 분명 치료하실 수 있을 겁니다."

"사천성? 아! 당 대협."

매월령이 자신도 모르게 감탄사를 터뜨렸다.

이미 청인으로부터 북천문에 대해 전해들은 매월령이었다. 만 가지 독에 능한 당기문이라면 분명 방법을 찾을 수 있을 거라는 확신이 들었다.

다른 부월주들도 마찬가지였다.

"내가 월주님을 모시고 북천문으로 가겠습니다."

"제가 서신을 써 드릴 테니 당 대협께 보여주십시오. 그러면 분명 혼신의 힘을 다해 치료해 줄 겁니다."

"알겠습니다."

대답을 한 부월주가 급히 능군휘를 호송할 준비를 했다.

어수선한 분위기 속에서 진무원이 흑월의 수뇌부를 바라보았다.

"신임 월주로 첫 번째 명령을 내리겠습니다."

모두의 시선이 그에게 모아졌다.

\*　　　\*　　　\*

적엽 진인의 죽음은 천하에 큰 파문을 일으켰다.

영원하리라 생각됐던 아홉 하늘의 일각이 붕괴되었고, 그 충격은 천하를 뒤흔들었다.

제일 먼저 무당파가 큰 타격을 입었다. 무당파는 적엽 진인의 복수를 천명했다. 하지만 역설적이게도 그들은 적엽 진인을 죽인 자의 정체를 전혀 몰랐다.

이름도, 얼굴도, 나이도. 아는 것은 단 한 가지, 그의 무공이 적엽 진인을 죽일 만큼 가공하다는 것뿐.

하늘을 죽인 자, 그에게 살천랑(殺天郎)이라는 별호가 붙었다.

그의 등장은 북검과 창천무제의 등장보다 더 충격적이었다. 사람들은 살천랑의 정체에 대해 궁금해했다.

어떤 이들은 살천랑이 밀야에서 보낸 암살자라고 했고, 또 어떤 이들은 강호에 새로이 등장한 살성(殺星)이라고 했다.

적엽 진인의 죽음에 이제껏 숨을 죽이고 있던 아홉 하늘이 움직이기 시작했다는 소문이 들렸다. 그만큼 적엽 진인의 죽음은 충격적이었고, 기존의 질서를 송두리째 뒤흔드는 심각한 위협이었다.

운중천뿐 아니라 강호의 모든 정보 조직이 살천랑의 정보를 파악하기 위해 나섰다. 하지만 그 어떤 조직도 살천랑의 정체를 파악하지 못했다. 흑월이 나서서 정보를 통제했기 때문이다. 하지만 흑월이 개입한 사실은 전혀 알려지지 않았다.

운중천에서는 살천랑을 강호 공적으로 선포했고, 누구라도 살천랑을 도와주는 자가 있으면 삼족을 멸할 것이라 했다. 무당파에서 살천랑의 목에 만금의 상금을 걸었다.

그렇게 천하는 혼돈의 소용돌이에 빠져들었고, 혼란은 극에 달했다. 특히 부현의 혼란은 극에 달했다. 부현이야말로 천하 난세의 중심이었다.

부현의 중심에 서문혜령이 서 있었다.

서문혜령의 표정은 그 어느 때보다 무겁게 가라앉아 있었다.

"살천랑? 단천운에 이어 살천랑?"

그녀의 앞에는 무당에서 날아온 서신이 놓여 있었다. 서신 안에는 실로 믿을 수 없는 내용이 적혀 있었다.

단천운까지는 이해할 수 있었다. 비록 그의 능력이 뛰어나다 하지만 그래도 그녀가 이해할 수 있는 범주 안에 속해 있었다. 하지만 무당산에 나타난 살천랑이라는 자는 그녀의 예상을 아득히 뛰어넘고 있었다.

"적엽 진인은 아홉 하늘 중에서도 상위에 속한 절대 강자. 그런 강자를 정당한 대결로 쓰러뜨렸단 말인가?"

살천랑의 정체는 서신을 보내온 서문세가의 간자도 알지 못했다. 지금 서문세가의 모든 정보망이 살천랑의 정체를 파악하기 위해 움직이고 있었다.

그만큼 살천랑의 등장은 충격적이었고, 서문혜령의 계획을 전면 수정하지 않을 수 없게 만들었다.

"살천랑, 하늘을 죽인 자. 어쩌면 그가 수천의 앞날에 가장 큰 걸림돌이 될지도 모른다."

그동안 담수천은 착실히 기반을 만들어왔다. 결코 서두르지 않고 차분하게 말이다. 그 덕에 이제는 아홉 하늘에 비해 전혀 뒤떨어지지 않는 기반을 구축했다 할 수 있었다. 하지만 살천랑의 등장은 그런 담수천의 기반을 송두리째 흔들 정도로 충격적이었다.

"일단 살천랑의 정체를 파악해야 한다. 그가 적이라면……."

서문혜령의 눈에 소름 끼치도록 차가운 빛이 떠올랐다. 살천랑 하나 때문에 그간 공들여 쌓은 탑을 무너지게 할 수는 없었다.

한참을 생각하던 그녀가 급히 서신을 작성하기 시작했다. 그녀는 돌돌 만 서신을 미리 준비한 전서구의 다리에 매달아 날려 보냈다. 그러고도 직성이 풀리지 않았는지 밖을 향해 말했다.

"밖에 누가 있나요?"

"아가씨."

그녀의 말이 끝나자마자 채화영이 문을 열고 들어왔다.

"지금 부현과 섬서성에 와 있는 본가의 모든 인물을 소집해 줘요."

"모두 말인가요?"

"그래요. 한 명도 빠짐없이."

"알겠습니다, 아가씨."

채화영은 두말하지 않고 고개를 숙였다. 하지만 속으로는 무척이나 놀라고 있었다.

이곳 부현과 섬서성에 파견 나와 있는 서문세가의 인물들을 모두 소집한다는 것은 상황이 그만큼 급박하다는 증거였다. 자신은 알지 못하는 무언가를 서문혜령은 감지한 것이 분명했다.

서문혜령이 창밖을 보며 중얼거렸다.

"수천, 이곳엔 당신이 필요해요."


석천(石泉)은 산서성 남쪽에 있는 조그만 현이었다. 석천은 수려한 풍경으로 무척이나 유명해서 평소 시인묵객이 많이 찾았다. 하지만 지금의 석천은 무척이나 쓸쓸했다.

전쟁의 여파 때문이었다. 밀야와 운중천의 치열한 전쟁이 벌어지는 부현이 얼마 멀지 않은 곳에 있었다. 사람들은 이곳까지 전장이 확대되는 것이 아닌지 걱정하며 두려움에 떨었다.

석천 북쪽에는 꽤 큰 호수가 있었다. 평소라면 배를 띄우는 사람이 많았지만, 오늘 호수에 떠 있는 것은 조그만 낚싯배 한 척에 불과했다.

낚싯배 위에는 늙은 사공이 쭈그리고 앉은 채 낚싯대를 호수에 드리우고 있었다. 세월의 풍파를 이기지 못한 듯 사공의 얼굴에는 깊은 주름살이 가득했다.

바람 한 점 불지 않아서인지 수면은 고요했다. 호수는 묘한 정적에 휩싸여 있었고, 늙은 사공은 고개를 푹 숙인 채 꾸벅꾸벅 졸고 있었다.

그때 갑자기 한 줄기 바람이 불어와 늙은 사공의 머리를 살짝 어루만졌다. 순간 늙은 사공이 눈을 번쩍 떴다.

하얀 눈썹 아래 감춰져 있던 눈에서 순간적으로 섬광이 폭사되어 나왔다. 평범한 사공이라곤 볼 수 없는 그런 강렬한 눈빛이었다. 하지만 언제 그랬냐는 듯이 늙은 사공의 눈빛은 다시 원래의 평범함을 되찾았다.

낚싯배가 흔들렸다. 잔잔하던 수면에 파문이 일고 있었다. 사공의 시선이 파문의 근원을 더듬어 올라갔다. 순간 그의 하얀 눈썹이 미미하게 떨렸다.

조그만 낚싯배 한 척이 다가오고 있었다. 낚싯배의 선수에는 젊은 청년이 뒷짐을 쥐고 서 있을 뿐 노를 젓는 사람 한 명 보이지 않았다. 그런데도 배는 누군가 노를 젓는 것처럼 사공이 탄 배를 향해 빠른 속도로 다가오고 있었다.

"흠!"

늙은 사공의 입술을 비집고 감탄인지 탄식인지 구별하기 힘든 신음성이 흘러나왔다.

지금 청년은 본신의 내력만으로 배를 움직이고 있었다. 내공이 융통무애의 경지에 이르지 않으면 결코 펼칠 수 없는 묘기였다.

늙은 사공이 안력을 끌어 올렸다. 그러자 선수에 선 청년의 얼굴이 확대되어 보였다. 순간 늙은 사공의 입술이 뒤틀렸다.

늙은 사공은 한눈에 청년의 정체를 알아차렸다.

세상에 많은 젊은 무인이 있었지만 청년만큼 그의 기억에 각인된 존재는 그리 많지 않았다. 그만큼 청년은 강호에서 독보적인 위상과 무력을 소유하고 있었다.

"담수천."

그의 이름은 담수천이었다.

강호의 신성이라는 단순한 단어로는 표현할 수 없는 남자가 바로 담수천이었다.

창천무제(蒼天武帝), 젊은 무인들 중 유일하게 절대자의 칭호를 받은 무인이었다. 그만큼 그의 행보는 파격적이었고, 압도적이었다.

늙은 사공이 노구를 일으켜 세웠다. 그러자 그의 분위기가 일변했다. 추레하던 모습은 온데간데없이 사라지고 절대자의 기세가 서서히 흘러나오기 시작한 것이다.

그사이 담수천이 탄 배가 바로 사공이 탄 배 앞에까지 다가왔다. 그제야 담수천이 늙은 사공에게 정중히 포권을 취했다.

"후배 담수천이 창룡검제를 뵙습니다."

창룡검제(蒼龍劍帝) 비사원이 늙은 사공의 정체였다.

아홉 하늘 중 일인이자 검으로는 적엽 진인과 쌍벽을 이룬다는 절대검호였다. 그는 은둔지향형의 성격을 가지고 있어 그간 강호의 행사에 거의 모습을 드러내지 않았었다. 그 때문에 그의 본모습을 알고 있는 자는 그리 많지 않았다.

비사원이 입을 열었다.

"수천, 네가 이곳엔 어인 일이더냐?"

"검제를 뵈러 왔습니다."

"나를?"

비사원의 주름진 미간에 더욱 깊은 골이 파였다.

그가 이곳에 있다는 사실은 극비 중의 극비였다. 담수천이 아무리 시대를 아우르는 기린아라고 하지만 그의 거처를 찾아올 만한 이유가 없었다.

"밀야와의 전쟁에 앞장서야 할 네가 나를 찾아오다니. 잘못 찾아온 것이 아니더냐?"

"잘못 온 것이 아닙니다. 저는 분명 검제를 뵈러 왔습니다."

"흠!"

비사원의 눈매가 가늘어졌다. 담수천의 말에서 왠지 모를 비릿한 기분이 느껴졌기 때문이다.

"말해보거라. 무슨 이유로 나를 찾아왔느냐?"

"검제께 한 수 가르침을 청하고자 합니다."

"나에게? 지금 이 시국에 말이냐? 밀야와 전쟁이 한참인 이 시기에."

"그렇습니다."

"네가 정신이 나간 모양이구나."

비사원의 하얀 눈썹이 하늘로 치켜 올라갔다. 그의 눈빛엔 은은한 노기가 담겨 있었다.

"우리가 너를 밀어준 것은 밀야와의 전쟁에 최선봉에 서길 바라서였다. 그런 네가 감히 이 시기에 나에게 도전을 하겠다고 나서다니. 그렇게 공과 사를 구별하지 못해서야 어찌 큰 인물이 되겠느냐?"

"딱 그 정도까지겠지요."

"뭐가 말이냐?"

"당신들이 바라는 나의 크기가."

"놈!"

"당신들이 정한 규격에 나를 가둬두고 싶겠지요. 그 이상 크면 자신들의 아성에 위협이 될 테니까."

"보자 하니 못 하는 말이 없구나. 감히 나를 상대로 그런 망발이라니."

후웅!

비사원의 노기가 폭발하자 호수에 바람이 일었다. 파도가 출렁이고 그들이 타고 있는 배가 금방이라도 뒤집힐 듯 위태하게 흔들렸다. 하지만 담수천의 표정에는 일말의 변화도 없었다.

그의 입가에 옅은 미소가 떠올랐다. 그것은 분명 조소였다.

'뭐가 아홉 하늘이란 말이냐? 인간이 어찌 하늘이라 불린단 말이냐?'

밀야와의 전쟁이 벌써 삼 년이나 이어지고 있었지만, 아홉 하늘이라 불리는 자들 중 전쟁에 참여한 자는 단 한 명도 없었다. 그들은 싸우는 자가 아니었다. 그저 지시를 내리는 방관자에 불과했다.

담수천은 이제껏 참았다. 힘이 없었기에 무조건 고개를 숙일 수밖에 없었다. 이젠 상황이 변했다.

'살천랑, 그자의 등장이 변수를 만들었다.'

자신보다 먼저 아홉 하늘 중 하나를 무너뜨린 자가 등장했다. 이대로 두면 그의 명성이 자신을 능가할 것이 분명했다.

그렇게 된다면 강호의 군림자로 오롯이 서겠다는 자신의 꿈은 물거품이 될 확률이 높았다. 그렇게 놔둘 수는 없었다.

살천랑이 적엽 진인을 쓰러뜨렸다면, 자신은 비사원을 쓰러뜨리면 된다. 아직 시기가 이르긴 했지만 어쩔 수가 없었다.

'나에겐 더욱 거대한 명성이 필요하다. 아홉 하늘에 버금가는 것이 아닌 능가할 명성이.'

담수천이 서서히 내력을 끌어 올리며 말했다.

"후배 담수천이 창룡검제께 가르침을 청합니다."

"정녕 네놈이 죽고 싶어서 환장했구나. 감히 내 말을 무시하다니. 전쟁이 우선이라고 하지 않았더냐?"

"저에겐 지금 이 순간이 무엇보다 중요합니다."

"그래도……."

"무인과 무인의 대결입니다. 그 외 다른 이유가 무엇이 필요합니까?"

"으음!"

비사원의 눈빛이 사납게 변했다. 더 이상 대결을 회피할 명분을 찾을 수 없었기 때문이다.

무인 대 무인의 대결. 그런 싸움을 벌인 지 벌써 삼십 년이 넘었다. 아홉 하늘의 일좌를 차지하면서 더 이상 그에게 도전해 오는 사람도 없었고, 그가 직접 나설 일도 없었다.

그는 명령을 내리는 일에 익숙해졌고, 자신을 대신해 싸울 자를 지명하기만 하면 됐다. 그런 자들은 널리고 널렸다. 담수천도 그런 자들 중 한 명이었다.

젊은 무인들 중 가장 두각을 나타내는 자. 무한한 잠재력을 가진 초상승의 기재.

그것이 담수천에 대한 아홉 하늘의 평가였다.

잘만 이용하면 훌륭한 도구가 될 것 같았다. 그래서 그에게 상당한 권한을 줘서 밀야와의 전쟁에 앞세웠다. 그런데 밀야를 향해야 할 도구가 오히려 자신을 향해 독아를 내밀었다.

비사원의 분노가 하늘을 찔렀다.

"감히! 감히!"

바람이 불고 호수 표면이 미친 듯이 요동쳤다. 호수에 폭풍이 몰아치고 있었다. 그 중심에 비사원이 있었다.

그가 호수에 드리웠던 낚싯대를 거둬들였다. 손잡이를 비틀자 낚싯대 몸통에 숨어 있던 검이 모습을 드러냈다.

도룡신검(屠龍神劍).

창룡검제 비사원의 애검이었다.

시리도록 차가운 검광이 담수천의 눈을 자극했다. 하지만 두렵다는 생각은 들지 않았다.

그에겐 성광류(聖光流)가 있었다.

세상 모든 사마(邪魔)와 극성인 무공이.

'나는 검제를 뛰어넘어 창천으로 비상하리라.'

창룡회를 만들었던 그 오래전부터 그려왔던 그림이었다. 창룡회를 만들면서 다짐했다. 창룡이라는 이름을 그 누구도 쓰지 못하게 하겠다고.

　비사원이 도룡신검으로 담수천을 겨눴다.

　"덤벼라. 하늘의 무서움을 알려주마."

　"그 하늘 내가 무너뜨리지."

　담수천이 조각배를 박차고 날아올랐다. 순간 그의 몸에서 찬란한 빛 무리가 터져 나왔다.

　콰콰쾅!

　검제와 무제가 격돌했다.

　그들의 격돌에 호수가 뒤집어졌다.

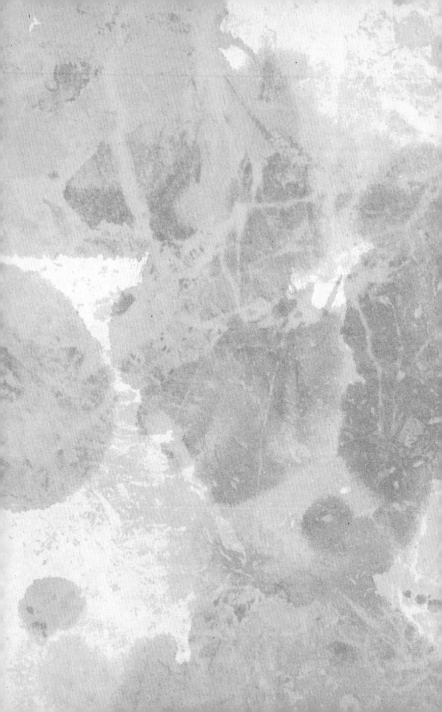

창룡검제가 무너졌다.

충격적인 소문이 천하를 강타했다. 믿을 수 없는 소문에 사람들은 반신반의했다. 하지만 믿어야 했다. 창룡검제를 쓰러뜨린 자 바로 담수천이었기 때문이다.

들리는 소문으로는 창룡검제 빈사 상태가 되어 반강제로 강호에서 은퇴했다고 한다.

적엽 진인에 이어 창룡검제까지 무너졌다. 영원히 무너지지 않을 것 같던 전설이 붕괴되었다.

살천랑에 이어 전설을 무너뜨린 자, 담수천.

담수천은 정당한 비무로 창룡검제를 쓰러뜨렸다고 했다. 그리고 선언했다. 이제 본격적으로 밀야와의 전쟁에 개입할 것이라고.

　살천랑이 적엽 진인을 쓰러뜨렸을 때와 달리 운중천은 침묵을 택했다. 반대로 강호는 밀야와의 전쟁 중이라는 사실도 잊고 담수천에 열광했다.

　현 강호 젊은 무인들의 선두주자라고 할 수 있는 척마대 전원이 담수천을 지지하고 따른다는 성명을 냈다. 그들의 성명은 많은 이에게 영향을 끼쳤다. 수많은 젊은 무인이 담수천을 따르겠다고 강호로 나섰다.

　이제 사람들은 그를 단순히 후기지수로 분류하지 않았다. 사람들은 그를 새로운 하늘이라고 불렀다.

　사람들은 본능적으로 무언가 바뀌고 있다는 사실을 느꼈다. 적엽 진인이 죽었고, 창룡검제가 무릎을 꿇었다.

　강호를 지배하던 기존의 질서가 급격히 붕괴되고 있었다. 그리고 새로운 질서가 태동하고 있었다. 그 선두에 담수천과 살천랑이 있었다.

　"그들로 인해 많은 것이 바뀔 것이다."

　그것은 강력한 예감이었고, 다가오는 미래에 대한 확신이었다.

　진무원도 담수천이 비사원을 쓰러뜨렸다는 소문을 들었다. 하지만 놀라지 않았다.

　담수천은 단 한순간도 긴장의 끈을 놓지 않고 스스로를 단련해 온 구도자였다. 그가 걸어온 고행의 길은 일반인들은 감히 상상할 수도 없을 만큼 혹독했다.

그는 전설에 도전할 자격을 가진 몇 안 되는 무인이었고, 창룡검제와의 싸움을 승리로 이끌면서 스스로의 가치를 입증해 보였다.

담수천은 아직 부현으로 오지 않았다. 창룡검제에게 입은 내상이 완치되지 않았기 때문이다. 진무원은 그가 부현으로 오는 순간 많은 것이 변할 것을 직감했다.

"그는 정말 대단하군요. 설마 창룡검제를 쓰러뜨릴 줄이야."

곽문정이 고개를 절레절레 내저었다.

그의 얼굴엔 부럽다는 빛이 떠올라 있었다. 그가 보기엔 진무원이나 담수천 모두 정상적인 사람들이 아니었다. 상식을 뛰어넘는 강함은 둘째 치고 일단 목표를 정하면 절대 포기하지 않는 그 집요함은 실로 두려울 정도였다.

"이로써 많은 것이 변할 것이다. 한 치 앞을 내다보기 힘들어졌구나."

"형이 머리 아프겠어요."

"내 대신 머리를 쓰는 사람이 있지 않느냐?"

"군사님요?"

"그래! 고민은 그가 하겠지."

진무원은 빙긋 웃었다. 하지만 말과는 달리 그 역시 머리가 무척이나 아팠다.

생각할 것이 너무 많았다. 담수천의 등장으로 인해 이제까지 겨우 정리한 것들을 원점에서 다시 계산해야 할 판이었다.

하지만 기분이 나쁘지는 않았다.

담수천의 등장은 그에게도 큰 자극이 되었다. 등줄기를 따라 올라오는 전율이 그를 긴장하게 만들었다.

'담수천.'

곧 만나게 될 것이다. 그런 예감이 강하게 들었다.

진무원은 그렇게 생각하며 말을 몰았다.

부현이 멀지 않았다. 능군휘를 북천문으로 보낸 후 다시 말을 몰아 이곳까지 오는 데 거의 열흘이 걸렸다. 근 보름간의 공백이 있었던 셈이다. 그사이 부현의 상황이 어떻게 변했을지는 그도 알 수 없었다.

"단 소협?"

그때 낯익은 목소리가 들려왔다.

진무원이 돌아보자 일단의 무리가 보였다. 그들 중 한 명이 진무원을 보고 다가왔다.

"아! 채 부문주님."

미소를 지으며 다가오는 이는 바로 채약란이었다. 그의 등 뒤로 낯익은 얼굴들이 보였다.

종리무환, 임진엽, 공손창, 고천후, 모두 철기문의 무인이었다. 그리고 그들의 선두에 실로 오랜만에 보는 거대한 체구의 남자가 있었다.

'용무성.'

철기문의 문주인 용무성이 팔짱을 낀 채 그를 바라보고 있었다. 용무성은 일문의 문주답게 묵직한 분위기를 풍기고 있었다. 그는 매서운 시선으로 진무원을 바라보고 있었다.

그사이 채약란이 지척까지 다가왔다.

"오랜만이네요, 단 소협."

"그러네요. 철기문도 부현으로 오신 겁니까?"

"어쩌다 보니 그렇게 됐네요. 그러는 단 소협도 부현으로 가는 건가요?"

"그렇습니다."

"잘됐네요."

채약란이 반색을 하는 사이 종리무환 등이 다가왔다.

"반갑습니다, 단 소협."

"오랜만입니다."

"단 소협도 운중천의 의뢰를 받은 겁니까?"

"의뢰?"

진무원이 의아한 표정을 짓자 종리무환이 고개를 저었다.

"아닌가 보군요."

"그럼 철기문은 운중천의 의뢰를 받았나 보군요."

"그렇습니다. 부현을 지키는 전쟁에 참여해 달라는 의뢰를 받았죠."

"음!"

진무원의 눈빛이 깊이 침잠됐다.

'철기문까지 동원할 정도로 부현의 사정이 악화된 것인가?'

철기문의 무인들은 그야말로 중무장을 하고 있었다. 단순히 무인들과의 대결이 아닌 전쟁을 대비한 모습이었다.

그때 용무성이 특유의 어슬렁거리는 걸음으로 진무원에게 다가왔다.

"자네가 단 소협이군. 내 부문주와 군사에게 이야기 많이 들었네."

특유의 호탕한 목소리가 진무원의 고막을 파고들었다.

진무원은 담담한 표정으로 대답했다.

"그쪽은 철기문의 문주라는 용무성 대협이신가 보군요."

"호! 내 이름을 알고 있는가?"

"저분들과 상남까지 동행하면서 이야기 들었습니다."

"그래? 내 수하들도 극찬을 하더군. 자네가 없었다면 결코 상남에 무사히 도착하지 못했을 거라면서."

용무성의 눈이 반짝였다. 진무원에 대한 호기심이 가득 담긴 눈빛이었다.

이곳까지 오는 동안 그가 가장 많은 이야기를 들은 존재는 담수천이나 살천랑이 아니라 바로 단천운에 관한 이야기였다.

채약란과 종리무환, 그리고 동행한 철기문의 문도들이 하나같이 그에 대해 이야기했기 때문이다. 그래서 궁금했다. 어지간하면 타인에 대해 언급하는 법이 거의 없는 그들을 그렇게 흥분시킨 존재가 누군지 말이다.

'두 번째지. 이렇게 내 호기심이 동하게 만든 존재는.'

첫 번째는 바로 진무원이었다. 북검이라는 별호로 강호를 뒤집어놓았던 위대한 검호.

두 번째가 바로 단천운이었다.

아직 명성은 그리 알려지지 않았지만, 군마대를 상대로 탕마군과 낭인들을 지킨 것은 그야말로 엄청난 사건이었다. 그래서 그는 단천운이라는 존재를 누구보다 주목하고 있었다.

"과찬이십니다. 저는 한 것이 별로 없습니다."

"그거야 두고 보면 알겠지. 흐흐! 그보다 자네도 부현에 가는가?"

"그렇습니다."

"잘됐군. 부현까지 멀지 않았으니 같이 가세."

"그렇게 하죠."

진무원은 용무성의 제안을 거절하지 않았다. 그의 말처럼 부현이 멀지 않은 데다가 같이 동행하면서 얻을 이점이 꽤 많았기 때문이다.

그때 용무성이 눈에 이채를 떠올렸다. 그의 시선이 향한 곳에 바로 곽문정이 있었다.

"아니, 이게 누구야? 그 꼬마 보표 아니던가?"

삼 년이란 시간이 흐르면서 곽문정의 외모도 많이 성숙해졌지만, 용무성은 단숨에 그를 알아보았다.

"오랜만입니다, 용 문주님."

곽문정이 용무성에게 포권을 취했다.

겉으로는 담담한 표정을 짓고 있었지만, 그는 내심 당혹함을 금치 못하고 있었다.

용무성과 철기문의 핵심 무인들은 자신이 진무원과 깊은 친분이 있다는 사실을 잘 알고 있는 사람들이었다. 그런 자신이 단천운으로 역용한 진무원과 동행하고 있었다.

당장은 아무런 생각이 없겠지만, 동행하는 시간이 길어지면 의심할 수도 있기 때문이다.

곽문정이 슬쩍 곁눈질로 진무원을 바라보았다. 그의 걱정을 아는지 모르는지 진무원은 태연한 표정이었다. 그에 곽문정도 얼굴에 철판을 깔기로 결심했다.

"그 꼬마 보표가 이리 자라다니. 단 소협과는 어떻게 동행하는 것인가?"

"우연히 만났습니다."

"그래?"

곽문정이 워낙 태연하게 대답해서 용무성은 아무런 의심도 하지 못했다.

상대는 보표였다. 자신들만큼이나 세상을 떠돌아다니는 직업이었고, 수많은 사람을 만날 수밖에 없는 일을 하고 있었다. 그렇게 만난 사람들 중 한 명이 단천운이어도 이상할 것은 없었다.

"어쨌거나 반갑군. 자네 혹시 진…… 아닐세."

용무성이 말끝을 흐렸다.

그가 아는 진무원은 죽은 사람이었다. 괜히 그를 언급해 곽문정을 불편하게 하고 싶지 않았다.

그런 용무성의 마음을 알아차린 종리무환이 개입했다.

"자, 이러고 있을 게 아니라 어서 부현으로 가죠. 시간이 많이 지체되었습니다."

"음!"

용무성이 고개를 끄덕이며 앞으로 나섰다. 잠시 멈춰 섰던 일행들이 다시 부현을 향해 움직이기 시작했다.

진무원은 그들을 조용히 따랐다.

거의 백여 명에 가까운 인원이었다. 삼 년 전과 비교할 수 없을 정도로 인원이 늘었지만, 그래도 다른 문파에 비하면 무척이나 규모가 작았다. 하지만 개개인의 무공 수준은 무척이나 높아 보였다.

'아직도 소수 정예를 지향하는가 보군.'

철기문에 소속된 무인들 대부분은 낭인 출신이었다. 그 때문인지 특유의 거칠면서도 자유분방한 분위기를 갖고 있었다. 하지만 용무성의 명령에는 일사불란하게 따르고 있었다.

곽문정이 진무원 곁으로 따라붙었다.

"철기문에까지 의뢰를 넣은 것을 보니 운중천에서도 부현에 총력을 집중하는 모양이네요."

"그런가 보구나."

진무원은 고개를 끄덕이면서도 다른 생각을 하고 있었다.

'철기문, 용무성.'

예전에 진무원에게 관대승을 조심하라고 경고를 했던 이가 바로 용무성이었다. 관대승에 대해서는 거의 알려진 것이 없던 시절이었다.

용무성은 관대승에 대해 무언가 알고 있는 것이 분명했다. 그렇지 않다면 할 수 없는 행동이었다. 은류를 이용해 용무성의 뒷조사를 해봤지만 그에 대해 알아낸 것은 거의 없었다.

'그 역시 비밀을 간직한 자.'

아직까지는 그의 비밀이 무엇인지 알 수가 없었다. 하지만 부현에서 같이 머물다 보면 무언가 알게 되는 것이 있을 것이다.

진무원은 그렇게 생각을 정리하며 눈앞의 상황에 집중했다.

부현에 가까워지고 있었다. 더불어 거리에 보이는 무인들도 눈에 띄게 많아지고 있었다. 그들 역시 철기문처럼 문파 단위로 움직이고 있었다. 개중 가장 많이 눈에 띄는 이들은 바로 화산파와 종남파의 무인들이었다.

부현에서 밀리면 본산이 위험해지기에 그들 역시 정예 무인들을 파견한 것이다. 진무원이 떠나 있던 보름 동안 부현의 사정은 더욱 악화일로를 걷고 있었다.

그 때문인지 몰라도 부현으로 향하는 무인들의 얼굴에는 비장함이 가득했다. 마치 터지기 직전의 벽력탄같이 불안정한 기운이 공기를 뜨겁게 달구고 있었다.

그때 화산파에서 청수한 인상의 늙은 도사 한 명이 철기문의 무인들을 향해 다가왔다. 마치 동네 촌로처럼 둥글둥글하면서 평범한 얼굴에 대춧빛 혈색이 인상적인 도사였다.

하지만 평범한 외향과 달리 몸에서 풍기는 기운은 범상치 않았다. 마치 잘 벼려진 칼날처럼 날카로운 기세가 흘러나오고 있었다.

늙은 도사의 접근에 용무성이 앞으로 나섰다.

"철기문의 용무성이라고 합니다. 진인의 존함은 어찌 되시는지?"

"용 문주시구려. 이 늙은이의 이름은 상무라고 하네."

"아, 상무 진인이시군요. 반갑습니다."

용무성이 늙은 도인의 정체를 알아보고 급히 포권을 취했다.

상무 진인은 화산파의 장문인인 상원 도장의 사제였다. 매화삼십육검(梅花三十六劍)을 극성으로 익힌 절정의 검객으로 평소의 성품은 무척 온화하지만, 일단 검을 뽑으면 절대 상대를 봐주는 법이 없다고 했다.

"철기문도 부현으로 가는 것인가?"

"그렇습니다."

"고맙군. 이렇게 강호의 위기에 기꺼이 나서주다니."

"다 대가를 받고 하는 일입니다."

"대가를 받는다고 누구나 다 나설 수 있을 정도로 녹록한 상황은 아니지."

상무 진인이 푸근한 미소를 지었다. 용무성은 마땅히 대답할 말을 찾지 못해 애매한 미소만 지었다.

"어쨌거나 최선을 다해 싸워주게. 이런 말 하면 뭐하지만 부현이 뚫리면 화산파나 종남파가 위험해진다네. 구대문파 중

두 문파가 무너지면 천하는 수습할 수 없는 혼란에 휩싸일 걸세. 그런 일은 없어야지 않겠는가?"

"물론입니다."

진무원은 상무 진인이 굳이 번거롭게 용무성을 찾아온 이유를 알아차렸다.

화산파와 종남파가 무너지지 않게 최선을 다해 싸워 달라.

결국 그 말이 하고 싶었던 것이다. 그 정도로 절박하다는 뜻이기도 했다.

진무원은 오히려 묻고 싶었다.

그렇다면 왜 이제까지 움직이지 않았는지. 천하가 혈풍으로 물들 때까지 화산파가 무엇을 했는지 말이다.

이제껏 운중천을 지원한다는 명목으로 그들은 단 한 번도 전력을 외부로 내보내지 않았다. 물론 운중천에 많은 지원을 하긴 했다. 하지만 그 대부분은 물자와 비용이었지, 실질적인 무력은 파견한 적이 없었다.

그렇게 자신들의 안위만을 생각하던 이들이 턱밑에 칼날이 들어오자 그제야 움직인 것이다.

'결국 자파의 안위가 천하의 안위보다 우선이란 말이군. 구대문파가 그럴 만한 가치가 있는 곳인가?'

상무 진인과 화산파의 무인들을 바라보는 진무원의 눈빛이 서늘해졌다.

\*　　　\*　　　\*

부현의 상황은 좋지 않았다.

진무원이 자리를 비운 사이 몇 번의 대규모 전투가 벌어졌는데 그 결과 운중천의 저지선이 남쪽으로 후퇴하고, 부현 일부가 밀야에게 넘어갔다.

진무원과 철기문이 도착했을 무렵 부현 곳곳에서는 초연이 피어오르고 있었다. 불과 두어 시진 전까지만 해도 죽고 죽이는 치열한 전투가 벌어졌기 때문이다.

거리 곳곳에는 아직 수습하지 못한 시신들이 널브러져 있었고, 피 웅덩이가 생겨나 파리가 들끓고 있었다. 그야말로 목불인견의 참상이 벌어지고 있는 것이다.

운중천의 무인들이 부상자와 시신들을 수습하고 있었지만 역부족이었다. 그런 부현의 모습에 화산파와 종남파 무인들의 안색이 새하얗게 질렸다.

안전한 본산에서만 있었기에 그들은 이런 아수라 지옥도를 볼 일이 거의 없었다. 그들이 알고 있는 강호는 예와 의가 있는 멋스러운 곳이었다. 그것이 그들이 추구하는 강호이기도 했다.

하지만 현실은 이상과 달랐다. 몇몇 이는 충격을 견디지 못하고 그 자리에서 먹은 것을 모두 토해냈다.

"우웨엑!"

"이럴 수가!"

그들은 눈앞에 펼쳐진 현실을 부인하고 싶었다. 현실은 그들의 막연한 상상보다 훨씬 더 잔혹했다.

반대로 진무원과 철기문의 무인들은 표정은 담담했다. 속세와 떨어져 높은 산에서 유유자적하던 도사들과 달리 그들에겐 이런 현실이 익숙했다.

그들의 강호는 곧 전장이었다.

죽음은 늘 가까운 곳에 있었고, 강하지 않으면 오늘 하루를 기약할 수 없는 곳이었다.

"휘유! 대단한데. 긴장 바짝 해야겠어."

"그러게. 자칫 방심하다간 골로 가겠어."

철기문의 무인들이 수군거렸다. 그들은 전혀 긴장하는 기색이 아니었다. 적어도 겉으로 보기에는 말이다.

'용 문주가 강하게 단련시켰군.'

그때 종리무환이 진무원을 향해 다가왔다.

"우리는 운중천 무인들과 함께할 겁니다. 단 소협은 어찌하겠습니까?"

"저희는 따로 숙소를 잡겠습니다."

"밀야와의 전투 직후라 숙소를 잡기 힘들 텐데요."

"알고 있습니다. 그래도 찾아보면 있지 않겠습니까?"

"알겠습니다. 혹시라도 숙소를 잡지 못하면 저희를 찾아오십시오."

"감사합니다."

진무원은 종리무환 등에게 포권을 취한 후 곽문정과 함께 걸음을 옮겼다.

용무성이 그런 진무원의 뒷모습을 유심히 바라보았다.

"흐음!"

"왜 그러십니까?"

종리무환이 묻자 용무성이 고개를 갸웃거렸다.

"왠지 낯이 익은 것 같아서 말이야."

"누구? 단 소협 말입니까?"

"그래!"

"그런가요?"

"분명 얼굴은 낯선데 분위기가 묘하게 익숙하단 말이야."

"흐음!"

종리무환의 눈이 빛났다.

분명 채약란도 용무성과 똑같은 말을 했었다. 한 명의 말이라면 그러려니 넘기겠지만, 두 명이 똑같은 말을 한다면 이야기가 달라졌다.

'조용히 뒷조사를 해봐야겠군.'

종리무환은 멀어지는 진무원의 뒷모습에서 시선을 떼지 못했다.


진무원과 곽문정은 부현 남쪽에 있는 조그만 농가로 들어갔다. 농가의 주인은 군말 없이 두 사람에게 거처를 내줬다.

농가는 흑월에서 관리하는 비밀 거점이었다. 비록 월주인 능군휘를 찾기 위해 강호에서 모습을 감췄지만, 그렇다고 활동을 아예 안 한 것은 아니었다.

그들은 강호 곳곳에 이런 비밀 거점을 마련해 두고 꾸준히 정보를 수집하고 있었다. 진무원은 임시 월주가 되면서 그런 사실을 알게 되었다.

　농가의 주인은 바로 흑월의 정보원이었다. 이미 전갈을 받은 듯 그는 진무원이 도착하자마자 바로 보름 동안 있었던 일들을 설명했다.

　"월주께서 떠난 직후 척마대가 밀야의 본진을 기습했습니다. 커다란 피해를 입은 밀야에서 다시 보복 공격을 해왔습니다. 그런데 운중천의 예상보다 훨씬 더 많은 병력이 투입되었나 봅니다. 결국 기세에서 밀린 운중천이 전략적인 후퇴를 택할 수밖에 없었습니다."

　"밀야의 상황은 어떻습니까?"

　"지속적으로 부현에 전력을 투입하고 있습니다. 이번 기회에 확실히 부현을 점령하고 그 기세를 몰아 화산파와 종남파도 치려는 듯합니다."

　"음!"

　"다음번 전투가 승부의 향방을 가르는 분수령이 될 겁니다. 그 때문에 운중천에서도 최대한 많은 전력을 투입하고 있습니다."

　"시기는 언제쯤으로 보고 있습니까?"

　"예측하기 힘듭니다. 아마 오늘 밤에 전투가 벌어져도 이상하지 않을 겁니다."

　"그 정도로 심각합니까?"

정보원이 말없이 고개를 끄덕였다.

진무원은 표정이 심각해졌다. 그의 예상보다 너무 빠르게 상황이 급변하고 있었다. 이젠 예측한다는 것이 무의미할 정도였다.

진무원이 깊은 생각에 빠져들었다. 흑월의 정보원은 말없이 진무원의 모습을 지켜보았다.

*　　*　　*

언덕 위 평평한 분지에 수많은 군막이 빼곡히 들어서 있었다. 부현에서 북쪽으로 떨어진 곳에 위치한 밀야의 본진이었다.

본진 가장 깊숙한 곳에 커다란 군막이 있었다. 그 어떤 장식도 없어 삭막하게 보이는 군막 안에는 십여 명의 무인이 모여 있었다. 하나같이 칼날 같은 기세를 발산하는 무인들의 중앙엔 푸른 전포를 입은 젊은 무인이 앉아 있었다.

남자의 이름은 궁상화, 천무대의 대주였다. 그리고 그의 주위에 모여 있는 자들은 바로 천무대의 조장들이었다. 각 조장 밑에는 십여 명의 조원이 있었는데, 그들은 모두 각자의 자리에서 은밀하게 대기하고 있었다.

궁상화의 양쪽으로 부대주인 묵원광과 율사희가 앉아 있었다. 그들은 모두 궁상화에게 이목을 집중하고 있었다.

궁상화가 마침내 입을 열었다.

"지난 보름간 우리는 척마대를 지켜보았다. 놈들의 무공, 전략, 그리고 사소한 몸짓 하나까지도. 놈들이 우리들의 형제를 죽일 때도 우리는 지켜봤다."

그의 목소리는 무척이나 나직했지만 강한 울림을 가지고 있었다.

"놈들은 분명 강하다. 그리고 똘똘 뭉쳐 있다. 오십 명이 넘는 인원이 마치 한 몸처럼 의사를 주고받고 일사불란하게 행동한다. 어지간한 방법으로는 놈들의 근처에도 다가갈 수 없을뿐더러, 타격을 입히는 것은 더욱 불가능하다. 놈들은 무인이라기보다는 군인에 더 가깝다. 놈들을 잡으려면 더 빨라야 하고, 더 일사불란해야 한다."

"흐흐! 우리처럼 말이오?"

"그렇다. 우리처럼."

묵원광의 너스레에 궁상화가 차가운 미소를 지었다. 그를 따라 다른 조장들이 미소를 지었다.

그들은 궁상화와 묵원광의 호언장담이 결코 허언이 아님을 알고 있었다. 이제껏 궁상화와 천무대가 맡은 임무 중에 실패한 적은 단 한 번도 없었다.

생각지도 못한 척마대의 반격에 큰 타격을 입었다. 그 때문에 화가 난 사우명이 천무대의 동의도 없이 광무군을 동원해 부현을 공격했다.

그 때문에 양측 모두 많은 피해를 입었고, 생각보다 작전 시기가 늦어지게 됐다. 하지만 그로 인해 척마대의 전력을 더 면

밀히 파악했으니 아예 손해만 본 것은 아니었다.

"이번 작전은 단지 척마대만 제거하는 데 있지 않았다. 부현에 와 있는 운중천의 주요 인사들에 대한 암살을 병행할 것이다."

"요인 암살이라? 의도는 좋긴 한데 우리끼리 하기에는 조금 인원이 부족하지 않겠습니까?"

"군장(軍長)께서 지원할 것이다."

군장이라면 광무군의 수장인 화의사신 사우명을 말함이다. 광무군에는 암살을 전담하는 조직이 있었고, 그들은 모두 이번 작전에 동원될 터였다.

"그렇다면야!"

묵원광이 어깨를 으쓱했다.

그의 얼굴에는 자못 기대된다는 표정이 떠올라 있었다. 이제껏 성질을 죽이고 지켜만 봤더니 온몸이 근질거렸다.

궁상화의 시선이 율사회 뒤쪽에 있는 검은 무복을 입은 남자를 향했다.

"암살대는 무영이 이끈다."

"명단은?"

"작전 전에 보내주마."

"알겠다."

"원광은……."

궁상화의 폭풍 같은 지시가 이어졌다. 그는 묵원광을 비롯한 조장들에게 각각의 임무를 내렸다. 그의 말이 길어질수록 천무대 무인들 얼굴이 감탄의 빛이 떠올랐다.

궁상화의 작전은 매우 치밀했다. 그는 천무대와 척마대의 전력을 냉철하게 비교했고, 최악의 상황까지 가정해 작전을 짰다. 그렇게 만들어진 작전은 놀랄 만큼 정교했다.

"이번 작전의 핵심은 시간을 맞추는 것이다. 한 조라도 시간을 맞추지 못하면 이번 작전은 물거품으로 돌아갈 것이다."

"만일 변수가 발생하면?"

"그럼 지체 없이 물러난다."

"에이! 그럼 너무 아쉬운데."

묵원광이 코끝을 찡그렸다. 그러자 궁상화가 코웃음을 쳤다.

"하지만 내가 계산하지 못한 변수 따윈 없을 것이다."

"하긴 대주의 잔머리는 군사도 인정할 정도니까."

묵원광의 너스레에 조장들이 일제히 웃음을 터뜨렸다. 그덕에 경직되어 있던 분위기가 조금은 느슨하게 풀어졌다. 하지만 그들의 미소는 궁상화의 다음 말에 싹 사라졌다.

"첩보에 의하면 담수천이 이곳으로 향하고 있다고 한다."

"……."

"담수천. 대단한 자이지. 설마 중원이 자랑하는 아홉 하늘 중 하나를 쓰러뜨리다니."

"흥! 우리에겐 문휘가 있잖소."

궁상화가 빙그레 미소를 지었다.

묵원광이 말한 문휘는 그도 잘 아는 사람이었다. 그의 성은

'궁' 씨였다.

궁문휘, 바로 궁상화의 동생이다.

세상에는 알려지지 않은 밀야 제일의 기재였다.

문(文)에 군사 가경의가 있다면 무(武)에는 궁문휘가 있다. 궁상화도 천재라고 불리는 족속이지만, 궁문휘는 그보다 더했다.

사대마장조차 감당하지 못해 야주가 직접 무공을 가르치고 키우는 자가 궁문휘였다. 그야말로 밀야의 희망이자 미래라고 할 수 있었다.

'문휘는 그야말로 괴물이지. 그 녀석이 출관하는 날 전쟁의 향방이 바뀔 것이다.'

자신의 동생이지만, 상식으로는 가늠할 수 없는 괴물이 바로 궁문휘였다. 열다섯 살 이후로 궁상화는 단 한 번도 궁문휘를 이겨본 적이 없었다. 격차는 점점 더 벌어져 지금은 어느 정도 차이가 나는지 가늠조차 할 수 없었다.

"조만간 문휘가 전장에 참여할 것이다. 그때가 되면 전장의 양상이 바뀌겠지. 그때까지는 우리가 전장을 지배한다."

"흐흐! 당연한 말을 다 하시오. 늘 하던 일인데."

묵원광이 가슴을 쾅쾅 쳤다. 궁상화가 명령을 내리면 당장에라도 운중천의 진용으로 달려갈 기세였다.

천무대 내에서도 성질이 폭급하기로 유명한 묵원광이었다. 하지만 그에 걸맞은 무력을 소유하고 있어 누구도 감히 그의 심기를 건드리지 못했다.

율사희가 물었다.

"작전 시간은요?"

"세 시진 후 새벽 동이 터올 때."

궁상화의 목소리가 천마대의 피를 뜨겁게 달궜다.

*　　　　*　　　　*

진무원과 곽문정이 밖으로 나왔다.

새벽 동이 터오고 있었다. 모든 생명체가 아직 잠에 빠져 있을 시간에도 붉은 태양은 그 어느 순간보다 더 강렬하게 이글거리고 있었다.

새벽부터 대지 위로 강렬한 아지랑이가 피어오르고 있었다. 아지랑이 너머에 운중천의 본진이 있었다. 본진이 있는 곳에서는 무시무시한 살기가 안개처럼 퍼져 사방으로 확산되고 있었다.

'그들도 본능적으로 알고 있는 거겠지. 이번 전투가 부현뿐 아니라 삼년전쟁의 향방을 결정지을 분수령이 되리라는 것을.'

인간의 감각은 극한의 상황에서 가장 예리하게 깨어나고, 그들이 지금 느끼는 위기감은 최고조에 달해 있었다.

살의가 지배하는 새벽의 대지를 보며 진무원은 고민에 빠져 있었다. 처음에는 이곳의 상황을 정확히 파악하기 위해 왔다. 하지만 상황은 그가 막연히 생각하던 것보다 훨씬 더 위험했다.

'이곳에서 승리를 차지한 자들이 전황을 지배할 것이다.'

밀야가 승리한다면 부현을 내줘야 한다. 아울러 화산파와 종남파도 위험해진다. 반대로 운중천이 이긴다면 부현에 걸쳐 진 전선이 위로 밀리게 된다.

진무원은 이제 결정해야 했다. 어떤 것이 자신과 천하를 위한 최선의 방법인지.

"형?"

농가 안에 있던 곽문정이 어느새 밖으로 나와 진무원을 바라보고 있었다. 곽문정은 진무원의 갈등 어린 뒷모습을 바라보고 있었다.

진무원의 어깨에 짊어진 거대한 삶의 무게를 곽문정은 알지 못한다. 그가 아는 것은 자신이 진무원의 입장이었다면 아마 모든 것을 포기했을지도 모른다는 것이다.

진무원의 결정에 따라 싸움의 향방이 갈리고, 많은 사람이 목숨을 잃을 것이다. 그 사실을 알기에 곽문정은 아무런 말도 하지 못하고 진무원을 바라보았다.

진무원은 석상이 된 듯 아무런 움직임도 없었다. 그리고 무심히 흘러가는 시간. 곽문정은 입안이 바싹바싹 마름을 느꼈다.

그렇게 얼마나 지났을까? 영원히 어떤 말을 할 것 같지 않던 진무원이 마침내 입을 열었다.

"문정아."

"예!"

"운중천에 들어가야겠다."

"예?"

곽문정의 눈에 의아한 빛이 떠올랐다. 하지만 이내 고개를 끄덕였다.

"알겠어요."

그는 단 한 번도 진무원의 결정에 토를 단 일이 없었다. 그는 그만큼 진무원을 맹목적으로 믿고 있었다.

"많이 위험할 것이다."

"알고 있어요."

곽문정이 결연한 표정을 지었다. 그는 끝까지 진무원을 따라갈 생각이었다.

진무원의 눈빛이 차갑게 가라앉았다.

'운중천.'

진무원이 문득 고개를 들어 하늘을 바라보았다. 어느샌가 시커먼 먹구름이 몰려오고 있었다. 세상의 마지막 날인 듯 부현 전체를 뒤덮는 거대한 구름.


투둑!

운중천 무인들의 어깨 위로 빗방울 하나둘 떨어져 내렸다. 무인들이 하늘을 올려다보는 순간 장대비가 떨어져 내리기 시작했다.

후두둑!

거세게 쏟아진 비는 운중천 무인들의 몸뿐 아니라 대지를 촉촉하게 적셨다. 하지만 누구 한 명 좋아하는 사람은 없었다.

바닥이 진창으로 변해가고 있었다. 대지에 배어든 핏물이 다시 진흙탕 위로 올라오고 있었다.

뜨거운 열기에 무인들의 몸에선 아지랑이가 피어오르고, 진창은 발목을 무겁게 붙잡고 있었다.

'최악이다.'

몇몇 눈치 빠른 무인은 지금이 최악의 상황임을 느끼고 낯빛이 경직됐다.

그들의 예상은 빗나가지 않았다.

"와아아!"

저 멀리 부현 북쪽에서 커다란 함성과 검은 그림자의 해일이 무서운 기세로 밀려왔다.

"밀야다."

"놈들의 파상공세다. 모두 전투 준비하라."

급히 운중천의 수뇌부들이 군막 밖으로 뛰어나왔다. 그중에는 심원의를 비롯한 척마대도 있었고, 용무성을 필두로 철기문의 무인들도 있었다.

한눈에 보아도 이제까지 공세와 비교할 수 없을 정도로 어마어마한 인원이 동원된 것을 알 수 있었다. 밀야 역시 남은 인원들을 탈탈 털어 마지막 공세를 펼치는 것이다.

이전과는 차원이 다른 총공세에 모두의 표정이 딱딱하게 경직됐다.

"온다!"

누군가의 말이 채 끝나기도 전에 허공에서 수많은 암기의 비가 날아왔다. 철질려나 표창 같은 조악한 암기가 대부분이었지만, 쏟아지는 빗줄기 속에서 암기를 구별해 내는 것은 결코 쉬운 일이 아니었다.

많은 이가 눈먼 암기에 맞아 죽어갔다. 적아를 구별하기 힘든 난전이 펼쳐졌다.

상대를 구별할 수 없는 것은 오직 어깨에 찬 붉은 천과 육감뿐이었다. 그들은 아귀처럼 뒤엉켜 싸웠다.

규칙적이고, 체계적인 군대의 전투와 달리 무림인들의 싸움은 그 어떤 형식도 규칙도 없었다. 물론 초기엔 나름 조직적으로 대항하지만, 시간이 흐르면 본능적으로 자신의 수준과 맞는 상대를 찾아 일대일로 겨루는 성향이 강했다.

그래서 무림인들의 싸움은 더 처절했고, 목불인견의 참상을 연출했다. 하지만 혼탁한 진흙탕 속에서도 연꽃은 피어나는 법이다. 난전 속에서 체계적이고, 조직적으로 움직이는 자들이 있었다.

그 대표적인 이들이 바로 척마대였다. 그들은 마치 날을 세운 한 마리 고슴도치처럼 하나의 생명체처럼 일사불란하게 움직이고 있었다.

"으아악!"

그들이 지나간 자리에는 오직 처절한 비명과 주검만이 남았다.

길이 생겼다. 피와 주검으로 다져진 죽음의 길이.

"척마대의 악마다. 모두 피해."

척마대의 정체를 알아본 밀야의 무인들이 절규를 했다. 그들의 얼굴엔 척마대를 향한 절망의 빛이 가득했다.

밀야의 무인들에게 척마대의 무인들은 공포와 저주의 대상이었다. 그들이 전장에 출현했다는 사실만으로도 진용이 급격히 붕괴될 만큼.

둑이 무너진 저수지처럼 척마대는 전장을 거침없이 휩쓸었다.

"흐흐! 이 정도 공세로 운중천이 무너질 줄 알았다면 오산이다."

심원의가 음소를 흘렸다.

심원의의 얼굴은 예전과 많은 변화가 있었다. 예전의 그는 절대 감정의 변화를 내보이는 사람이 아니었지만, 지금은 몸 안에 담고 있는 살기와 야수성을 거침없이 표출하고 있었다. 전장의 광기에 침습당한 것이다.

심원의뿐만이 아니었다. 대부분의 척마대가 피에 취해 도살을 하고 있었다. 그들의 광기에 운중천의 무인들마저 두려운 표정을 지었다.

그 모습을 냉철한 시선으로 바라보고 있는 여인이 있었다.

"위험해!"

혜지 어린 눈빛에 경계의 빛이 떠오른 여인은 바로 서문혜령이었다. 그녀는 운중천 진용 가장 높은 곳에서 전체적인 상황을 지켜보고 있었다.

그녀의 눈에 적진 깊숙이 들어간 척마대의 모습들이 보였다. 그들은 그야말로 가공할 무위를 아낌없이 발휘하며 적들을 도륙하고 있었다.

척마대는 그녀의 기대에 어긋나지 않게 훌륭하게 성장했다. 이 정도라면 담수천을 보좌하기에 전혀 부족함이 없는 무위였다. 하지만 너무 흉포했다. 적들뿐 아니라 아군에게도 두려움의 대상이 될 만큼.

"이러다간 선을 넘게 돼. 이 이상 넘어가게 되면 오히려 강호의 무인들에게 경원시될 거야."

천의 지혜를 가졌다는 그녀도 미처 예상하지 못한 부작용이었다.

그렇다고 척마대를 배척할 수는 없었다. 자칫하다가는 운중천에 착실히 쌓아둔 정치, 무력적 기반이 모조리 날아갈 수도 있는 일이었기에.

심원의가 이끄는 척마대는 양날의 검이 되어 있었다. 하지만 그녀는 애써 스스로를 위안했다.

"수천이라면 저들을 훌륭하게 통제할 수 있을 거야."

그녀가 조그만 주먹을 꽉 쥐었다.

그때 멀지 않은 곳에서 거친 목소리가 들려왔다.

"척마대가 지나간 곳에 정의대를 더 투입해."

고개를 돌려보니 이곳에 있는 운중천의 무인들을 총지휘하는 수라유성도 홍천학이 보였다.

그는 연신 휘하의 무인들에게 명령을 내렸지만, 그들은 그의 마음만큼 일사불란하게 움직이지는 못했다.

서문혜령의 눈에 한기가 떠올랐다.

홍천학은 분명 천하에서 손꼽히는 도객이었다. 분명 운중천의 십대장로답게 극강한 무공을 소유했지만, 대규모 병력을 운용하는 것은 또 다른 문제였다.

홍천학은 서문혜령보다 한 발짝 늦게 상황을 읽고 대처하고 있었다. 그런 주제에 서문혜령의 말은 또 귀담아듣지 않았다. 결국 서문혜령은 거의 방관하다시피 전장을 바라보고 있었다.

'이곳은 내 전장이 아니다.'

그녀가 입술을 지그시 깨물었다.

이제 곧 강호에 대대적인 세대교체가 일어날 것이다. 서문혜령은 그날을 기다리고 있었다.

쩌어엉!

그 순간 거친 기파가 마치 폭풍처럼 전장을 휩쓸었다. 서문혜령이 자신도 모르게 기파의 근원을 향해 고개를 돌렸다.

"아!"

순간 그녀의 입에서 자신도 모르게 탄성이 터져 나왔다.

전장이 급변하고 있었다.

이제껏 전장을 지배하던 척마대가 웬 괴인들의 공격을 받고 있었다.

"저들은?"

생전 처음 보는 괴인들이었다. 그들의 선두에는 푸른 전포의 남자가 있었다. 그들은 바로 천무대였다.

천무대는 이제껏 다른 평범한 무인들 사이에 숨어 기회만 엿보고 있었다. 그들은 척마대를 운중천의 본진에서 분리하고 밀야의 본진 깊은 곳으로 끌어들였다.

은밀히 퇴로를 끊고, 전력을 집중했다.

그는 척마대의 무공을 면밀히 관찰했었다.

'그들은 분명 강하다. 개개인의 무공은 강호의 절정고수를 넘어서고, 특히 집단전에서는 당할 자가 없다. 하지만 그것도 어디까지나 평범한 집단전 이야기지.'

개개인의 무공이 특출 나다 보니 그들에겐 개인적인 성향이 두드러졌다. 아슬아슬하게 본진을 유지하지만, 눈앞에 죽일 상대가 있으면 은근슬쩍 전열을 이탈하곤 했다. 물론 다시 순식간에 본진에 합류했지만, 궁상화의 눈에는 커다란 구멍으로 보였다.

궁상화가 외쳤다.

"원광, 앞장서라. 놈들의 진용을 두 동강 낸다."

"흐흐! 알았수."

묵원광이 힘찬 대답과 함께 앞장섰다. 그의 손에는 커다란 쇠망치 비슷한 것이 들려 있었다. 앞쪽은 쇠망치처럼 뭉툭했고, 뒤쪽은 정처럼 뾰족했다.

묵원광의 애병인 만병파정(萬兵破釘)이었다.

"으랏차!"

묵원광이 만병파정을 휘둘렀다.

쿠와앙!

순간 만병파정이 닿은 곳에 방원 반 장여의 깊은 구덩이가 생겼다. 그야말로 가공할 위력이었다.

척마대의 무인들이 기겁했다. 자칫 만병파정이 스치기만 하더라도 육신은 흔적조차 찾지 못할 것이기 때문이다.

묵원광의 별호 백인력한.

백 명의 힘을 가지고 있다는 사내가 만병파정을 앞세워 무식하게 진군했다. 그 뒤를 천무대가 따르며 척마대의 진용을 두 쪽으로 갈라놨다.

"막아라! 놈을 막아."

심원의의 말에 몇몇 척마대 무인이 달려들었다.

쾅!

하지만 그들은 달려드는 속도보다 배는 빠르게 뒤로 튕겨났다. 그런 그들의 몸은 어육처럼 짓이겨져 있었다. 그야말로 가공할 위력이었다.

묵원광의 뒤쪽에서 율사희를 비롯한 천무대의 무인들이 각자 무기를 휘두르며 전진했다. 그 때문에 척마대의 진용은 점차 갈라지고 있었다.

"크읏! 진용이 갈라져서는 안 된다. 모두 뭉쳐라."

심원의의 명령에 척마대의 무인들이 발버둥을 쳤다. 하지만 그들의 처절한 노력과 달리 진용은 점차 두 동강이 나고 있었다.

보다 못한 심원의가 성명절기인 홍옥마수를 펼쳤다.

쾅!

"크악!"

천무대의 무인 두어 명이 피 떡이 되어 나가떨어졌다. 하지만 두 명이 죽으면 네 명이 달라붙었고 결국 심원의는 적진에 홀로 고립되었다.

"이런 건방진 것들이!"

심원의 눈에서 흉광이 터져 나왔다.

이제껏 단 한 번도 척마대가 이렇게 궁지에 몰려본 적이 없었다. 적들은 척마대의 그림자만 봐도 지리멸렬했고, 그들은 철저하게 승자의 입장에서 도륙을 했으니까.

하지만 천무대는 달랐다. 그들은 척마대 자신들도 몰랐던 허점을 집요하게 파고들었다. 순식간에 십여 명의 척마대가 목숨을 잃었다.

"척마대를 구하라."

홍천학이 뒤늦게 병력을 급파했지만, 소용이 없었다. 이미 사태를 되돌리기에는 모든 것은 너무 급박하게 흘러가고 있었다.

정의대 무인들은 척마대 근처에 가지도 못하고 목숨을 잃었고, 척마대는 폭풍 속의 일엽편주처럼 위태로워 보였다.

"큭! 이런 실수를."

뒤늦게 심원의가 자책했지만 소용이 없었다. 적들은 오직 척마대 하나만을 보고 부나방처럼 달려들고 있었다.

"으악!"

척마대 무인들의 비명 소리가 연이어 전장에 울려 퍼졌다.

"척마대는 이미 반격할 힘을 잃었다. 모두 조금만 더 힘을 내라."

궁상화가 천무대와 밀야의 무인들을 독려했다.

"네놈이구나, 이들의 수괴가."

심원의가 허공으로 몸을 뽑아 올려 궁상화에게 달려들었다. 하지만 궁상화는 오히려 쾌재를 불렀다. 그가 그토록 원하던 상황이었기 때문이다.

수장을 본진에서 떨어뜨려 놓는다. 그가 심원의를 상대하는 사이 수하들이 착실히 척마대를 죽일 것이다. 한 명, 두 명, 그렇게 죽다 보면 어느 순간 되돌릴 수 없을 정도로 저울추가 현격히 기운다. 그때부터는 일방적인 도살만 남는다.

그것이 궁상화가 그린 그림이었다.

그가 심원희를 상대로 무공을 펼쳤다. 그의 무공은 가공해서 결코 심원의에게 뒤지지 않았다.

'이대로 시간만 끌면 된다.'

궁상화의 입가에 미소가 떠올랐다. 모든 것이 그가 그린 그림대로 펼쳐지고 있었다.

저벅!

그때였다.

그가 미처 예상치 못한 돌발 변수가 전장에 끼어들었다.

＊　　　＊　　　＊

처음엔 아무도 그를 주목하지 않았다.

수많은 이가 죽어나가고 있었고, 혼전으로 인해 적아가 불분명한 상황이었다. 그런 아수라장에서 누군가 두각을 나타내는 것은 결코 쉽지 않았다.

하지만 그런 자가 한 명 있었다.

척마대와 천무대의 치열한 전투가 벌어지는 전장을 향해 담담히 걸음을 옮기는 사내.

맨 처음 그를 인지한 사람은 바로 서문혜령이었다.

'저 사람?'

고요했다.

모두가 수라로 변해 날뛰고 있었지만 사내가 걸어가는 길만큼은 이상하리만큼 정적이 감돌고 있었다. 마치 싸움이 그를 피해 가는 것 같았다.

'아니면 저 남자가 싸움을 피해 가는 것인지도.'

겉모습은 평범해 보였다. 키는 훤칠했지만, 그뿐이었다. 이목구비는 물론이고 신체 어느 곳도 특별히 도드라지는 곳이 없었다. 시장 통에서 걷다 보면 만나게 되는 대부분의 사람이 그렇듯 그 역시 구별하기 힘든 애매모호한 외모를 가지고 있었다.

하지만 서문혜령은 그에게서 눈을 뗄 수 없었다. 오히려 그런 평범함이 더 특별하게 다가왔다.

문득 그가 바닥에 떨어진 장봉을 주워 드는 모습이 보였다. 누군가의 애병이었겠지만 지금은 그저 피 칠갑이 된 볼품없는 쇳덩어리에 불과했다.

그러나 남자의 손에 들린 그 순간 장봉은 엄청난 파괴력을 가진 살상 무기로 돌변했다.

퍼버벙!

남자가 장봉을 휘두를 때마다 공기가 터져 나가며 서너 명의 무인이 비명과 함께 뒤로 나가떨어졌다.

"크윽!"

항거 불능의 상태로 발버둥을 치는 무인들은 모두 밀야에 속한 자들이었다.

'우리 편인가?'

서문혜령의 눈에 안도의 빛이 스쳐 지나갔다. 만일 저자가 적이었다면 운중천 입장에서는 재앙이나 마찬가지였을 것이다.

무섭도록 깔끔한 손속과 소름 끼치도록 정밀한 효율성, 그리고 단순한 투로까지. 남자의 몸짓과 행동의 모든 것은 살상을 극대화하기 위한 준비 동작이었다.

'어디서 이런 자가.'

서문혜령은 전신에 소름이 다 끼치는 것을 느꼈다.

척마대의 무인들 역시 살상을 위한 괴물로 탈바꿈했다. 하지만 남자처럼 깔끔하면서도 냉철한 느낌을 주진 못했다. 스스로의 통제가 안 된다는 이야기였다.

반대로 남자는 살상을 하면서도 단 한 번의 흔들림도 없었다. 철저하게 자신을 통제하고 있다는 의미였다. 광기의 침습은 남자와는 먼 나라의 이야기 같았다.

'도대체 누구지?'

서문혜령이 뒤쪽에 있던 채화영에게 손짓을 했다. 그러자 채화영이 다가왔다.

"저 남자 보이죠?"

"장봉을 쓰는 남자 말인가요?"

"그래요. 언니의 눈에는 어떻게 보이나요?"

"저는 저 남자처럼 효율적으로 살상을 하는 경우는 거의 보지 못했어요."

"역시 언니 눈에도 그렇게 비친단 말이군요."

서문혜령의 눈이 반짝였다.

"저자에 대해 알아봐 주세요. 신분을 비롯해 출생지와 소속 문파, 그리고 성향까지 모두다."

"알겠어요."

분명 처음 보는 남자였다. 하지만 묘하게 익숙했다. 어디선가 한 번쯤은 경험하고 만나본 듯한 분위기.

입안이 모래를 씹은 듯 껄끄러웠다.

무엇보다 그가 등장한 시점이 절묘했다. 마치 척마대가 위험에 빠질 것이라는 사실을 미리 알고 있었던 것처럼 외곽을 정리하고 있었다. 그 때문에 척마대의 운용에 한결 숨통이 트였다.

그러나 그 모든 것이 서문혜령의 눈에는 무척이나 작위적으로 보였다.

'마치 잘 짜인 한 편의 놀이판을 보는 것 같다고나 할까?'

서문혜령은 남자에게서 시선을 떼지 않았다. 아니, 못 했다.

남자는 바로 진무원이었다. 그는 단천운의 얼굴을 하고 전장에 출두했다.

그의 목적은 단 하나였다.

전쟁의 균형추를 최대한 팽팽하게 유지하는 것. 그로 인해 얻는 것은 양측의 전력 소모였다. 운중천과 밀야는 너무나 막대한 힘을 소유하고 있었다. 지금의 북천문 전력으로 두 문파를 상대하는 것은 무리였다.

'최대한 이들의 전력을 소모시킨다.'

잔혹한 명제다.

이들 중에는 자신의 야망을 위해 운중천이나 밀야에 투신한 이도 있겠지만, 아무것도 모르고 그저 운명에 휩쓸리는 자들도 있을 것이다.

전쟁에서 가장 많이 죽는 자들은 제멋대로 운명에 휩쓸리는 자들이었다. 반대로 타인의 운명을 휘두르는 자들은 그리 많이 죽지 않는다. 가장 안전한 곳에서 속살을 내보일까 몇 겹의 갑옷을 껴입고 있기 때문이다.

'그 갑옷을 모조리 벗겨주마. 모두의 눈앞에서. 그때 또다시 뭐가 남을지 내 눈으로 지켜보겠다.'

진무원이 휘두른 장봉에 밀야의 무인이 뒤로 나가떨어졌다.

그의 주 무기는 검이었다. 하지만 설화가 부서진 이후 단한 번도 자신을 위해 검을 만든 적은 없었다. 그저 필요성에의해 다른 사람들의 검을 주워 쓰거나, 초죽목석을 이용했을뿐.

이제 그는 무기에 구애받지 않는 수준에 이르렀다. 장봉이든 채찍이든 상관없었다. 그 어떤 무기라도 입맛에 맞게 사용할 수 있었다.

일의극(一意極)이면 만의극(萬意極)이라.

검의 극의에 이른 진무원은 만 가지 병기를 검처럼 다룰 수있었다.

펑!

"크헉!"

장봉을 뻗었는데 공기가 터져 나가더니 밀야의 무인이 벼락처럼 뒤로 튕겨져 나갔다. 그런 무인의 가슴엔 동그랗게 구멍이 뚫려 있었다.

"제기랄!"

밀야의 무인들이 그제야 진무원을 인지하고 공포에 질린 표정을 지었다. 기다란 장봉을 자유자재로 휘두르며 다가오는진무원에게 수많은 밀야의 무인이 쓰러졌다.

그 때문에 척마대를 견고하게 에워싸고 있던 전열이 크게흔들리고 있었다.

"헉헉!"

심원의가 숨을 고르며 앞을 노려보았다.

천무대주 궁상화가 마찬가지로 거친 호흡을 가다듬으며 그를 노려보고 있었다.

두 사람의 실력은 호각이었다. 누구도 확실하게 서로를 제압하고 있지 못했다.

'밀야에 이런 자가 있었던가?'

'역시 척마대를 이끌 만하구나. 강해.'

그들은 서로에게 감탄을 했다. 하지만 상황은 심원의에게 불리했다. 척마대가 밀야의 진영 한가운데 고립되어 어떤 지원도 받을 수 없는 데 반해 천무대는 밀야의 든든한 지원을 업고 척마대를 압박하고 있었다.

갈수록 척마대가 불리해질 수밖에 없는 싸움이었다. 방금 전까지만 해도 그랬다.

계속되는 압박과 연환 공격, 그리고 인해 전술에 척마대는 전멸하기 직전이었다. 벌써 척마대의 절반이 죽었고, 남은 사람들 중 절반은 중상을 입어 운신하는 것이 거의 불가능했다.

하지만 상황이 변했다. 언젠가부터 그들을 둘러싼 포위망이 느슨해지면서 숨을 돌릴 여유가 생겼다.

'무슨 일이지?'

심원의가 슬쩍 고개를 돌려 옆쪽을 바라봤다. 그러자 포위망의 외곽이 술렁이는 모습이 보였다.

'무언가 변화가 일어났다.'

오랜 세월 밀야와 싸워온 경험이 그에게 속삭이고 있었다.

전장에 큰 변화가 일어났다고. 지금 기회를 놓쳐서는 안 된다고. 그가 수하들에게 외쳤다.

"모두 퇴각한다."

척마대가 출범한 이후 처음 있는 일이었지만, 누구도 수치스럽다고 생각하지 않았다. 지금은 목숨을 구하는 것이 우선이었다.

척마대의 무인들이 부상자들을 데리고 급히 뒤로 물러났다.

"마음대로 퇴각할 수 있을 것 같으냐?"

묵원광이 만병파정을 휘두르며 척마대의 퇴로를 막아섰다. 그의 만병파정은 수많은 척마대의 피로 붉게 물들어 있었다.

살기를 줄기줄기 피워 올리는 묵원광의 모습에 척마대의 얼굴에 암담한 빛이 떠올랐다. 백인력한이라는 별호답게 묵원광의 무위는 실로 가공했다.

그 어떤 무기도 묵원광의 만병파정을 막지 못했다. 일단 만병파정과 격돌하며 무기가 수수깡처럼 부서져 나갔다. 묵원광 때문에 많은 척마대의 무인들이 목숨을 잃었다.

그 때문에 척마대의 무인들에게는 묵원광을 향한 본능적인 두려움이 각인되어 있었다.

"크윽!"

척마대의 얼굴에 참담한 표정이 그대로 드러났다.

만병파정이 가공할 기세로 척마대를 향해 날아왔다. 척마대의 얼굴에 암담한 표정이 떠오르는 그 순간이었다.

쐐액!

갑자기 기다란 물체가 그들과 만병파정 사이에 끼어들었다. 뱀처럼 긴 물체는 만병파정의 옆면을 때리며 슬쩍 궤도를 바꿨다. 그 때문에 만병파정이 원래의 목표에서 빗겨나 허무하게 대지를 때렸다.

쩌어엉!

굉음과 함께 대지에 커다란 구덩이가 파이면서 흙과 돌덩이가 사방으로 비산했다. 하지만 척마대의 무인들 중 누구도 다친 사람은 없었다.

"누구냐?"

묵원광이 안색을 굳히며 소리쳤다.

만병파정을 잡은 호구가 찢어져 선혈이 흘러내리고 있었다. 그만큼 적잖은 충격을 받은 것이다.

묵원광은 방해자가 만만치 않은 무력의 소유자임을 깨닫고 경계심을 드러냈다.

결정적인 순간에 방해를 한 이는 바로 진무원이었다. 그가 드디어 앞을 가로막은 모든 이를 무너뜨리고 척마대가 있는 곳에 도착한 것이다.

진무원이 말없이 장봉으로 묵원광을 겨냥했다. 그러자 묵원광의 눈이 흉포하게 빛났다.

"건방진!"

만병파정이 진무원을 향해 날아왔다. 하지만 그토록 가공할 위력을 떨치던 만병파정도 진무원이 휘두르는 장봉 앞에서는 소용없었다. 낭창낭창 휘어지며 뱀처럼 파고드는 장병의 묘용에 묵원광이 정신없이 뒤로 밀려났다.

"원광!"

순간 이제까지 사태를 관망하던 율사희가 합세했다. 율사희의 채찍이 독사처럼 진무원을 향해 날아왔다. 하지만 진무원은 당황하지 않고 장봉으로 그녀의 채찍을 쳐 내거나 흘려보냈다.

"이익!"

율사희의 표정이 처음으로 일그러졌다.

그녀의 흑련편(黑蓮鞭)은 밀야에서도 알아주는 장인이 만든 기병이었다. 교룡의 심줄과 정교하게 제련된 철심을 꼬아 만든 흑련편의 표면에는 미세한 돌기가 나 있어 어떤 물체라도 휘감아 찢어발길 수 있었다.

하지만 진무원의 장봉은 기름이라도 바른 듯 전혀 잡히지가 않았다.

타다다닥!

순식간에 수십 번이나 장봉과 흑련편, 그리고 만병파정이 엇갈렸다 떨어졌다. 그사이 살아남은 척마대의 무인들이 진무원이 연 퇴로를 이용해 빠져나가고 심원의만이 남았다.

심원의도 빠져나가고 싶었지만, 천무대의 대주인 궁상화가 놓아주지 않았다.

'다른 이들은 모두 놓쳐도 너만은 놓칠 수 없다.'

어차피 척마대 전력의 반은 심원이다. 뜻밖의 방해자 때문에 온전히 목적을 이루긴 힘들지만, 그래도 심원의만 죽인다면 목적의 반은 달성하는 셈이다.

'반드시 죽인다. 반드시!'

심원의 역시 그런 궁상화의 의지를 읽고 얼굴을 일그러뜨렸다.

'크으! 여기가 나의 무덤 자리라구? 그럴 수는 없다. 절대로!'

그가 이를 악물었다.

야망을 위해 이제껏 달려왔다.

모든 것을 버리고 야망일로를 달려온 그의 마지막은 이렇듯 허무한 전장이 아니었다. 아니, 그래서는 안 된다. 그것은 그의 삶에 대한 모독이었다.

"이야아아!"

심원의가 고함과 함께 자신의 모든 것을 토해냈다.

홍옥마수가 붉은빛을 발했다. 이번 일수에 그의 모든 것이 담겨 있었다. 그나마 남아 있던 공력이 마치 썰물처럼 모조리 빠져나갔다.

그러나 궁상화는 그의 공격을 간발의 차이로 피했고, 오히려 역습을 해왔다. 공력은 이미 바닥난 상황, 피할 여력이 없는 심원의가 얼굴을 악귀처럼 일그러뜨렸다.

죽더라도 궁상화의 얼굴은 똑바로 보겠다는 그의 의지였다. 독기 어린 심원의의 눈빛에도 궁상화는 눈 하나 깜빡이지 않았다.

"나의 승리다."

그가 잔혹한 미소와 함께 주먹을 내지르려는 순간이었다.

"우우우!"

갑자기 전장에 한줄기 사자후가 울려 퍼졌다.

심령을 뒤흔드는 사자후에 궁상화의 얼굴이 하얗게 질렸다. 사자후가 그에게 집중되어 있었기 때문이다.

"크윽!"

궁상화가 자신도 모르게 한 발 뒤로 물러났다. 심원의는 그 틈을 놓치지 않고 급히 뒤로 물러났다.

궁상화는 심원의를 더 이상 공격할 수 없었다. 사자후의 주인공이 무서운 속도로 달려오고 있었기 때문이다.

남자의 몸에서 순간순간 섬광이 터져 나왔다. 그때마다 십여 명의 무인이 피떡이 되어 사방으로 날아갔다.

마치 무인지경인 양 엄청난 속도로 달려오는 남자의 기세에 천하의 궁상화조차 주춤주춤 뒤로 물러섰다. 반대로 심원의의 얼굴엔 화색이 돌았다.

"드디어 왔구나."

그는 사자후의 주인공을 알고 있었다.

천하에 수많은 무인과 그만큼 많은 무공이 존재하지만, 저렇게 빛을 이용하는 무공은 단 하나밖에 없다.

성광류(聖光流).

그리고 성광류를 익힌 자도 단 한 명뿐이다.

담수천, 그가 드디어 전장에 합류한 것이다.

"쳇!"

궁상화의 얼굴이 보기 싫게 일그러졌다.

담수천은 바로 지척까지 다가왔다. 그의 엄청난 기세에 밀야의 진용 전체가 흔들리고 있었다.

궁상화가 빠른 결단을 내렸다.

"모두 물러난다."

"대주?"

"하지만······."

"명령이다."

이의를 제기하려 했던 천무대의 무인들이 궁상화의 명령이라는 말에 입을 꾹 다물고 급히 물러났다.

묵원광과 율사희도 마찬가지였다. 진무원은 굳이 그들을 붙잡지 않았다. 그들을 죽이는 것이 오늘의 목적은 아니었기 때문이다.

대신 그의 시선이 담수천을 향했다.

그의 가공할 존재감이 느껴졌다.

모두의 주목을 받는 것을 즐기기라도 하듯 그의 성광류는 더욱 눈부시게 빛을 발했다.

담수천이 마침내 심원의와 진무원 앞에 멈춰 섰다.

어느새 싸움은 끝나고 모든 이가 담수천을 바라보고 있었다. 그만큼 담수천은 압도적인 존재감으로 전장을 지배하고 있었다.

"크윽! 창천무제다."

"아아!"

밀야의 진용에서 탄식이 터져 나왔고, 반대로 운중천의 진용에서는 환호가 터져 나왔다. 전장의 분위기가 완전히 운중천으로 넘어간 것이다.

"수천."

겨우 목숨을 구한 심원의가 반색을 했다. 하지만 담수천의 시선은 심원의가 아닌 진무원을 향해 있었다.

불같이 뜨거운 심원의의 눈빛과 호수처럼 잔잔한 진무원의 눈빛이 허공에서 마주쳤다.

삼 년의 시공을 건너뛰어 그들이 다시 조우하는 순간이었다.

『북검전기』 12권에 계속…

# 초대형 24시 만화방

신간 100%, 샤워실, 흡연실, 수면실(침대석), 커플석, 세탁기 완비

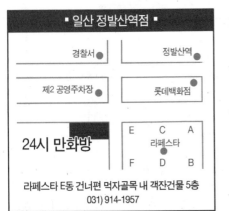

**■ 일산 정발산역점 ■**

라페스타 E동 건너편 먹자골목 내 객잔건물 5층
031) 914-1957

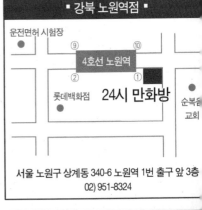

**■ 강북 노원역점 ■**

서울 노원구 상계동 340-6 노원역 1번 출구 앞 3층
02) 951-8324

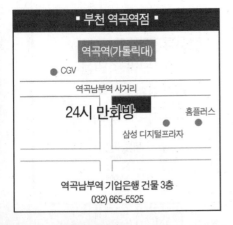

**■ 부천 역곡역점 ■**

역곡남부역 기업은행 건물 3층
032) 665-5525

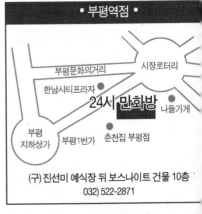

**■ 부평역점 ■**

(구) 진선미 예식장 뒤 보스나이트 건물 10층
032) 522-2871

FUSION FANTASTIC STORY

미더라 장편 소설

# ODD LAWER

Devil's
Balance

# 괴짜 변호사
## 악마의 저울

『즐거운 인생』 미더라 작가의
2015년 대작!

현직 변호사, 형사, 프로파일러, 범죄심리학 전문가 자문으로
현장의 생생함을 그대로 담아낸 현대 판타지!

## 『괴짜 변호사 : 악마의 저울』

"제가 왜 한 번도 패소한 적이 없는 줄 아십니까?"

"……."

"저는 법으로만 싸우지 않거든요."

# 법의 칼날 위에서 춤추는 자들과의
# 치열한 공방이 펼쳐진다!

Book Publishing CHUNGEORAM

가프 장편 소설

# 관상왕의
# 1번룸

FUSION FANTASTIC STORY

거대한 도시의 그늘에서 벌어지는
짜릿하고 통쾌한 이야기!

## 『관상왕의 1번룸』

텐프로의 진상 처리 담당, 홍 부장.
절망적인 삶의 끝에서 만난 남국의 바다는
그를 새로운 인생으로 인도하는데…….

쾌락을 원하는 거부, 성공에 목마른 사업가,
그리고 실패로 절망한 사람들이여.

**여기, 관상왕의 1번룸으로 오라!**

Book Publishing CHUNGEORAM

유행이 아닌 자유추구 -
WWW. chungeoram.com

몀운 장편 소설

FUSION FANTASTIC STORY

전쟁 삼국지

2세기 말 중국 대륙.
역사상 가장 치열했던 쟁패(爭覇)의
시기가 열린다!

중국 고대문학을 공부하던 전도형,
술 마시고 일어나니 도겸의 둘째 아들이 되었다?

조조는 아비의 원수를 갚으러 쳐들어오고
유비는 서주를 빼앗으려 기회만 노리는데……

"역시 옛사람들은 순수하다니까.
 유비가 어설픈 연기로도 성공한 데는 다 이유가 있지, 암."

때로는 군자처럼, 때로는 효웅처럼!
도형이 보여주는 난세를 살아가는 법!

Book Publishing CHUNGEORAM